無垢なる花たちのためのユートピア

川野芽生

JN140247

純粋無垢な七十七人の少年たちと七人の大人たちは、空をゆく船に乗り、はるか彼方にあるらしい楽園を目指して旅をしていた。ある時、ひとりの少年が船から墜落する。不幸な事故と思われたが、親友の矢車菊には気がかりなことがあった(「無垢なる花たちのためのユートピア」)。人間が人形へと変化する病が流行した村で、ひとり人間の姿で救出された少女は、司祭のもとで看病される。しかし怪我が癒えた少女はだんだんと人形に近づいていくようだった(「人形街」)。歌人、小説家、評論家として活躍する幻想文学の新旗手・川野芽生の初作品集、文庫化。

無垢なる花たちのためのユートピア

川　野　芽　生

創元文芸文庫

THE NOWHERE GARDEN
FOR THE INNOCENT

by

Megumi Kawano

2022

目次

無垢なる花たちのためのユートピア

無垢なる花たちのためのユートピア

I　矢車菊《やぐるまぎく》

1

真っ逆様《さかさま》に墜《お》ちてゆくとき、天使はもっともうつくしく見えるのかもしれない。

白菫《しろすみれ》がまだ生きていたころ、授業や食事や礼拝の時間も忘れてどこかで物思いに耽《ふけ》っているこの親友を探しに行くのは矢車菊の役目だった。ひとけのない聖堂でベンチに寝転がり、窓から差し込む光を見上げていることもあれば、だれもいない教室で机に腰掛け、足をぶらぶらさせながら窓の外を眺めていることもあり、廻廊《かいろう》の出窓の凹《くぼ》みに細い躰《からだ》を収めて、窓硝子《ガラス》に頰を寄せていることもあった。白菫が特に好んでいたのは甲板——別名、屋上——庭園だった。

どこにいても白菫は、だれかのセイラー服のポケットから落ちた一輪の花のようだった。それでいて、天のひかりが生《き》の酒のように濃《こま》やかにあまくかぐわしく虚空を盈《み》たすなか、その酒の強さに耐えうるただひとりの人の子のように、否《いな》むしろ天の侍童のように、顔を上げてひかりを乾《ほ》していたのが白菫だった。

ときに白菫は、気まぐれに立ち上がって庭園の縁《ふち》まで歩いていき、繊細な唐草模様が透かし彫りにされた、木製の囲いの上にふわりと飛び乗った。縁の向こうはむろん千尋《ちひろ》の奈落、透明な絶壁、まっさおな虚空だった。目に見えない滝がこの船を取り巻き、耳には聞こえない轟《とどろ》きを立てて、はるか下方のちっぽけな地面に向かって、滾《たぎ》りながら落ちていくような、そんな虚空にむかって、白菫はひとそろいの脚を投げ出して平気でいた。金糸の髪が風を馴《したが》えてたなびき、水色の線の入った白いセイラーの袖がはためいた。

あなたは、また、そんな危なっかしいことをして。

思わず矢車菊が苦言を呈しても、白菫は微笑むばかりだ。

白菫の微笑み。笑顔というものは決して美しいものではないと矢車菊は思っている。それは至極人間的な好悪や欲望や幸福の徴《しるし》、澄んだ水が感情にかき乱されてできた波紋に過ぎない。けれど白菫の微笑みはそうではない。白菫の微笑みは、澄んだ水の上に張った薄氷《うすらい》のよう、つめたい水をさらにつめたく、きよらな水をさらにきよらに結晶させたよう。

知っています、あなたはほんとうは天使なんだもの、墜ちやしないってことは。

はためく白いセイラー服の下に、小さな金色の翼がたたまれているのが、矢車菊には見えるような気がした。

民の最後の精華を蒐《あつ》めたこの船にさえ、白菫ほど楽園を見出すのにふさわしい少年は他にいないと矢車菊は思う。

甲板に立つとき、少年たちはしばしば、手摺《てすり》から身を乗り出して深淵《しんえん》を覗き込みたくなる誘惑に駆《か》られた。幾重もの雲を藉《し》いて走る箱船の上から——船の下では雲さえも汚れている——雲の切れ間のはるか谷底に覗く、昏《くら》い死の国を。

けれど白菫は決して下を見なかった。あの地獄をどれほど遠く離れ得たかを知るためであっても、そんなことのために眼を穢《けが》そうとはしなかった。白菫はむしろ、無窮《むきゆう》の碧《あお》のなかから純潔な雲が湧き出る目路《めじ》のはてを見据え、あるいは今いるこの天空をさえ谷底となす高みに、無限に重なりあう見えないひかりの曠野《こうや》を仰いだ。天の耀《かがや》きと、耀きを追いつづける探求のなかに、魂を濯《すす》いだ。

このうつくしい友人の物思いを邪魔するのが矢車菊には口惜《くや》しかった。夢見がちなこの天使の世話を焼くことをみずからのつとめ、というよりは特権として引き受けていたから——どちらが年上かわからない、とほかの少年たちにはよく揶揄《からか》われたものだった——、たいていはそっと夢を醒《さ》まさせて教室や食堂や礼拝堂に連れ戻すのだが、おりふしに矢車菊も斎食《とき》を無視して、白菫の隣に寄り添いともに蒼穹《そうきゆう》を仰いだ。そんなとき、楽園は探しにゆかずともすでにここにある、という気が——それはもしかしたら冒瀆《ぼうとく》的な言なのかもしれないけれど——矢車菊にはしたのだった。

2

だれかが墜ちた、という叫びを聞いた。

そのとき矢車菊は、自由時間を割いて、学習室で幼い鈴蘭《すずらん》の勉強を見ていた。寮で一番年下の鈴蘭はとりわけ矢車菊に懐《なつ》いていて、何でも矢車菊に聞きたがるのだった。円窓から差し込むひかりが本の頁を白紙に還《かえ》してしまうので、矢車菊は自分の軀《からだ》で影を作って、鈴蘭の机に屈《かが》み込んでいた。

そのとき叫び声は飛び込んできた。

重なり合う叫びの中に、美しい響きの名前が硝子の破片のように刺さって、――幻聴だろうか――

矢車菊はふいに目眩《めまい》をおぼえる。

少年たちが大広間に集められ、寮ごとに点呼が取られる。

矢車菊は大広間に集まってくる少年たちの間を透かすように、ひとりを懸命に眼で探している。七十七人の中からでも、否、きっと七百七十七人の中からでも、ひと目で見つけ出せるはずのひとりを。

ここにいるならば、見つけ出せるはずのひとりを。

ざわついていた大広間が、次第に静まりかえっていく。こんなにしづかでなくても聞こえるというしづけさの中で、誰かが言う。

——白菫がいません。

白菫だけが。

探しに行きます、という矢車菊の声がしづけさの中に響いた。

僕が探しに行きます。白菫がどこにいるのか……僕が知っているはずだから……。

だれかが腕を摑んでいる。寮長の白百合《しらゆり》だ。

探す必要はない。目撃者が何人もいるんだよ。窓の外を墜ちていくのを見ている。

白菫を呼んでこなくちゃ。

白菫は死んだんだよ、矢車菊。船から墜ちたんだ。

崩れ落ちる矢車菊を、緋桜《ひざくら》が抱きとめる。

矢車菊の眩《くら》んでゆく意識をよぎるのは——墜ちてゆく白菫は、どんなにか天使のようであったろうと、その姿をなぜ自分は見ることを許されなかったのか、と——

3

天空がどれほど深い井戸であるか知るものはいない。どこまでも碧い澄明《ちょうめい》が何をその下に匿《かく》しているか見たことのあるものはいない。

空は眼に見えぬ無数の螺旋《らせん》階段のつらなりなのだ。だれも天の高みに向かって、真っ逆様に墜ちてゆくことはできない。船は地上世界の縁をなぞるように、何度も何度も回りながら昇ってゆかなければならない。目に見えぬ階《きざはし》をひとつ上るごとに、空にかかる薄紗《ヴェイル》が一枚ずつ剝がれて、地上から見上げているつもりでいたときほんとうはなにも見ていなかったのだと気づく。上れば上るほど空気は澄みとおり、ひかりは強くなる。喉を焼く酒のようにつよくなる。天は碧く、いっそう碧くなり、しかしそれは無数の透明伽藍《がらん》を通して見上げていた、時とともにその色を変える気まぐれな空ではない。ま昼のみず色、ま夜の紺瑠璃《こんるり》、朝《あした》の薔薇《ばら》色、夕《ゆうべ》の黄金《くがね》、それらをすべて融《と》かし込んだ、たったひとつの色のそれはおそらく銀《しろがね》の坩堝《るつぼ》、天のほんとうの高みの楽園に辿り着いたとき、そこにはもはや色などなくて黒白《こくびゃく》のいずれかしかないはずだ。

4

少年たちの手を白い花々は離れ、気流に乗って飛び去った。空のこの層は風が落ちあっては離れてゆくところ。風の中央《もなか》で、境い目で、白い小さな花たちはそれぞれの踊りを踊った。それはかれらの目に見えない大きな群舞の、一部であるかのようだった。

それがかれら流の葬送だった。

なぜ泣くの、と白百合の声が耳元で囁いたけれど、それは矢車菊に向けられたものではなかった。気まぐれな風が、離れたところから声を運んできたのだ。矢車菊は落ち着き払って、流れていく花を見ていた。花は人ではないので、墜ちなかった。沈み込んだと思ってもまた浮び上がって、そのまま白い雲に結晶するつもりのようであった。

洟《はな》をすすっているのは矢車菊より二つ年下の銀盃花《ぎんぱいか》だった。同じ寮だが、白菫とさほど親しかったようでもない。なぜ泣くのだろう、と矢車菊は思った。

何も悲しむことはないんだよ、と百合の花のように甘やかな声は、風の中で高くなり低くなりながら言った。これほど楽園に近いところで死んだものはいまだかつていないのだから。矢車菊をご覧よ。誰よりも白菫と仲が良かったのに、だからこそ、誰よりも落ち着いている。白菫は僕らの純潔無垢な魂の花野を悲しみで荒らすことなど望んでいないとわかっているからだよ。

純潔無垢な心の持ち主は何にも執着しない、とかれらは教えられていた。悲しみはこの船には似合わない。楽園を目指す選ばれた者たちは、つねに喜悦と安らぎの中にあるべきだ。

葬送の儀礼も、それは文字通り死者を葬《ほうむ》り送り出すためのもの、つまりは気持ちに整理をつけて忘れるためのものであって、惜しんだり悔やんだりするためのものではないと、〈至聖《しせい》〉先生みずからが儀礼の前に言っていた。

そなたたちもよく知っての通り、と年老いた先生は聞き慣れた文句で説教を締め括《くく》った。空《くう》庭《てい》の民の少年は、みな花の名前を持っています。その花が、各々の内なる美徳の花です。欺くことなく、盗むことなく、姦淫《かんいん》することなく、殺すことなく、冒瀆することなく、憎むことなく、妬《そね》むことなく、純潔無垢な心を保っていれば、そなたたちの内なる花苑《はなぞの》も汚れないままです。そなたたちは、真に汚れのない花苑の持ち主として、空庭探索の七十七人に選ばれました。空庭こそは一切の汚点のない無垢の花苑であり、真に無垢な者にしかその門を開かないからです。各自、みずからの内なる花をゆめゆめ損なうことのないよう、目覚めているときも眠っているときも注意するよう。

それでは、祈りの時間です。眼を閉じ、おのれの名の花の花苑を思い浮かべ、瞑想《めいそう》しなさい。

矢車菊が思い浮かべるのは、見渡す限り紺瑠璃のまろい花が風になづいている花野である。穢れない瑠璃色の球ひとつひとつが完全無欠の天球と等しい価値を持って中空に浮かんでいる、そのさまを思うと矢車菊の心は安らいだ。朝に夕に、祈りの時間のたびに内なる花苑は細部まで美《くわ》しく、鮮やかになった。手を伸ばせば触れられそうなほどに。けれどあえて手を触れてその完全性を損なうことはしない。

視界の隅には、いつものように腰巾着を引き連れた冬薔薇《ふゆそうび》が、浅黒い顔に皮肉な笑みを泛《うか》べて、花をさっさと手放すや肩をすくめて見せるのが映っている。その不謹慎さも矢車菊には気にならない。そうあるべきなのだ。

銀盃花は白い花を握り締めたまま、舷《ふなばた》に近づくのを恐れるように足踏みをしていた。白百合がいつもの聖母のような微笑みを泛べて、その花を受け取ると、舷へ歩んでいって手摺の向こうの風の中に投げ込んだ。

5

かれらが後にしてきた地上は、長く続く戦争に荒れ果てていた。

はるか昔に国を失い、各地に散らばって暮らす苦難の民のあいだで、戦争や疫病、飢饉《ききん》、災害、苛政や弾圧のたび不死鳥のように蘇《よみがえ》ってくる言い伝えがあって、それは〈楽園〉、またの名を〈空庭〉の言い伝えであった。空行く箱船に乗り千の日と千の夜を越え、天のかなたに隠されたその楽園へ至ることができるのは、七十七人の純潔無垢の少年たちを引き連れた七人の導師のみだと言われている。

暗い時代に生まれた子供たちは、いい子にして、純潔無垢を失わないようにすればいつか〈至高なる方々〉が天空の楽園へ連れて行ってくれるのよと言い聞かされて育ち、自分はもう天翔《あまか》ける船の乗組員に選ばれるには年を取りすぎたと気づくと同時に大人になった。そうして此度《こたび》の暗い時代は長かった。実に長かった。子供たちは親となり、おのが子供たちにまたその言い伝えを説いて聞かせた。純潔無垢とは何なのか、どうすればそれを失わずにいられるのか、誰も正確なところはわからないまま。

6

白菫の遺品整理は、寮長である白百合が責任を持って行なった。

七十七人の少年たちは、七つの寮に分かれて住んでいる。七歳から十七歳までの少年たちが一人ずつ、計十一名から成る寮で、最年長の少年を寮長とし、ひとつの寝室で寝起きすることと決められている。七人の〈至高なる方々〉――〈至聖〉、〈至純《しじゅん》〉、〈至智《しち》〉、〈至誠《しせい》〉、〈至福《しふく》〉、〈至善《しぜん》〉、〈至仁《しじん》〉――が一人ひとつの寮を受け持っている。

遺品といっても、少年たちは自身の所有物と呼べるものをほとんど持たなかった。かれらは地上においては持たざる者、奪われたる者であったし、中空《なかぞら》においてはすべてを手にした者であって、楽園の夢のほか何も要らなかった。日用品はほとんど共有であり、体の大きさに合わせた白いセイラー服や黒い革靴に各々の目印をちいさく入れてあるくらいであった。それでもたとえば、爪鑢《つめやすり》や櫛《くし》、ノートと鉛筆といった細々とした品は各自の管理に任されていたし、色のついた組紐《くみひも》、祈禱《きとう》書に掛ける刺繡入りのカバー、絵の描かれたカード、押し花の栞《しおり》、菓子の空き箱といった地上生活のささやかな名残を大事に取っておくことも咎められはしなかった。

矢車菊もかつては黒いビーズでできた小さなお守り袋を持っていた。それは母であったひとの唯一の形見で、首から提《さ》げるためのビーズの紐をもち、中にはひと束の髪の毛を収めていたが、ある日行方不明になって、探しても探しても見つからなかった。

白菫は寝台の下に小さな手函《てばこ》を置いていた。薄い板を張り合わせただけの、ちゃちな造りのものだったが、白く塗られた上から空色と檸檬《れもん》色の絵具《えのぐ》で花の紋様が描かれて可愛らしかった。白菫の身の回り品は、そこに収められたもので全部だった。袖のところに白い糸で菫の花が刺繍された白いセイラー服や、銀のインクで内側に菫の花が描かれた黒い革靴は、白菫が身に着けて行ってしまったのだから。

だから、遺品整理というのはこの手函を〈至聖〉先生に届け、寝台の掛布《かけふ》や枕カバーを洗いに出し、簡単な掃除をするくらいのことだった。各自の暮らす空間は各自で掃除するきまりだったから、白菫の寝台の周りも奇麗に掃き清められていて、髪の毛一本落ちてはいなかった。

白百合の細い指が手函の蓋を開けた。何事にも頓着しなかった白菫としては意外なほど、細細としたものが詰まっていた。見覚えのある黒い光沢が目に入って、矢車菊はつと手を伸ばした。

なくしたはずのお守り袋だった。

こんなところに、と矢車菊はつぶやいた。一緒に探してくれたのに、こんな近くに紛れ込んでいたことに気づかないなんて、白菫らしい。物が増えても減っても気にも留めないんだもの。

……これ、もらってもいいでしょう？

掌の上で、小さなお守り袋はひやりとした重みを持っていた。

もともと君のものだったなら、問題も何もないだろう、と花橘《はなたちばな》が意見を述べた。

なんだか形見みたいだと矢車菊は思った。白菫が取っておいてくれたかのようでさえあった。構わないけど、と白百合はやや早口に言って函の蓋を閉じた。他のものはやはりこのまま先生に届けることにするね。

7

矢車菊は隔離地域《ゾーン》に住んでいた。市街から堀一本で隔てられたゾーンは貧しくてみすぼらしかった。戦争が烈《はげ》しくなるにつれて迫害は一層非道《ひど》くなった。市街に住む者たちは、迫害者のつねとして、迫害される者を恐れたから。空襲のあった翌朝にはゾーンにさかんに投石がされ、火付けも起きた。ゾーンの者が敵に内通したというので。ゾーンも空襲を免れなかったというのに。

そうして市街がひときわ赫々《あかあか》と炎《も》えた夜、ゾーンはかつてないほどの憎悪の炎を身に受けた。家や愛する人を失った者たちが、恐怖と憎悪に心を灼《や》かれて、ゾーンに雪崩《なだ》れ込んだ。私刑が横行した。矢車菊の育ての親である叔父も街灯から吊るされた。叔父の描いた油画はすべて焚《た》き付けになった。矢車菊は幼い妹を抱きしめて地下室で震えていた。

私刑を免れた者たちはゾーンを抜け出した。矢車菊は友人の一家に助けられた。友人の兄に手を引かれ、妹の手を引きながら振り返ると、何もかもが紅《くれない》に燃えていた。地上の火事が天の星さえも喰い荒らした。

かれらは国境を目指した。許可なくゾーンを離れた者は捕まれば収容所送りになる。曠野や森を流離《さすら》ううち、老いた者と幼い者から斃《たお》れていった。母親たちは、とうに息絶えて肉が腐り落ちた幼い子供を抱いたまま、調子はずれの子守唄を歌いつづけ、やがて歩こうとしなくなる。友人の母親もそうなった。友人の兄は唇を引き結んで、弟や矢車菊兄妹を母親から引き離し、先に進んでいった。

国境を越え、べつの枝族《しぞく》の者たちが定住生活を送っているという村に辿り着いてみると、長く続く飢饉のために人肉食が横行していた。

〈至高なる方々〉が七歳から十七歳の少年を集めているという噂は突然に届いた。偽装した人買いだと言う者もいた。収容所に送られるのだと言う者もいた。大人たちは話し合ったのち、せめて少年たちだけでも楽園へ逃れてほしいと、信じて送り出すことにした。楽園へ至った者は、いつの日か同族を救いに戻ってきてくれると聞かされたためでもあった。

矢車菊と友人と数人の少年たちは案内人の手に託された。矢車菊の妹はあとに残され、大きな手で矢車菊の手を包んでくれた友人の兄も十七を過ぎていたので行けなかった。

案内人はかれらを港に導いた。港に停泊している船にはすでに数人の少年が乗っていた。船は海峡を渡り、海と岩山に挟まれた古い街に着いた。

その街ではじめて矢車菊は、そこは空庭の古い信仰が守られ続けている地であること、空をゆく箱船が密かに建造中であることを知った。

その街には絵画が溢れていた。画題はすべて空庭である。紺碧《こんぺき》の空に泛ぶ薔薇色の島。泡だつように花々を湛えた、常春《とこはる》の花園、罪や穢れとは無縁の楽園。人々はそこでは年を取らず、永遠に死なないという。

なぜ空を見上げてもそれらしい影が見えないのかと矢車菊は問うた。空庭は光で身を鎧《よろ》っているのだと教えられた。地上に暮らす人間の眼には、天の光が眩《まばゆ》すぎてそこにあるものがなにひとつ見えない。けれど箱船で暮らす日々の間に、曇っていた眼は天の光に濯がれ、楽園は碧い光と影《かげ》の谷間《ひかり》からやがて姿を見せる――その眼の持ち主が、烈しいひかりの洗礼に耐えうる澄明な純潔無垢を身のうちに湛えていさえすれば。純潔無垢とは身のうちに秘められた美徳の花野であり、真の純潔無垢を持たない者が空に登ろうとすれば、眼も心も盲《めし》いてやがては気が触れるのだと教えられた。

街には各地から同じ民族の少年が集められていた。眼の色も髪の色も違う、下は七歳から上は十七歳までの少年たち。

少年たちはその街で、花の名前を与えられ、魂の花苑を視《み》る方法を教わった。みずからの魂を花の姿で思い描き、そこにあらん限りの美と価値を込めるすべを教わった。はじめはおぼろげな影であった花苑も、訓練を積むほどに次第に明確な輪郭を持ち、手を伸ばせば触れられそうなほどになった。花は地上のどんな花よりも美しく、疵《きず》ひとつなく在るべきであり、花苑は誰も足を踏み入れることのない絶対の聖域たるべきであった。花苑は命よりも大事であると教えられた。何があっても守り抜くべき、絶対の価値であると。少年たちは各々の花苑を深く愛し、誇った。

そしてその花苑によって、少年たちは選抜を受けた。花苑をおぼろげにしか思い浮かべられない者、思い浮かべるたびに花苑の姿が変わってしまうもの、花苑の美しさが足りない者がふるい落とされ、充分に美しい花苑を持つ七十七人が残った。

同じゾーンの出身者のうち、選ばれたのは矢車菊一人であった。この街の住人というのは、かつてこのように集められながら楽園探求者に選ばれそこねた少年たちの末裔《まつえい》だったのではあるまいかと、ずっと後になって矢車菊は思ったものだった。

8

夕餉《ゆうげ》のあと、矢車菊は人のいない談話室の片隅に座り込んで眠っていた。夢を見ていた。ましろいセイラーの襟をはためかせて、真っ逆様に墜ちてゆく、だれの手も触れたことのない碧《へき》空《くう》の深みへ墜ちてゆく天使の夢を。

そこに幼い少年たちの澄んだ声が混ざり、百合の香りのように甘やかな声が混ざる。

……どうしたの、そんな顔して……白百合にいさま、聞いてほしいことが……白菫はどうして……船から墜ちたんだよ……君たちも気を付けて……でも蛇苺《へびいちご》が言うの、白菫が墜ちたのは、事故じゃないって……

そこまでは言ってないよ、蒲公英《たんぽぽ》、と声が奮然と割って入る。僕はただ……

どういうこと?……

僕、見ちゃって。声が早口になる。落っこちるまえの、白菫を。

これは夢ではないな、と矢車菊は思う。ソファの後ろに滑り込んでうたたねをしている自分の姿は、かれらの目には映っていないのだろう。しかし目は覚めているはずなのに、瞼《まぶた》を持ち上げることも唇を開くこともできず、自分はここにいると知らせることができないでいる。

蒲公英と蛇苺の声は互いを追いかけあうように、ひとつの物語をかたる。

そのとき僕は蛇苺とかくれんぼをしていて。僕が鬼で。……僕は檣《ほばしら》に登って、蒲公英から隠れて。だから白菫には見えなかったのだと思う。

そのとき一番上の甲板にはほかに人の姿もなく、階段をふらふらと登ってきた白菫は、呼ばれたように舷へ向かい、手摺に倚《よ》りかかって、どこか昏い眼差しでじっとその向こうを見下ろしていたという。なにか異様なものを感じて目を離せずにいると、やがて白菫はひらりと手摺に腰を掛け、それからふと、落としたものを拾おうとするかのように軽く身を乗り出して――

先に悲鳴を上げたのは、蛇苺ではなくて下甲板にいた少年たちだったという。そのとき蛇苺ははじめて、なにか取り返しのつかないことが起きたのに気がついたのだった。

白百合にいさま、ねえ、これってまさか。

蛇苺、蒲公英――と白百合の、優しく甘い声が遮った。話してくれてよかったよ。君たちはきっとたくさん悩んだんだね。でも白菫はやっぱり事故なんだよ。僕は寮長だからよく知っているけれど、そうやって舷に登るのは白菫のいつもの癖《くせ》だったんだもの。危ないよっていつも言っていたんだけど、思っていた通り、風が吹いたおりにでも平衡を崩して墜ちてしまったんだね。あの子はちょっとぼんやりしていたから。だから安心おし、白菫は罪を犯してなんかいないよ。さあ、もうそんなとんでもない思いつきは忘れておしまい。このこと、誰かに話した?

いいえ、蒲公英にだけ。僕も誰にも。

よろしい。それじゃ、誰かに話して驚かせたりしないようにね。そんな疑いを持つようじゃ、君たちの魂の花苑が充分に純潔じゃないんじゃないかって、疑われてしまうからね。どこよりも楽園に近いここのあり方に不服でもあるように聞こえるし、死んだ白菫の名誉を穢すことにもなる。さあ、祈りを捧《ささ》げなさい。君たちの内なる花苑に思いを馳《は》せなさい。

はい、と重なりあうふたつの声は、先ほどまでとは打って変わったように屈託がない。

その話を、だけどもっと聞かなければと、思ってようやく瞼を開いたときには談話室にもうだれもいない。

9

空庭の伝説のある街で暮らし始めたころ、矢車菊はしばしば悪夢に悩まされた。外界で目にした、酸鼻をきわめる情景の数々が頭から離れなかったのだ。しかしそれも、この街に遅れて到着した白菫に出会うまでだった。

ひと目見たときに天使だと思った。華奢で物静かで、他の少年たちの陰に文字通り隠れているような白菫が、矢車菊の目にはしかし、いかなる美貌の持ち主よりも際立った耀きを放っていると思われた。それは地上の塵埃《じんあい》のなかで見たどんなものとも無関係だった。

口数の少ない白菫は、悪夢に悩まされる矢車菊を、言葉で慰めてくれるわけでもなければ、同情や共感を示してくれるわけでもなかった。自身の身の上さえ話さなかった。白菫は地上の穢《きたな》いものとは無関係に、ただ楽園と箱船とのみに係る存在として現れ、黙ってそばにいてくれた。それが他の何よりも矢車菊の心を濯《あら》った。

白菫といると、ここは楽園にもっとも近い場所で、自分は二度と地上に連れ戻されることはないのだと、地上で目にしたすべてはもう忘れてしまってよいのだと、信じられた。白菫の手を握って眠った夜以来、矢車菊は二度と悪夢に襲われることはなく、不眠に悩まされることもなかった。

10

その晩、矢車菊は一睡もしなかった。白菫の手を握って眠ったあの夜以来はじめてのことだ。瑠璃色の花を思ってみても、心は落ち着かない。

寮には九人分のやすらかな寝息が満ちた。

白菫の死を、矢車菊は悲しまなかった。墜ちたのは白菫だと聞いたとき、たしかに衝撃を受けながらも、まさかという思いはなかった。やはりとさえ思ったような気がする。白菫ならやりそうなことだ。夢見がちで危なっかしくて、この空の上でさえ地に足がついていなかった白菫。矢車菊がそばでいつも支えてやらなければ、ふとしたはずみに足を滑らせて、それっきり天使になってしまうような白菫。

あまりにも純潔無垢だから、迂回《うかい》しながら楽園へと昇ってゆくのが待ちきれず、ひとりだけ無数の透明伽藍を穿《つらぬ》いて真っ逆様に楽園へと昇っていったのだ。ひとりだけ一足先に招《よ》ばれたのだ。それはいかにも白菫に相応《ふさわ》しい。祝福しこそすれ、悲しむことではない。口惜しいのは、その輝かしい昇天の目撃者に選ばれたのが、僕ではなくて他の少年たちだったということだけ。

それだけだったはずなのに。

白百合の言う通り、白菫がよく舷に座っていたのは事実だ。だけれど白百合が知らないのは、白菫は決して下なんか見なかったということ。

ほんとうに事故だったのなら、平衡を崩すその直前まで、あるいはその瞬間に至っても白菫は、堂々と頭を上げて、空の高みを仰いでいたはずなのだ。

だけど事故でないとしたら――否、そんなことはあり得ない。あり得ないではないか。それでは、どこよりも楽園に近いこの船で、不幸を感じる者がいたということになる。ましてや、誰よりも美しい花だった白菫が。

闇の中、記憶にある限りの白菫の姿が、まっすぐこちらを見る顔や横顔、目を伏せた顔、後ろ姿、遠くから見た姿やすぐそばで見た姿が、装飾玻璃《はり》窓の破片のように浮かび上がってくる。蛇苺が告げた白菫の姿――昏い眼でじっと下界を見下ろしている姿――は、玻璃窓のどこにも嵌《は》まらない。だからといってこの破片《ピース》を捨ててしまっていいのか？　この破片が嵌まらないのは、矢車菊には見えていない大きな欠落が、この画《え》の中にあるからではないのか？

……白菫、あなたはどこへ行ってしまったの？

11

ねえ、白百合。気になっていることがあるのだけれど。

朝餉《あさげ》の間のざわめきの中、白百合の隣に席を取った矢車菊はそう切り出した。

なに、と白百合は微笑む。

この船の上では少年たちは年を取らない。十七歳で出立した白百合は永遠に十七歳のままだ。齢《よわい》というのは、無垢から遠ざかっていく地上の時間のことを言うのだから。

白菫——転落、する前の白菫に、なにか、普段と違うところはなかっただろうかって。なにか気づきませんでしたか？　あなたなら寮生のみなをよく見ているから。

白百合の長い睫毛が、ゆっくりとまばたいた。

なにもなかったよ、と白百合は言った。普段と違うところは、なにも。なぜ？

聞いてしまったんです、と矢車菊は言った。きのう、あなたと蛇苺たちが話しているのを。ごめんなさい、立ち聞きするつもりはなかったのだけど。

綿毛が風に戦《おのの》くように、長い睫毛がかすかに慄《ふる》えた。

それで？

白菫はたしかによく舷に腰掛けたりしていたけど、普段は下なんか絶対に見ないんです。だから、蛇苺の言った通りなら、話が違ってくる。白菫がもしも——

もしも？　もしもで君は、自分が何を言おうとしているかわかっているの？

いつもやわらかい白百合の声が、ほんの少し棘を帯びたようだった。

矢車菊、君は死者の名誉を瀆《けが》そうとしているのだよ。白菫の花苑が充分に純潔でなかったと言っているようなものだ。楽園を目指す純潔無垢の七十七人に連なる資格に欠け、光あまねきこの天上での暮らしに不服を抱いていたと……。そして君の花苑もね。君はそんな子じゃないと思っていたけど?

百合の花弁《はなびら》のようにしろいその顔《かんばせ》を、矢車菊は声もなく見つめた。あかるく澄んだ瞳、珊瑚いろの唇、このひともまた天使の系譜であった。どこか白菫に似た、美しく汚れのないひと。

白菫といちばん仲が良かったのは君、と百合の香りのように甘やかな声が囁いた。なにかおかしなことがあったとしたら、まっさきに気づいたであろうひとは君だ。そして君はなんにもおかしなところを見出さなかった。そんなこと、あるはずがないものね。君が正しいんだよ。君はあんなに白菫のことが好きで、あんなによく見ていたのだから。白菫のことは君に任せておけば大丈夫だって、みんな思っていた。正しかったね、それで? むろん事故のことは残念だけれど。白菫がとても純潔で、間違いなど犯しようのない子だったことは、君がいちばんよく知っている。あの子の名誉は君が守っておあげ。だれか、事実に反することを言ったら、君が反論しておあげ。それが親友としての君のつとめだものね。

ええ。白百合の瞳があんまりあかるくて、矢車菊はつと目を伏せる。ええ、わかっています。

君は賢いいい子だ。決して、毒草のようになってはいけないよ。約束をして。

矢車菊はぼんやりとして、首から提げたビーズのお守り袋を弄《もてあそ》んでいた。窓から入る夕陽《ゆうひ》が、足許《あしもと》から立ち昇るように図書室を照らしていた。夕陽は地上から見ていた時よりも硬質な、銀色がかった朱色をしていた。

お守り袋のさりげない重みと、ビーズの粒越しに手へと伝わる中身の硬い輪郭が心地よかった。

矢車菊は時々、自分のではなく白菫の花苑を思い浮かべた。それはきっと森の中の広々とした空き地だろう。木漏れ日の下を清らかな小川が走っているだろう。小川の両岸を、地に落ちるひかりの斑のような、白い菫が埋め尽くしている。地に落ちた星のように、白い菫は小暗い木陰に煌《きら》めいているだろう。その星の列がどこまでも尽きせずに続く、それが白菫の心の中にある、誰も触れることのできない清らかな花苑だろう。

——決して、毒草のようになってはいけないよ。

ふと白百合の声が蘇る。矢車菊にはその言葉の意味がわからない。

と、手の中のお守り袋が矢車菊の意識を呼び戻した。お守り袋の中に入っているのは一房の髪の毛だけのはずで、たしかに以前はこんな重みも硬い輪郭も持っていなかった。

巾着型の袋の口を緩めてみると、黒い袋の中の黒い髪の束に埋もれるようにして、小さな銀色のものがひとつ、ビーズとビーズの隙間から洩《も》れ入る光に燦《きら》めいた。

どうしたの、矢車菊?

鈴蘭のあどけない声に矢車菊は慌てて顔を上げて、首を横に振った。何でもない。そう答えてお守り袋を服の下に戻した。胸にビーズがひやりと触れた。

鍵だった。小さな銀色の鍵がひとつ。


この船に鍵のかかるところはない。先生方の部屋を除いては。そしてその部屋の鍵穴に合うのは、もっと大きな鍵に違いない。

その鍵の存在は、隠さなければならないものなどひとつもないはずのこの船に不思議に不似合いだった。矢車菊の心をとらえたのはそのことだったのだろうか？

その鍵について、白百合に聞いてみようとしなかったのはなぜだろうと、後になって矢車菊は思ったものだった。何の鍵かもわからなければ、それが一体なぜ黒いビーズのお守り袋に紛れ込んで、白菫の持ち物の中から見つかったのかもわからない。一番ありそうなのは、誰かが地上から持ってきた思い出の品だという説だろう。それがなぜそこにあったかはさておいても……。だから、白百合のところに持っていって、誰かこれを探している人はいないかと聞くのが一番自然だったろう。それまでの矢車菊ならそうしたはずだ。

けれど矢車菊は、そうする代わりにお守り袋の口を閉じて、服の下に仕舞《しま》い、誰にも見せなかった。

それきりその鍵のことは深く考えなかったけれど、なぜか忘れることはできなかった。

13

少年たちがこの船の上でする勉強といったら、音楽と運動、それにあの街に残る伝承を先生たちが纏《まと》めたという書物を読むこと。

運動の時間のとき、ボールがひとつ破裂した。当番の矢車菊は倉庫まで予備を取りに行った。倉庫は船の一番下の階全体を占めている。食料貯蔵庫もあれば聖歌の楽譜を収めた書庫もあり、楽器の棚もあり、ひどく広いので誰も滅多に奥までは入らなかった。

積み重なったボールの山からひとつを取ろうとして、矢車菊は背伸びをした。よろけた拍子に山にぶつかり、山は音を立てて崩れた。ボールが四方に飛んで行った。

追いかける矢車菊を尻目に、ボールは随分奥まったところまで転がっていった。最後の一個はいくつもの小部屋を抜け、奥の暗がりの扉の前で止まった。

矢車菊は最後の一個を拾い上げて扉に背を向けたのだが、そのとき何かが気になって振り向いた。

その扉には、鍵穴があった。

矢車菊が再びその扉の前に戻って来たのは、一日の授業が終わり、夕餉が済み、少年たちが談話室で羽を伸ばしている時間だった。別の寮を訪ねるような顔をして、矢車菊は倉庫へやって来た。妙に胸が高鳴っていた。

鍵は滑らかに鍵穴に吸い込まれてゆき、かすかな抵抗を押し切って右に回すと内側でなにかが手放される音がした。

扉が開いた。

扉の向こうにあったのは階段だった。狭い空間を、身を捩《よじ》りながら上から下へと落ちてゆく階《きざはし》。この上にあったのはどの部屋だったろうか、という問いと、これより下の階があったのかという驚きが同時に訪れた。すこし迷って、下る方を選んだ。

階段の下にあったのは、下界でなら地下室と呼ぶような、窓もなく天井の低い暗い廊下だった。両側に鎖《とざ》された扉が並んでいた。

矢車菊は一番手前にあった扉の把手《ノブ》を握った。耳障りな音を立てるだけで、扉は開かなかった。見るとそこにも鍵穴があった。持っていた鍵は合わなかった。

——……先生？

ふいに、中から声が上がった。心細く、疑わしげな、掠れた声だった。

矢車菊は驚いて手を離した。中に人がいるなどとは思っても見なかったのだ。

誰、

と口走ってから、

……毒草？

と尋ねた。風邪めいた余韻によって妙に耳慣れないものになっていたとは言え、その声にはかすかに聞き覚えがあったのだ。

その少年は、はじめから毒草などという名前であったわけではない。もとは別の名があった。しかしその名は禁忌となり、代わりに毒草と呼ぶようにと下達《かたつ》があった。白菫の死ぬ数か月前のことと記憶しているが、定かではない。何しろ禁忌となったその話題を誰も口にしなかったのだ。毒草は矢車菊のひとつ年上だったが、七十七人の少年たちの中ではさしたる交わりもなく、それゆえ、その名が口に出されなくなると、矢車菊はその存在さえ思い出すことがなくなった。

考えてみれば、毒草の名が禁忌となったのと同じ頃から、その姿を目にすることもなくなったような気がする。それを気にかけたことはなかったし、他に気にかけている者もいなかった。ごく当たり前のように、毒草は姿を消したのだ。

しかし空庭に辿り着くまで他に寄港地もないこの空ゆく船から、人が忽然《こつぜん》と姿を消すなどということがあるだろうか？

なぜそのことを今まで考えもしなかったのだろうと、後になって思ったとき、答えはおのずと出た。考えるべきでなかったからだ。気にかけるべき事柄ではなかったから。そして、矢車菊が、決められたことに従順だったから。

誰なの、

と扉の向こうで声が聞き返した。

矢車菊。

そう言うと、かすかに息を呑むような音がした。

毒草、毒草なんだね？　どうしてこんなところにいるの？　扉を開けて。

――どうしてって……。声が戸惑った。――扉は開けられないよ。わかってるでしょう。

なぜ？

無邪気に問い返してから、矢車菊は小さく息を呑んだ。

もしかして、閉じ込められてるの？

声はしばらく沈黙して、それから言った。

誰が君をここに寄越したの。

誰も。

……忍び込んできたの？

僕はただ、鍵を。鍵を見つけて、それで……鍵に合いそうな鍵穴がたまたま見つかって。

声が大きい。

毒草が小声で注意した。

それがどれだけ危険なことかわかってる？

危険って？　どうして声をひそめなくてはいけないの、何も恐れるものなんてないこの船で？

君は何を知ってるの。

何って。

毒草がなぜ……ここにいるのか、なぜ毒草なんて呼ばれるようになったのか、何も聞いてない？

わからない、僕は……何も、不思議に思ったことがなかったから、君が姿を消したのも、何もかも……。

じゃあ君は、とっても綺麗な花苑の持ち主なんだね。

声がほんの少し意地悪くなった。

ここに来るのは危険だ。隠された扉を探すなんて冒険も危険だ。毒草に関わってはいけない。すぐ上に戻って、誰にも何も言わず、今日のことは忘れてしまうんだ。好奇心は身を滅ぼすよ。

君がここにいるのは……病気だからなの？　それとも何かよくないことをしたの？　それとも何か、修道士の沈黙の行《ぎょう》みたいなこと？

……その、全部かもしれないね。

声は突き放すように言った。

14

ねえ、毒草のことなんだけど、と矢車菊は言う。毒草はなんで毒草なんて名前になったの？　毒草が急に僕らの間から姿を消したのに、どうして誰も不思議に思わないの？

談話室の空気は凍りつき、一瞬ののち、

それで風信子《ヒアシンス》ったら、そんなことがあったのに相変わらず冬薔薇に熱を上げてるの。冬薔薇は見向きもしないけど……。

君だって冬薔薇のことばっかり話してるじゃない。

何事もなかったかのように、再び少年たちの賑やかなお喋りが始まった。

ねえ、毒草は。

矢車菊が言いかけると、緋桜が突《つ》っ慳貪《けんどん》に遮った。

悪ふざけはやめたまえよ、矢車菊。君らしくもない。

緋桜は矢車菊がわざと悪趣味な話題を出して皆の気分を損ねようとしたとでも言いたげな、冷たく厳しい顔をしていた。

矢車菊は頰が熱くなるのを覚えた。自分らしい行いとは何なのかわからないまま、たしかに自分はひどく無作法な真似をしたという自覚に襲われていた。

——ごめんなさい。

後になって、緋桜は自分の寮から落ちこぼれを出したことをあてつけられているように感じたのではないかと思った。寮長である緋桜には白百合への競争心が強いところがあったから。

その後も矢車菊は自分の羞恥心と行儀の良さに逆らって、毒草の話題を出そうとした。しかし誰に聞いても結果は同じだった。花橘は下品な冗談を聞いたというように優美に眉をひそめたし、冬薔薇はせせら笑った。白百合に聞くことは憚《はばか》られた。そもそも問いが相手に届かないことが多かった。この箱船では、少年たちはいつも小鳥のように群れをなしていて、矢車菊が毒草の名を口に出したちょうどそのとき、相手が誰かに呼ばれて席を立ってしまうとか、誰かが口を挟んで別の話題を始めてしまうとか、矢車菊の声が談笑にかき消されてしまうとかするのだった。そうして、自分の問いが聞こえなかったようだと思うと、矢車菊はなぜだかほっとした。

毒草に会ったのがほんとうかどうかわからなくなってきたころ、転機は一枚の手紙のかたちでやって来た。

夜の十二時、誰にも言わずにひとりで倉庫に来て。この手紙は千切って窓から捨てて。

ノートから破り取った紙に鉛筆で走り書きされたその手紙には差出人の署名もなく、誰がいつの間に矢車菊のノートに挟んだのかもわからなかった。図書室での勉強の時間を終えて、寮に戻ろうとしたところで気づいたのだった。

真夜中の倉庫は灯りひとつなかったが、円窓から入る星影があたりを仄白《ほのじろ》く照らし出して、その明るさがここは地上ではないことを十全に示していた。かつて曠野を彷徨《さまよ》い、夜に火を焚くことさえ憚られたときも、星々がこれほど明るく見えたことはなかった。

これらの円窓は、地上の街の数々の窓のように帳《とばり》や鎧戸《よろいど》で覆われることはない。同じ高さに飛ぶものはなく、窓を外から覗こうというものはいないのだから。

窓の外を、視野を流れる透明な線維のように、白菫が墜ちていった。白いセイラーの襟をはためかせ、星影の冠のような髪を燦めかせて。……それは、いつでも矢車菊の視界を泳ぎつづけるまぼろし。

気配を感じて振り返ると、ひとりの少年が背後に立っていた。天の河のようなうすい雀斑《そばかす》が星明りに浮かび上がって、

金雀枝《えにしだ》、

と矢車菊はその名を呼んだ。

矢車菊、君は何を嗅ぎ回ってるの、と金雀枝は怒ったように言った。

矢車菊は言葉に詰まって、それから素直に、毒草のことを言ってるの？　と問い返した。

金雀枝は頷《うなず》いた。

何をだろう、僕もよくわからない――毒草が毒草という名前になったとき、毒草が僕らの間から消えたとき、僕は何も不思議に思わなかった。なぜ不思議に思わなかったんだろうって、

今はそのことを不思議に思ってる。毒草に言ったら、それではさぞ綺麗な花苑の持ち主なんだろうねって、皮肉みたいに——

毒草に?

金雀枝は小さく悲鳴のような声を上げた。——毒草に会ったの?

うん、会ったというか、扉には外から鍵がかかっていたから、直接には……

そのこと、誰かに話した?

金雀枝は声を潜めた。

ううん、毒草の話をしようとするとみんな聞きたくないみたいで……

絶対に人に話しては駄目だ、と金雀枝は真剣な声で遮った。わからないの? 矢車菊、君は無防備すぎる。

矢車菊はわかるようなわからないような気がした。

……どこにいたの、毒草は?

溜息を吐くように、金雀枝が尋ねた。矢車菊が鍵を見つけた経緯を話すと、金雀枝はしばし沈黙した。

……どうしてそこまでして危険な橋を渡るの? やっぱり、白菫のこと?

白菫?

矢車菊は久々に耳にしたその名前に驚いた。同時に、その名が毒草と同じ禁忌であるかのように、口に出されなくなっていたことにも、そのとき初めて気がついた。

白菫が死んだことについて、君はどう思ってるの？　納得してる、その——？

納得？　そんなこと——

悲しんだり心を騒がせたりすることは正しくない、と矢車菊は言おうとする。白菫は天使になったんだから……

そのとき、矢車菊ははっと息を呑む。

つまり、君は……金雀枝、君は白菫が事故で死んだんじゃないと思ってるってこと？　その説明に納得してないって？

君はそう思ってないの、おかしいって——？

言いかけて金雀枝は慌てたように首を横に振る。——忘れて。そんなつもりで言ったんじゃないんだ。聞いてみただけ。僕はそんなふうには思って——

思ってる。

矢車菊は言う。

僕は思ってるよ、おかしいって。蛇苺が言ってるのを聞いたんだ、白菫はあの日自分から舷に登ったって。じっと下を見ていたって。白百合は、そんなのいつものことだって言ってた。白菫がそういう危なっかしいことをするのはいつものことで、滑って墜ちただけだって。でも白百合は知らないんだ、白菫はいつもなら、絶対に下なんか見なかったってことを。いつも空を見上げていたんだ。だからそのとき、白菫が下を見下ろしていたのなら——

——飛び降りるつもりだった、ってことになるね。

金雀枝のあかるい虹彩《こうさい》の中心で、くらい瞳孔がすっと絞られた。

白百合にそれを言ったら、そんな罪深い考えは忘れるように言われた。だから考えないようにしていたけれど、もしも……もしもそれが事実なら……。金雀枝、君は何か知ってるの？

矢車菊が話す間その顔をじっと見ていた金雀枝は、問いかけられると窓の外に視線を逃がして、しばらく話し出そうとしなかった。

……毒草のことだけど。

やがて金雀枝は、喉を締められたような声で話し出した。

……誰にも言わないでくれる？

言わないよ、と矢車菊は答える。

毒草については、僕はあることを知ってる、と思う。毒草は、なんというか……こんな話誰にもしたことがないから、うまく話せるかわからないんだけど……ある、とんでもない話をしたんだ、周りの子たちに。いまの君みたいに、無防備に。誰も信じなくて、かれは気が狂ったんだってことになった。かれの魂の花はすでに汚れていて、だからこの空の上の汚れない光に耐えられなくて気が狂ったんだって――。それで、かれは毒草になり、僕らの間から毒を除くために、どこかへ連れて行かれた――。毒草の話した内容を聞いていた者たちには、先生方が直《じか》に面談をして、そんな冒瀆的な出鱈目《でたらめ》は忘れるようにと諭した。だけど……正確に言うと、つまり……

金雀枝の言葉はあやふやになり、それから沈黙に陥った。かすかな息遣いだけが聞こえた。

冷たい星の光が二人の間に落ちていた。

僕はね、と金雀枝は再び話し出した。知ってるんだ、毒草の話が出鱈目なんかじゃないってこと……。なぜって僕は……僕はね、毒草の話を直接聞いたわけじゃない。又聞きで聞いただけ。でも多分、僕は毒草と同じ経験をしたんだ。毒草の話したことと……。僕は誰にも話さなかったけど。話せるはずなんかない、話せるようなことじゃない。

金雀枝は激しく首を横に振った。

――僕は毒草のために何もしなかった。でも毒草はいなくなって、今度は白菫が死んだ。毒草のことと白菫は、何か関係が……？

矢車菊はじりじりしながら聞いた。

ただの憶測だ、白菫に何があったのか僕は知らない。でももしかしたら、白菫も同じことを経験したんじゃないかって、白菫も僕と同じように口を噤《つぐ》みつづけて、その挙句《あげく》に、みずから――

なにが起きたの、君の身に？

自分の声が切羽詰まっているのが矢車菊にもわかった。

（なにが起きたの、白菫に？）

――わからない。

自分が変な顔をしたらしいということが金雀枝の表情からわかった。

わからないんだよ、と金雀枝はもう一度言った。何でこんなことになっているのか、どんな意味があるのか……。いや、わかりたくないのかも。……やっぱり駄目だ、言えない。やっぱり言えない。

言えないって、なぜ？

わからない、怖いのかもしれない。あるいは、恥じているのかも。

怖いって何が？　君は何を恐れてるの？　みんなは何に怯えてるの？　どこよりも楽園に近い、この船の上で？

そう言いながら、矢車菊も思わず知らず声をひそめていた。

――間違ったことなんか何ひとつないはずのこの船の上で、何か、間違ったことが起きてる。ひどくおぞましいことが起きてる。そうなんだと思う。矢車菊、僕が今日君を呼び出したのは、君に警告するためもあるけれど――その話をそんなに軽々しくすると、毒草と同じ道を辿るよって――それ以上に、僕自身が助けを求めてるんだ。僕はどうしたらいいのかわからない。僕はなんだか自分が間違った存在になってしまったように感じるんだよ。ここにいるべきでない存在に……。

君が困っているなら、と矢車菊は言った。僕は助けたい。何をしたらいいの？

待ってて、と金雀枝はひどくひっそりとした声で言った。いま言えるのはそれだけだ。ごめん、こんなところまで、呼び出しておいて。君なら信じてくれるかもしれないと思ったのに、まだ話す勇気がないんだ。待ってて。僕が、話せるようになるまで。

待つよ、と矢車菊は答えた。

15

——また来たの？

毒草の声が扉越しに言う。

君に、聞きたいことがあって、と矢車菊は声をひそめて答える。君がみんなにどんな話をして、その……おかしいと思われたのか、何で君はこんなところにいるのか、
どうして危険を冒してまで、そんなことが聞きたいの？

……気になるから、かな。

話したら、君は信じてくれる？

信じるよ、と矢車菊は答える。

いや、君は信じないよ。おだやかに声が言う。誰も信じなかった。

僕は信じる、と矢車菊は言う。

信じる？　なぜさ？　おどろくほど優しい、おだやかな、嘲《あざけ》るような声が言う。どんな理由があって君は毒草を信じるの？　毒草がどんな話をするのかまだわからないのに？

どんなに信じ難い話でも、僕は——

信じるというのはね、生半可なことではないんだよ。君の信頼している人を毒草が悪く言っ

たとするね。その場合、その人を信じるか、毒草を信じるか、二つに一つになる。中間はない。たとえば、そうだね、白菫なんかを毒草が悪く言ったら。それでも君は毒草を信じると言える？

矢車菊は言葉に詰まる。束《つか》の間考え込むけれど、答えは出ている。

……それはできない、と矢車菊は言う。

そう、それでいい、と言う声はあくまでも優しい。もし君が、あんなに仲の良い白菫への信頼を、大して親しくもなかった毒草の言葉で覆《くつがえ》すとしたら、そんな安い信頼は毒草もいらないだろうよ。

だから君はそのままでいい、と毒草は告げる。でも毒草は、信じてもらえない話をこれ以上する気はないんだよ。もう充分したからね。もし毒草がこの話をするとしたら、それは君を信じていることの証《あかし》だ。信じたら、期待したくなる。毒草を信じることを。毒草の見たものを君も見てくれることを。毒草の側に立ってくれることを、毒草に味方してくれることを、毒草が憎むものを君も憎んでくれることを。でもそんな期待は誰に負わせるにも重すぎる。誰にも負わせるべきじゃない期待を負わせて、その挙句裏切られたと言って恨むようなことはしたくない。自分の愚かさ、欲深さをたったひとり暗闇で嚙みしめるようなことはもう沢山だ。期待も信頼ももう沢山だ。

だから帰ってくれ、と声は告げる。もう二度と来ないでくれ。

16

〈至聖〉先生のいるところはいつも清らかな花の香りに満ちている。

それは先生がいつも吸っている水煙草の香りだろうか。金の火皿で燻《いぶ》された花の香りが、純金の花模様で飾られた、碧い硝子の壺の中で水を潜《くぐ》り、碧い硝子の吸口《すいくち》から立ち上る。

先生たちは週に一度、自分の担当する少年たちひとりひとりを部屋に呼んで親しく話を聞いていた。今日はその日ではなかったのに、密かに毒草の元から帰るや否や、白百合に先生の部屋への呼び出しを告げられたのはどういうわけかわからなかった。

何か悩んでいるのではありませんか。

いつもの優しい声で話しかけられて、矢車菊は素直に頷いた。

白菫の、死が……心にかかって離れなくて。

仲間の死を悲しむべきではありませんよ。白菫も、君の純潔な心を乱すことは望んでいないはずです。

……そう、ですよね。僕の知っていた白菫ならそうだと思います。

——不思議な言い方をしますね。まるで、君の知らない白菫がいるかのようだ。

わからなくなってしまったんです、と矢車菊は溜《た》め込んでいた息を吐き出すように言う。

何がです？

……何もかも。僕の知っていた何もかもです。

矢車菊が俯いて机に視線を落とすと、先生が心配そうな顔をする気配が感じられた。

罪ぶかいことを、言うかもしれませんが。

しばらくの沈黙ののち、矢車菊は低い声で呟いた。

もしかして、白菫が死んだのは……事故ではないのではないかと。そう言ったら白百合には叱られました。だけど……白百合は知らないんです、白菫は決して下なんか見なかったってこと。

矢車菊は堰《せき》を切ったように話し始める。

白菫が墜ちるのを見ていた子がいて、白菫は舷に登って、じっと下を見下ろしていた、と。それはつまり……罪ぶかい言葉を使うことをお許しください、……自殺……ではないのでしょうか？　白菫に限ってそんなことはあり得ない、と、僕も思いたいんですが、金雀枝が言うんです。この船では何かが起きてるって。

金雀枝が？

ええ。何がかは教えてもらえませんでした。でも、毒草のことと関係があるって……。

毒草と？

毒草です。それで、思うんです、僕は……白菫の死んだ理由が事故でないなら、その理由を明らかにしなきゃいけないって……。

矢車菊は興奮してうっすらと涙ぐむ。

話してくれてありがとう。

〈至聖〉の声がやわらかく矢車菊を包み込んだ。

君は随分悩んでいたんですね。もっと早く気づいてあげられたらよかった。

その声があまりに優しく、矢車菊はそれだけで悩みが少し晴れたような気さえする。もっと早くにこの人のもとに来て、悩みを打ち明けていたらよかった。

〈至聖〉はうす青い煙を吐き出す。

矢車菊、よくお聞きなさい。親しい者の死は人の心に混乱をもたらすものです。人は死に理由を求め、罪を負わせる相手を探します。けれどそうした行いは死者の安らかな眠りを妨げ、しばしば死者の恥辱を掘り起こし、死者を愛していた者たちの心をも傷付けることになるのです。……わたしの言っている意味がわかりますか？

矢車菊は首を横に振る。

白菫を死に追いやったのがわたしだとしたら、君はわたしを憎みますか？

矢車菊がきょとんとしているのを見て、〈至聖〉は悲しげに微笑んだ。

以前、君の大事にしていたお守り袋が紛失したことがありましたね。

ええ、でも見つかりました。

白菫の手函の中からですね、聞いています。君にはその意味するところがわかりますか？

意味、ですって？

〈至聖〉は重々しく頷いた。

……ほかにも、船内でなくなった品が色々、白菫の手函から見つかりました。

矢車菊にはその言葉の意味するところがわからない。

こんな話をしなければならないのは悲しいことです。君たちにはかれのよい思い出だけを覚えていてほしいのですよ。わたしも、ことを公《おおやけ》にしようとは思いませんでした。ですから内内にかれを呼んで、優しく諭したのですが……かれは恥辱に耐えられなかったのでしょう。

……君はわたしを憎みますか？

〈至聖〉の吐き出した煙の中に、一瞬、白菫を思わせる香りが混ざったような気がした。

17

夜空は目の粗い黒布のようだった。矢車菊は冷たい窓に額《ぬか》をあずけ、黒布が取りこぼした灯りの群れを眺めていた。額が熱くて、強く、もっと強く窓に押し当てなければならないような気がした。

それじゃ僕の話もしたの、とうしろで金雀枝が抗議したが、矢車菊は振り向かなかった。

——誰にも話さないって言ったじゃないか。

先生方に話すなとは言われなかった、と矢車菊は答えた。窓硝子が吐息で曇った。

二人は再び夜中の倉庫で落ち合っていた。前の時と同じように金雀枝が呼んだのだが、矢車菊はあまり気乗りがしなかった。ひどく幼稚な遊びをしているような気がしたのだ。

誰にも、に先生方も入ってるに決まってるじゃないか。

なぜさ、と矢車菊は風邪の引きはじめのような懶《ものう》い口ぶりで言った。なぜ先生に話さないの？　話してみれば案外何でもないことだったってことがわかるかもよ。僕みたいにさ。何しろ先生は大人で、僕らにはまるでわからないこともたくさん知っているんだから。

何だって言うの、さっきから君は。金雀枝の声が波立った。急に魂が抜けたみたいになっちゃって。

だから、言ったろ。白菫は泥棒だったんだよ。

言いながら矢車菊は眼下に縮こまる世界に視線を落とした。下界を覆う闇もまた目の粗い布でできているらしく、漏れてくる細かな灯りが陸をかたちづくっていた。その中にひときわ明るい光がいくつかあって、そこで今宵《こよい》も街が炎えていると知れた。下界では何も変わっていない。矢車菊が下界を見ずに過ごしていた間も、何も変わっていなかった。

最愛の白菫は天使ではなかった。見下げ果てたこそ泥だった。その魂の花苑は損なわれていた。

大事にしていたお守り袋がなくなったとき、一緒に探してくれたのに、ほんとうは自分で盗《と》って内心嘲笑《あざわら》っていたのだ。そんなことをしておいて、挙句先生にばれて追い詰められて死を選んだ……。

窓の外を、視野を流れる透明な線維のように、白菫が墜ちていった。

自分の話す声を矢車菊は聞いていなかった。どこか遠いところを流れてゆく川のようだった。

——けれどそうした行いは死者の安らかな眠りを妨げ、しばしば死者の恥辱を掘り起こし、死者を愛していた者たちの心をも傷付けることになるのです。

先生のその台詞まで話が及んだとき、けたたましい笑い声が静寂を破って、矢車菊は思わず振り返った。

なるほどね、と金雀枝はそのあどけない顔に不似合いな、いびつな微笑を浮かべていた。そういう手口なんだ。これ以上この件を穿鑿《せんさく》したら、白菫にとって不名誉になるような話が明るみに出されて、君をも悲しませることになる。そしてだれもこの話を信じなくなる。君自身でさえね。

なにを言っているの？

信じられないって顔をしてるね。だから言っただろう、君は信じないんだ。君は僕の言うことを信じない。僕を信じない。当然だ。白菫の次は僕の番かな。僕が君に打ち明け話をしたら、あったかなかったかわからないような僕の悪癖の話が広まってさ、だれも僕を信じてくれなくなるんだろうね。

落ち着いてよ、金雀枝。君ちょっと……おかしいよ。

おかしいよ、知らなかったの？　僕はおかしいよ。毒草とおなじくらいおかしくて、白菫とおなじくらい汚れてる。

白菫のことをそんなふうに言わないで！　先生がそう言ったんじゃないの？　白菫は汚れていて、死んで当然だって。だから君はそれを信じたんじゃないの？

でっち上げなの？　矢車菊はかすかな希望を抱いてそう問う。だれかが白菫に罪を着せたとか……？　ほんとうの泥棒が白菫の手函に盗んだものを入れておいたとか……？

そうとは言ってないよ、と金雀枝は意地悪そうに肩をすくめた。全部ほんとうのことかもね。白菫にほんとうに盗癖があったとしたっておかしくない。

白菫はそんなことしない。

白菫を信じるの、信じないの、どっちなのさ、と金雀枝が声を高める。それからすこし声を和らげて、いや、とつぶやき、矢車菊の隣に並んで窓の前に立った。矢車菊は金雀枝のまなざしを追って星空に視線を投げた。

白菫を信じることは、と金雀枝が低い声で言った。白菫に何の欠点もないと信じることじゃない。ひとに知られたくない悪癖のひとつやふたつ、誰にでもあると思うよ。僕らが下界でどんな扱いを受けていたか、もう忘れたの？　白菫がどんな暮らしをしていたかは知らない。君は、白菫が決して下を見なかったと言っていたね。白菫は地上の穢れとは無縁だったから、と。でもそれは、白菫がどれだけ地上でひどい目にあったかを示すものじゃないの？　二度と思い出したくないくらいひどい目に。生きるために盗みを身に付けたとしたって決して不思議じゃないいんだよ。君だってひとに知られたくないことのひとつやふたつあるだろう。たいていの人は、そういう秘密を墓場まで持って行ける。だけど中には、生きているにせよ死んでいるにせよ、秘密を暴かれて名誉を潰される人もいる。本当の罪人を隠すための、目眩《めくら》ましとして。

君は白菫と〈至聖〉先生、どっちを信じるの、と金雀枝が言う。

だけどなぜ？　なぜ先生がそんなことを？

首から提げたお守り袋の冷たさがふと胸に沁《し》みた。このお守り袋を白菫が盗ったのなら、中に入っている鍵、あれも白菫が盗んだものなのだろうか。何のために？　どこから？

わからないの、と金雀枝は言う。それともわかりたくないの？　先生なんだよ——

そのとき星の光がいっせいに翳《かげ》り、亡霊めいた影像が二つ三つ、星空と矢車菊のあいだに立ちふさがった。一瞬遅れて、それが窓に映った自分たちの顔であることに気づいた。矢車菊と金雀枝と、角燈《ランプ》を手にした白百合の顔。

振り向くとそこにも角燈を手にした白百合が立っていた。角燈の光が窓を濁らせ、星を翳らせて、船室を孤独にしていた。星もなく天もない虚空に、この四角い部屋だけが浮かんで、四囲の鏡にみずからを映しているかのように。

こんなところで何をしているの、と白百合は言った。答えを求める聞き方ではなかった。

18

夜の礼拝が終わり、少年たちは小鳥のように群れながら廊下を流れていく。矢車菊が廊下に出たとき、人混みに紛れてさりげない顔で隣に並んだ少年があって、夏椿《なつつばき》といった。緋桜の寮の少年で、これまであまり話をした覚えはない。それがまるでいつもこうしているような顔をしてさりげなく隣に並んだのは、何か話したいことがあり、それも表立って話があると言うわけにはいかないことなのだと思われて、矢車菊も黙って歩調を合わせた。

少年たちが何人かずつ群れをなして、自分の寮や談話室に散っていく中、二人は何気ない顔をして歩き続けた。白百合寮の前を通るとき、扉の外に所在なげに立っていた銀盃花が、ちらりと矢車菊の顔を見て、踵《きびす》を返した。

このとき銀盃花も何かを話したがっていたのだと、矢車菊が気づいたのは手遅れになってからだった。

緋桜寮の前も通り過ぎ、人気のない廊下にさしかかったとき、

毒草のこと、

と夏椿が足を止めないまま呟くように言った。……誰も口にしないから、そんな奴はじめからいなかったんじゃないかって、そんな気がしていた。

またしばらく沈黙のうちに歩いて、夏椿は言葉を継ぐ。

毒草があんなことになったのは、僕の責任もあるんじゃないかって考えが、ずっと頭を離れなくて。

毒草は地上を離れたせいで頭がおかしくなったって言われてるんじゃないの、と矢車菊は用心深く言った。

僕が助長したんじゃないかって、と夏椿は言った。僕なら引き戻してやれたんじゃないかって。僕は一緒の寮だったんだから。

毒草は僕に、聞いてほしいことがある、って言ったんだ。そのときの様子が変で……。なにかに怯えたみたいに、きょろきょろあたりを窺《うかが》って、だれにも聞かれたくないみたいに声をひそめてたんだ。だって下界じゃあるまいし、この船でなにを怖がる必要があると言うの?

そう言いながら、夏椿は自分自身が声をひそめていることには気づかない様子なのだった。

そんなあの子を見ていたら、なんだかひどくぞっとして……。そのとき話した内容が、輪をかけて馬鹿げてた。僕は、そのとき信じているふりをした。下手に反論したら、かえって刺戟《しげき》してしまいそうだったもの。だけどそれがよくなかったのかもしれない。僕が同意してやったせいで、あの子の頭はほんとうに混乱して、妄想と現実の区別がつけられなくなってしまったんじゃないか……。目を覚ませって、言ってやるべきだったのかな。

毒草は何度も、自分の話をほんとうに信じてくれるかと念を押したのだという。こんな話をほんとうに信じてくれるかと。だれも信じてくれないのではないかと心配で、なかなか話せなかったと。そのたびごとに夏椿はむろん信じていると答え、寮に戻るとまっすぐ緋桜のもとに相談に行った。

悩む必要なんてないじゃないの、と矢車菊は言おうとする。他になにができた？　すぐ緋桜に話したんでしょ？　緋桜は先生に報告したでしょう。寮長や先生にも治せないことなら、君や僕がどうにかできるようなことじゃない。

夏椿がかけてほしい言葉はそれなのだろう。人目を憚ってわざわざ矢車菊に話しかけてきたのは、胸のつかえを取りたかったからなのだろう。その言葉を、以前なら迷いなく言えただろうに、今はできなかった。

代わりにこう尋ねた。

——毒草は何を君に話したの？

……ほんとうに馬鹿げた話なんだよ、と夏椿は言い淀《よど》んで、念を押した。僕がそんな話を真に受けているとは思われたくないし……。

教えてよ。他に話してくれる人がいないんだ。他言はしない。

夏椿は迷う様子で、その歩調は揺らいで遅くなり、やがて止まって、
花泥棒、と。

と囁いた。

〈至純〉先生が、と。

——え？

花を盗まれた、と。

〈至純〉先生に？

そう。

どういうこと？

夏椿は答えなかった。

毒草はやはりおかしくなっていたんだ、という思いが矢車菊の脳裏をよぎった。まるで意味がわからない。

けれど——前回会ったときの、金雀枝の動揺の仕方が思い浮かぶ。金雀枝は〈至聖〉先生がわざわざ白菫の名誉を潰すような話をし、矢車菊を脅迫したとさえ思っているらしい口ぶりだった。金雀枝は先生を信用していないのだ。〈至純〉先生が何かをしたと金雀枝が考えているとしたら、〈至聖〉先生をも警戒するのは当然かもしれない。〈至聖〉先生から〈至純〉先生に話が伝わるはずだからだ。

それならば、自分がしたのは密告ではないか、と矢車菊は愕然《がくぜん》とする。

暗い廊下を一周して別れる前に、矢車菊はひとつ質問をした。

毒草がおかしくなったのが君のせいなら、と矢車菊は言った。告白をしたときの毒草は正気だったと思うわけだね？

そんなはずはないよ、と夏椿は答えた。あまりにおぞましい話だもの。

君はさっき、馬鹿げていると言ったよ。

妄想だとしたらあまりにも馬鹿げているし、と夏椿は言った。もしも——だとしたら、あまりにもおぞましい。

（もしも、真実だとしたら）

真実という言葉を、夏椿は口の中で呑み込むように発音した。

19

次の死者は銀盃花だった。やはり、舷から墜ちたのだという。

雷の季節が追ってきていた。季節は、とりどりの土地を訪れるとりどりの季節は、風に乗ってかれらに追い付いては追い越し、そしてこの船はいま雷雲の高さに浮かんでいた。鈍い鉄色の雲が船を後ろから抱きしめた。雲の中には青い稲妻が絶えずあちらからこちらへ、こちらからあちらへと走っていた。

甲板の手摺から手を差し伸べると、何にも触れないのに手はじっとりと濡れた。手に纏わりつく水気が雫《しずく》となって滴《したた》り落ちていくのを見ると、なぜだろう、と矢車菊は思わずにいられなかった。なぜ軽やかな気体となってここまで昇ってきたものが、重力に負けてふたたび地へと落ちていかなければならないのだろう？

少年たちの手が窓から撒《ま》き散らす花は、濡れて重たくなり、雲の鈍色《にび》に呑まれていった。矢車菊が差し伸べる手は空だった。もう何も手放すつもりはなかったから。

この儀式に集う人数は少なかった。忘却のための儀式をかれらがもはや必要としていないためだ、と矢車菊は思った。忘却はかくも容易《たやす》い。

白菫の葬送の折、銀盃花が手に花を握り締めたまま舷に近づこうとしなかったのを矢車菊は思い出した。あのとき銀盃花が見ていたのはみずからの死だったのだろうか？　その花を、白百合が代わりに虚空へと投げ込んだのだった。

そして、数日前の夜、寮の前で立っていた銀盃花の姿を。誰かを待っているのを隠そうとして隠しきれない顔だった。そして夏椿とともにいる矢車菊を目にして、何気なさそうに視線を逸《そ》らした――。あれは自分を待っていたのだと、矢車菊は思った。

銀盃花も毒草や金雀枝と同じだったのだとしたら。そして白菫と同じように命を絶ったのなら――。唯一毒草の名を公然と口にする矢車菊に、一度は接触を図って、その機会を見つけられないまま、結局は死んでしまったのか。

何ひとつ証拠はない。自分は憶測に憶測を重ねて、妄想の域に達してしまったのではないかと矢車菊は恐れている。金雀枝に会って、話をしたいと思う。自分の妄想なら笑ってほしいと思う。

けれどあの夜以来、金雀枝と二人で会う機会はなかった。金雀枝からの呼び出しは絶え、それどころか避けられているようにさえ感じられた。

この船では少年たちはいつも小鳥のように群れていて、誰かと水入らずで秘密の話をしたり、一人になったりする時間はほとんどない。無邪気な少年たちは何か普段と違うことに気づいたらすぐに寮長に相談するし、責任感のある寮長たちはすぐに先生方に報告する。無自覚にかれらは監視しあっているのだ。

そして、自分もそれをしたのだといまではわかっている。自分は金雀枝の信頼を裏切ったのだと。

儀式を終えて、少年たちは三々五々甲板を去っていった。矢車菊は人の減った甲板で、手摺にもたれて空を眺めていた。

下の甲板に降りる階段のあたりで、冬薔薇とその腰巾着たちが屯《たむろ》して不謹慎な笑い声を上げていた。その声が矢車菊の物思いを妨げた。

船から墜ちて死ぬなんて、ほんと、馬鹿な奴。

冬薔薇がせせら笑った。

その声が耳に入った瞬間、矢車菊は頭に血が上るのを覚えた。後先も考えず、矢車菊は冬薔薇に詰め寄った。

どうしてそんなことが言えるの、と矢車菊は喰ってかかった。どうしてそんな、死者を貶《おとし》めるようなことが。何も、何も知らないくせに。

腰巾着たちがぎょっとして冬薔薇から矢車菊を引き離した。

階段に足を投げ出して座っていた冬薔薇は、ひどくゆっくりと頭を巡らし、浅黒い顔に歪んだ笑みを浮かべた。

……何も知らないのはおまえだよ、と冬薔薇は言った。──よほどの間抜けでなきゃだれだって感づくさ。先生たちが陰で何をやってるのか。

そして、肩をすくめて付け加える。

もっとも、この船に乗ってるのは間抜けばっかりかもしれないけどな。

じゃあ、君は……知ってたの？

矢車菊は啞然《あぜん》として問い返した。──何を知ってるの？　知っていて、助けなかったのか、毒草のことも……。毒草は、誰にも信じてもらえないことにあんなに苦しんで……。どうして……。

おまえの話を聞いていると苛々《いらいら》するな、と冬薔薇は鼻に皺を寄せた。下界を長く離れすぎて平和ぼけしたんじゃないのか？　俺たちは引き返すわけにはいかないんだよ。帰る場所なんかない。俺たちの生きられる場所はこの船の他にはないの。楽園を見つけなきゃいけないんだよ。つまんねえ正義感で引っかき回すのはやめにしな。

楽園に行くためなら仲間が苦しんでるのも見殺しにするっていうの。白菫や毒草や銀盃花は踏み台なの。

踏み台ね、いいこと言うよおまえは。高いところに登るにはそれだけ高い踏み台が要る、そういうもんだろうよ。

そんなもの要らない。楽園はそんな場所じゃないはずだ。

おまえみたいなのを純潔無垢って言うんだろうな。冬薔薇は牙を剝《む》くような笑顔を浮かべた。吐き気がするよ。俺たちが誰のために黙って耐えてると思う？　おまえのような、何も知らずにのうのうと生きている連中が、そのまま何も知らずに生きられるようにだよ。この船の平和と安楽は俺たちのためにはない、おまえたちのためにある。俺たちが支え、おまえたちが享受する。楽園だってそうだ。楽園への道を敷くのは俺たち、楽園に上がるのはおまえたちだ。どうしてそうなのかは誰も教えちゃくれない。俺たちはもうだれかが口をつけた林檎《りんご》、おまえたちは手付かずの林檎だ。そういう定めなの。それを毒草みたいな物わかりの悪い奴がぶち壊しにしようとする。それじゃ何のためにこれまで黙って言いなりになってきたっていうんだよ。

その突然の剣幕《けんまく》に、取り巻きたちがおろおろするのが目の端に見えた。

冬薔薇の言葉の意味を一瞬考え、矢車菊は、

それはつまり、君も――

言うな。

冬薔薇が突き放す。

……ごめん。

わかったなら大人しく自分のことだけしてな。おまえたちも、

と冬薔薇は腰巾着の連中を見やる。

どっかに行ってくれ。いま聞いた話は忘れろ。先生にも寮長にも喋るんじゃねえぞ。

取り巻きの少年たちは冬薔薇の不機嫌に触れて、小鳥のように飛び立った。ひとりだけ、一度振り返った。忍《すいかずら》冬とかいったか。

冬薔薇も背を向けてひとり階段を降りていくのを、待って、と矢車菊は呼び止めようとした。

おまえの聞きたいのは白菫のことだろ、と冬薔薇は足を止めずに言った。白菫のことならもっと適任がいるよ。

違う、待って。話を聞いて。矢車菊は冬薔薇のあとを追った。冬薔薇は足が速かった。冬薔薇の短い髪の間で、銀の耳環《みみわ》がきらりと光った。

白菫のことは毒草に聞けよ、あいつがまだ正気ならな。会ったんだろ？　冬薔薇は意地悪そうに口元を歪めて、二言三言付け加えた。

矢車菊はその言葉に茫然《ぼうぜん》として、けれど、白菫のことを聞きたいんじゃない、と声を絞り出した。謝りたいんだ。君の言う通りだと思ったから。僕は何も知らなかった。知らないでいることで、君や、白菫や、毒草や、銀盃花や……他にもたくさんいるのかもしれない仲間たちを、見殺しにして、踏み台にして、きた。僕は君に対して、何も言う資格はない。だけど、だから

……

みんながみんな楽園に行けるわけじゃない、と冬薔薇は肩をすくめた。この旅ははじめっからそうだよ。忘れたのか？　女や大人や小さすぎる子供をみんな置き去りにして、俺たちは旅に出たんだろうが。姉貴もじいちゃんも女友達もみんな置いてさ。置き去りにしたやつが今度は置き去りにされる。わかりやすいじゃねえか。

ふいに雲が途切れて、光の箭《や》が差し込んできた。冬薔薇は眩しげに顔を背けた。

この光は強すぎる。高く、高く上っていくにつれて、この光はますます強くなって、俺はどこかで耐えきれなくなって気が狂うだろう。十一層あるこの空の、どこかの層まで行ったとき、俺やその同類がいっせいに気が狂ってさ、そのときおまえにもわかるんだよ、俺の同類がどれだけいたか。

（では顔をまっすぐに上げてひかりを浴《あ》んでいた白菫は、いったいどんな思いでそうしていたのだったか。まだ狂わない、まだ耐えられる、と確かめるように、痛みを痛みで紛らわせるように？）

俺は死なないよ。俺は倖《しあわ》せだから。この船に乗れてさ。楽園には行けなかろうが、地獄を離れられただけでめっけもんだろ。俺たちはみんなそうじゃねえの？　どこでだってここよりいい暮らしは俺たちには望めそうもない。

20

矢車菊は再び最下層の部屋に来ていた。

――勿忘草《わすれなぐさ》、

と矢車菊は扉の外から呼んだ。それが、毒草が〈毒草〉になる前の名前だった。

答えはなかった。二度、三度と矢車菊は呼んだ。

勿忘草なんて奴はここにはいないよ、とやがて不機嫌な声が答えた。ここにいるのは毒草だけだ。

君は勿忘草だ、と矢車菊は言った。君の名を口にすることを誰が禁じようと、君は勿忘草だよ。僕は君を毒草なんて名前で呼びたくない。……忘れたくない。

ここにいるのは毒草だけだ、と声は答えた。毒草と勿忘草は違う。君はそんなことを言いに来たのか。

今日聞きたいのは、と矢車菊は言った。白菫のこと。

白菫のことは毒草に聞けよ、と冬薔薇は言ったのだ。あいつがまだ正気ならな。会ったんだろ？　毒草は白菫が先生に差し出した。身代わりにするために。——と、俺は睨んでいるよ。何も確証はないがね。

前に言ったろ、と毒草は言った。毒草が白菫を悪く言ったら君は信じるかって。

ひと呼吸置いて、矢車菊は答える。

……信じる。

へえ、と言う毒草の声は少し驚いたように聞こえる。以前同じ質問をしたときには、君の答えは違っていたけど。

そうだ。

白菫を信じるのをやめたのかい。

白菫を信じるのと、白菫に何の汚点もないと信じるのは違うと、ある人が教えてくれた。白菫が何をしたのであろうと、白菫に対して罪を犯した人間がいるのなら、そいつの罪は変わらない。同時に、白菫が僕にとってどんなに素晴らしい友人であろうと、白菫が君に対して罪を犯したのなら、その罪はやはり変わらない。


白菫は何をしたのだろう?

儚《はかな》げでありながら芯が強くて、激烈なまでに純粋で、鋭利なまでに清潔で、一度考え始めると崖っぷちまで思い詰めてしまう白菫。その思考を模倣するのは、冷たい水の中に潜ってゆくようなものだ。どこまで息が続くだろう?

白菫はだれよりも純潔な花だった。その気持ちは変わらない。だれよりも純潔なのが白菫だった。たぶん、白菫自身にとってもそうだったろう。白菫は天使であろうとしたひとだった。そうだったのだといまでは思う。はじめから天使であったひとではないのだと。いつも言葉少なで、静かに微笑んでばかりいたのは、弱みを、穢れを、見せないようにするためだったのか。

空庭の夢を信じることに決めたとき、矢車菊が縋《すが》ったのが白菫で、白菫が縋ったのも白菫自身だったのだろうといまでは思う。みずから演じた天使の幻影を信じようとした。そうなのだと思う。

それが、誰かを身代わりにしても自分の無垢を守るという選択につながったのなら。

でも白菫は死んだ。自身の花苑を守り抜いた末に、勿忘草を裏切るところまで自分を追い詰めた花苑を、もう愛せなくなったのか。毒草が幽閉されるに至って、良心の呵責《かしやく》に耐えきれなくなったのか。あるいは、結局、毒草を差し出しはしなかったのだろうか。差し出されたのは白菫自身だったのかもしれない。

どちらにしても、白菫は白菫ではいられなくなってしまった。そういうとき、白菫は死ぬだろう。


白菫にそう言ってやれよ、と毒草の声が言った。そんなに白菫のことを思っているなら、当人に言ってやれよ。喜ぶぜ。

白菫には聞けない、と矢車菊は言った。白菫にはもう聞けない。白菫はもう何も答えてくれない。白菫はもう何も言わない。白菫はもういない。白菫は死んだ。

白菫が死んだ？　愕然としたように毒草は繰り返した。なぜ。

たぶん……自殺だ。

なぜ。

それを知りたいんだ。

矢車菊は声を詰まらせた。

僕はそれを知りたいんだ。

みんながあれは事故だって言う。僕もそう思いたい。そう思えたらどんなにか安らかに眠れるだろう。白菫は死ぬまで僕の知ってる白菫だったと、白菫に苦しみなんて、僕の知らない苦しみなんてなかったと、あの芯の強いまっすぐなひとが何かに捻《ね》じ曲げられ、折られてしまうことなんてなかったと、下界のすべてに見切りをつけて旅路に就いたひとが、天上の夢まで失って死を選んだりなどしなかったと、僕と僕の住む世界のすべてに否を突きつけて去ったりなどしなかったと、思えたらどんなに楽だろう。

でも僕はもう眠れないんだ、真夜中にひとりで目を覚ましてしまった子供のように。いや、ほんとはみんなも目覚めていて、ベッドの中でじっと息をひそめているの？

僕は白菫のことを何にも知らなかったよ。君のことも、金雀枝のことも、冬薔薇のことも、銀盃花のことも。

白菫。ほんとうにあなたはもう何も答えてくれないの？　楽園に一番近いはずのこの船で、あなたが見ていたのは地獄だったの？

……ごめん、勿忘草、君に白菫の話なんかして。

白菫は君に知られることを望むまいよ、と毒草はしずかに言った。

でも僕は知りたい、と矢車菊は叫んだ。生者の僕がそう望むんだ。死んだ者は何も望みはしない。喜びも悲しみもない。それが死ぬということでしょう？　死んだら何もなくなる。だから僕は、白菫をそこへ追いやった者を決して許せない。

嗚咽《おえつ》するときのように、頭の芯が痺れてゆくのを感じながら矢車菊は、扉の向こうの気配が変わっていくのを遠く遠く聞いていた。それは地下をひそかに流れはじめる川に似て、
来る、
としかし毒草は突然鋭く囁いた。それは、先ほどから毒草が口にしようかどうしようか迷っていた言葉とは違う、とわかった。

早く戻って。見つからないうちに。

何が来るの?

いいから早く。

階段を駆け上がるとき、雫が石洞を滴り落ちるような、その遠い足音はたしかに矢車菊の耳にも落ちてきた。


引き返しながら、矢車菊は服の下のお守り袋に手を触れる。

この鍵を白菫が盗んだのだとしたら、なぜそんなことをしたのだろう、という問いが浮かぶ。毒草に会いに行くためか? 毒草を助けたかったのだろうか。それは毒草への贖罪《しょくざい》のためだろうか。そうだとして、白菫は実際に毒草に会いに行ったのだろうか。毒草はあの調子だから助けることもできなかったのか、それとも実際にあの鍵を使うことはなかったのか——

なぜ鍵をあのお守り袋に隠していたのだろう。矢車菊には、白菫が自分に託していったので

はないかという気がしてならない。せめてもの贖罪に、死ぬ前に先生のところから盗み出した鍵、実際には使えなかった鍵を、矢車菊に託して去っていった……。

寮に戻ると少年たちは何か浮足立《うきあし》っていて、どうしたのと矢車菊が尋ねると、どこへ行っていたのと問い返された。金雀枝がおかしくなった、とかれらは言った。

21

誰かそこにいるのか、と声が言う。

ここには誰もいないって、先生のほうがよくご存知のくせに、と声が返す。毒草を数に入れなければ、ですけど。

鍵と鍵穴の嚙《か》み合う音、蝶番《ちょうつがい》の軋《きし》む音がして、毒草が顔を上げるとこの鎖された部屋にもうひとりいる。〈至純〉が立っている。

ねえ先生、矢車菊ってどんな子ですか？

毒草は唐突にそんな問いを投げかける。

なぜそんなことを？

別に……。あの白菫が、勿忘草を身代わりにして守ろうとした相手はどんなやつなんだろうって、気になっただけです。先生、白菫はどうしていますか。

変わりないよ。

先生は言う。

そして先生は螺旋階段を登って毒草を自分の部屋に伴う。

勿忘草の心の風景は林の中の小さな谷間だ。その裂け目を、翠《みどり》の葉と空色の眸《ひとみ》に似た花が埋め尽くしている。いた。いまではその中ほどまで、茶色く土が露出している。かつてこの地に君臨していた草花は足許に踏み躙《にじ》られている。

少年は機械的に花を摘《つ》む。もう痛みも悲しみも感じない。感じないのに、どこか遠いところで存在しない何かが痛み、何かが泣いている。

花を摘んでくるようはじめて命じられたとき、少年はすこし驚いたけれど、疑問は覚えなかった。先生の言うことは絶対だったからだ。けれどそれが終わり、少年たちの元に帰ったとき、ふと足が竦《すく》んだ。自分はもうかれらの中に交ざれないとなぜか感じたのだ。何か間違ったことが行なわれて、それはもう正せないと感じたのだ。

少年が摘んでいるのは追悼のための喪《も》の花だが、悼《いた》まれているのもこの花たちだ。手の中に空色の涙がいっぱいに溜まる。

それが終わったとき、勿忘草は白菫のことを考える。

白菫は特筆すべきところのない少年だった。少なくとも街で共同生活をしていた頃の勿忘草にとってはそうだった。内気で口数が少なく、小柄で目立たない少年。だからひとりの少年が白菫に熱を上げ、偶像視せんばかりになったのには驚いた。熱を上げている当の少年の方がむしろ人好きのしそうな天真爛漫《てんしんらんまん》な雰囲気と愛くるしいふっくらした頬の持ち主であったのに、そんなことはまるで頭にないようであった。

不思議だったのは、その少年に感化されたのか、年下の少年の中に白菫に憧れる者たちが出てきたことだった。勿忘草自身も、白菫を見てこんなに綺麗だったろうかと首を傾《かし》げることが何度かあった。頼りなげな様子が穢れに染まぬ清らかさに見え、人に交わらぬ内気さが孤高に見えることがあった。勿忘草の見方が影響されたのかもしれないし、白菫自身が変わったのかもしれなかった。ひとりの少年が彼を天使と信じたゆえに、彼自身おのれを天使と信じ、天使になったかのようであった。

その少年、矢車菊には、よく言えば一途《いちず》で、わるく言えば思い込みの強いところがあった。それが他の者を巻き込んでいく力とそれゆえの危うさがあり、矢車菊に惹《ひ》かれる者はそういうところに惹かれるのだろう。

では、白菫にとって矢車菊は何だった？

勿忘草は、白菫によって身代わりとして差し出された。矢車菊の身代わりとして、〈提供者〉

に選ばれていた白菫は、先生たちに協力して次の提供者を選ぶ手伝いをし、必要とあらば口封じをしさえした。

矢車菊には手を出さないという約束と引き換えに。

勿忘草には、矢車菊が一方的に白菫に熱を上げているように見えたのだが、白菫の方も矢車菊を可愛がっていたのだろうか。あるいは、自分を天使だと信じてくれる一途な存在なしでは、自分を保《たも》てなかったのか。

そんな白菫が命を絶ったというのだ。勿忘草が監禁されるに至って、自責の念に耐えられなくなったのだろうか。だとすれば、白菫を殺したのは勿忘草？　あるいは彼にそこまでさせた、矢車菊？

ただ一つわかるのは、そんな話を矢車菊に知られることを、白菫は決して望むまいということだけだ。

22

金雀枝はどこかへ消えてしまった。昂奮《こうふん》が収まるともう誰も、金雀枝の名を口にしなくなった。

少し前からおかしくなっていたのだという。怯えたような眼をして、わけのわからないことを口走り、食べ物も口にせず、眠ろうともしなかったのだという。

どこまでが本当の話なのか、矢車菊にはわからない。金雀枝が絶望と恐怖で本当に発狂してしまったのか、それともただ事実を話しただけで狂人扱いを受け、その話に尾鰭《おひれ》がついたのか、わからない。

わかるのは、次は自分の番だということ。もう、とうに目をつけられている。目立つ行動を取りすぎた。元の従順で無垢な矢車菊に戻らなければ一巻の終わりだ。金雀枝や勿忘草の警告にもかかわらず、自分はもう引き返せないところまで来てしまった。

そして、引き返すつもりはもうない。

金雀枝や、銀盃花や、――もしかしたら白菫を、引き返せないところに追いやったのは自分なのだから。

おそらく、あと一度怪しい行動を取れば、次はない。ならば、その最後の一度をどう使おう？　これで終わりなら、もう目立つことを恐れる必要はない。

ただ――心残りは冬薔薇のことだった。胸に秘めていたものを、自分のせいで吐露することになってしまった、そのせいで危険に晒《さら》されているであろう冬薔薇。自分の次はきっと冬薔薇が危ない。

自分の試みはきっと失敗する。冬薔薇を救うことは、できない。

せめて最後に、冬薔薇に会いに行こう。取り巻きに囲まれて、きっと自分を寄せ付けてもくれないだろう冬薔薇に。

Ⅱ　冬薔薇

1

――気にかかることでもあるんですか、冬薔薇。

そう聞いてきたのは忍冬だ。ひと気のない廻廊に座り込んで、夾竹桃《きょうちくとう》と麒麟草《きりんそう》は下らない話をして笑っている。俺は出窓に腰掛けてその様子を見ていた。

――ねえよ、そんなの。

俺はそう答えるが、忍冬はしつこく食い下がる。

――矢車菊のことでしょう?

――なんで俺があんな奴のことを気にしなきゃならねえんだよ。

矢車菊。馬鹿な奴。

せっかく恵まれた立場にいたのに、自分で全部ぶち壊しにしやがった。

あの無神経な馬鹿は、銀盃花の追悼式の後も、何度か俺に話しかけに来た。話を聞きたいと言いに来たのだ。なんで、どうしてと聞けば誰かが教えてくれると思っている、おめでたい奴。

忍冬たちは、あの日俺と矢車菊の間で交わされた会話の意味を理解してはいない。ただ、あいつが突然俺に喰って掛かり、俺が苛立ったのを目にしただけだ。それでも俺が鬱陶《うっとう》しがっていることはわかっていたから、連中はあいつを近付けないようにしていた。

金雀枝の気が変になった後で、あいつはまた俺のところに来て、忍冬たちの肩越しに言ったのだ。

——心配なんだ、君のことが。

ほっとけよ、と俺は言った。——俺はうまくやってる。

金雀枝がなぜおかしくなったのかは俺は知らない。おそらく、不用意なことを言うなりすりして、先生に圧力をかけられ、恐怖で変になったのだろう。矢車菊が何らかの理由で金雀枝に対して責任を覚えているのは見ればわかる。だからって、罪滅ぼしに俺の面倒でも見ようと言うのか。大きなお世話だ。

矢車菊は、変に静かな口調で最後に言った。

——僕は心を決めたから。考えたけど、僕にできることはこれくらいしかないんだ。

何をするのかは聞かなかった。

その日の午後、聖歌の練習の時間のことだった。ユニゾンの歌声がふとばらついたと思ったら、矢車菊が自分の立ち位置を抜け出して、前に進み出るのが見えた。奴が指揮台に登ったとき、歌声は完全に止《や》んだ。

みんな聞いて、と矢車菊が口を開いた音楽室はしんと静まり返っていたが、耳を傾けるための沈黙ではない。何か厄介なことが起きているときの、見て見ぬ振りをするための、気まずい沈黙だ。

——みんな聞いて。君たちに話したいことがある。この船では何かが起きているんだ。何かよからぬことが。そのために白菫と銀盃花は命を絶ち、金雀枝は発狂し、毒草という名前になった勿忘草は口封じのために地下に監禁されている——

そこから下りなさい、矢車菊。

傷ひとつない葩のように滑らかな白百合の声が、矢車菊の演説を遮った。矢車菊は止まらない。

——先生たちは隠している。白菫たちに何をしたのかを。僕は決めた、先生たちに直談判《じかだんぱん》に行くことにする。なぜ白菫たちが死んだのか、本当のことを問い質すんだ。この中に、一緒に来てくれる者はいないか。

矢車菊の方を見ている者はほとんどいなかった。皆、目の前で何かひどく調子外れなことが起きているときの、いたたまれない様子で、楽譜に目を落としたりあらぬ方を見たりして、その時間が過ぎ去るのを待っていた。

——一緒に行こうという者はいないか。

矢車菊の声が上ずった。

——僕たち皆の問題なんだから。僕らの仲間に邪《よこしま》なことをする者は、たとえ先生であろうと許すべきではない。そうでしょう？　正さなきゃ。立ち上がって先生たちと戦う時が来たんだ。間違ったことはやめさせなきゃ。今まではみんな、一人ひとり戦って敗れてきた。でも僕らが手を取り合って立ち向かったらきっと負けない。それなのにどうしてみんな黙っているの？　どうしてみんな下を向いて聞こえないふりをしているの？

矢車菊の声がしずかに透き通っていく。

——そうか、君たちは平和で穢れのない〈船〉の幻を見続けたいのか。地上で僕らを絶望させたあの醜さを自分たちの内に見たくないのか。

——矢車菊。

白百合が甘い声を張り上げた。——自分の場所に戻りなさい。

——白百合、と矢車菊は悲しげに答えた。——僕はあなたのことをずっと尊敬していました。ずっと信じていました。でもあなたは——この船の、自分の寮の、表向きの平和を保つことしか考えていなかったんですね。

矢車菊、君は心の均衡を崩しているようだ。そこから下りておいで。悩みがあるなら僕が聞く。もっと早くに相談してくれていたらよかった。

でも今、僕はあなたに話してるけれど、あなたは聞く耳を持たない。あなたは黙らせるためにしか話を聞かない。ずっとそうだった……。

みっともない真似をするのはやめて、矢車菊。君はそんな子ではなかったはず。白菫もきっと話そうとしただろう。助けを求めただろう。あなたに。……僕に。そして誰も聞かなかった。僕たち、この船の全員で白菫を殺したんだよ。どうして僕を非難するの。どうして僕を信じてくれないの、と白百合が言った。僕は君を守りたいだけなのに。

僕だってあなたを守りたいよ、と矢車菊は言った。あなたたちの誰も僕を信じてくれなくても、どんな手を使っても、僕はあなたたちを守りたいよ。

喧嘩しないでよ、と鈴蘭が幼い声を張り上げて割って入った。――矢車菊、どうしてこの船の平和を乱すようなことをするの。そんなことをする矢車菊はきらい。白百合にいさまに謝って。謝ってよ。仲直りして。

虚を衝かれたように鈴蘭を見下ろした矢車菊は、一瞬の沈黙の後、今までに見せたことのない、烈しく、それでいて静謐な表情を浮かべて、一同を見渡した。

――この船が、そんなに大事? 見て見ぬふりをして航海を続けるくらいなら、この船が真っ逆様に墜落する方を選ぶよ、僕は。

矢車菊は結局、一人で音楽室を出て行った。一人で先生たちのもとへ「直談判」に行ったのだろう。

そして、それきり戻らない。

死んではいないはずだ。毒草も生きているようなことを矢車菊は言っていたのだから。先生たちは俺たちを殺しはしない。ただ秩序を乱す者をどこかへ連れ去るだけだ。

もう皆は矢車菊のことなんか覚えちゃいない。覚えていても、口には出さない。毒草や白菫や、金雀枝を忘却したように。俺もすぐに、あいつのことなんか忘れる。

馬鹿な奴。恵まれて、保護された立場にいればよかったのに。何も知らない能天気な餓鬼のままで、楽園へ行けばよかったのに。俺たちを救おうなんて、考えなければよかったのに。

——なんで俺は。

ああいうお人好《ひとよ》しがむずむずするほど嫌いなのに。

——あいつのことがこんなに気にかかるんだろうな……。

思わず漏れた声が、俺のものとは思えないほど頼りなかった。

——冬薔薇。

忍冬の声が急に改まる。

——あなたは矢車菊を……助けたい。そうなんですね？

2

——先生たちは、と俺は言った。——花を喰う。

俺たちは夜の倉庫で車座になっている。仄白い星明りが照らし出すのは、忍冬、夾竹桃、麒麟草と、夏椿、蛇苺と蒲公英、秋桜《コスモス》に海棠《かいどう》。

矢車菊を助けたい。どうして自分がそんなふうに思うのか、自分でもわからない。あいつが俺に手を差し伸べようとしたからか。それなのに、俺はあいつをたった一人で行かせたからか。

けれど忍冬の問いかけを俺が肯うと、忍冬はすかさず答えた。

——僕はあなたの味方です。

いつの間にか固唾《かたず》を呑んで話を聞いていた夾竹桃と麒麟草が、慌てて追従する。

——俺も協力します。

——俺だって。

仲間を増やした方がいいと思うんです、と忍冬は言う。——矢車菊はたった一人で行動して敗れたんですから。矢車菊も同じことを言っていた。

それは危ないんじゃないのか、と麒麟草が眉根に皺を寄せた。——それって先生たちへの……言ってみれば、反逆なんだろ。相手が寮長に密告でもしたら終わりだぜ。そもそも矢車菊についていくやつだって一人もいなかった。

それに関しては、考えがないでもねえな、と俺は言った。

矢車菊が演説をぶったあの日、俺は音楽室の一番後ろから見ていたからだ。ほとんどの者が矢車菊から目を逸らした中で、顔を上げて話を聞いている者もあったのを。

矢車菊は後に何ひとつ残さずに姿を消したように見える。だが、本当にそうなのか？

俺が名前を挙げた一握りの連中に、忍冬たちがひそかに声をかけて回った。集まったのが、毒草と親しかった夏椿、白菫の自殺を目撃した蛇苺と蒲公英、それに秋桜と海棠だった。

花を喰うって、どういう意味？

蛇苺が問う。何かの比喩だと思っているのがわかる。

どういう意味か、俺だってできるなら知りたい。

夏椿は何か心当たりがありそうに顔を上げ、秋桜は俯いた。

――そのまんまの意味だよ。俺たちの魂の花を喰う。

俺は肩をすくめる。

――先生たちは、俺たちの魂の花を取り出すことができる。というか……俺たちに命じて、俺たち自身の花を摘んで来させることができる。俺たちが心に花苑を思い浮かべ、そうすると花苑がそこに在るだろ。それと同じように、俺たちが花を折ろうと考えれば花は折れる。

秋桜以外の全員がぞっとしたような表情を浮かべる。花苑の花を折るなどと言われても、思い浮かべることもできない、そんな顔だ。

――それは夢の中で行われる。そして目が覚めたときは、いつの間にやら手にいっぱいの花を持っていて、先生がそれを美味そうに喰う。

意味がわかんねえだろ、と俺は付け加える。できるだけ淡々と。

ほんとうは、誰にもそんな話はしたくない。

――なんでそんな……そんなことを？

蒲公英が怖々と尋ねる。

——知らねえよ。

なんでそんなことを。それは俺自身ずっと自分に問い続けてきた疑問だ。

3

それが行われるのは、週に一度の面談のときだった。

俺は言われるままに長椅子に横たわり、眼を閉じる。眠りは与えられた薬の力を借りて速やかにやって来て、閉じた俺の視界を二重に塞いだ。声が聞こえた。おまえの心のあるところへおまえみずからを導け、と甘美なその声は言った。言われずとも、この儀式に慣らされきった俺は、ただの夢の中でさえもそれ以外の場所に行くことがない。俺はまた、あの場所を呼び出してしまう。

夢の中の俺は曠野にいる。かつてここには薔薇苑があった。目路の果てまで、ゆるやかに起伏する丘また丘を覆うくれないの薔薇の絨毯《じゅうたん》があった。いまは——いまでも薔薇苑だ、俺の前にあるのは。だが俺の後ろにあるのは踏み荒らされて見る影もない荒れ地だ。踏み荒らしたのは俺だ。他の誰でもない。俺の分け入って来た跡は、露出した土が黒く踏み固められている。そのまわりでは花を摘み取られた灌木《かんぼく》が黒々と立ち枯れ、縺《もつ》れあっている。花を摘み取ったのは俺だ。他の誰でもない。俺の前にある、まだよごれていない花苑は、もう終わりが見えている。

その花を摘み取れ、と声がする。その花を摘み取れ。その花を摘み取れ。

俺はその声に逆らえない。何よりも慕わしく懐かしいその声に逆らうすべを知らない。逆らおうと思えたためしすらない。

その花を摘み取れ。その花を摘み取れ。その花を摘んで持って帰れ。

花苑の、まだ誰も足を踏み入れていない領域に、俺は一歩足を進める。俺の足が花苑を踏み荒らす。俺の手がくれないの薔薇に伸び、その花を毟《むし》り取る。俺の名前の花を毟り取る。花を奪われた薔薇の木は黒く萎れて枯れていく。俺の心、俺の意思、俺の自由、俺の夢が手折《たお》られ、摘み取られていくのがわかる。胸が痛い。胸郭に根を張った花を引き抜いているかのようだ。俺は手当たり次第に花を手折る。

目が覚めたとき、俺は胸の上に置いた両手いっぱいに薔薇の花を抱えている。それは俺の胸から噴き出した血のようだ。俺の頰は涙で濡れている。目の前にいる人に俺は花を差し出す。その人は首を伸ばし、俺の両手に顔を埋めて、がつがつと花を喰《くら》う。俺の心臓の血を喰う。

そんな話を、だが俺は矢車菊にはしなかった。純潔無垢そのもののあいつには話さなかった。俺たちがどんなふうに、自分の中で最も大事で何よりも価値があると言い聞かされてきたものを、言われた通りに育まされ、慈しまされ、守らされた挙句に、自分の足で踏み躙らされたか、そのたびごとにどんな苦痛を味わったか、その後でどれほど自分を汚れた、欠けた、価値のないものと感じたか、そんな話はしない。できるはずもない。誰に対しても。

4

——毒草が……勿忘草が言っていたのも、そんな話だったと思う。

夏椿が沈痛な面持ちで言う。——あのときはよく理解できなかったし……勿忘草の妄想だと片付けてしまったけれど……

花を喰う、か。

海棠が考え込みながら言った。

——どこかで聞いたことがあるような気がしたけど……下界の街にいた頃かな。関係があるかわからないけれど……。

何だよ、と夾竹桃が言う。

——あの街にいた頃、はじめ七十七人の一人に選ばれていながら、後から失格になった子がいたんだよね。あの街には大きな文書館があったの、覚えてるかなあ？　そこの禁書の部屋に立ち入ったのがばれて、不適格になったんだ。僕はその子と仲が良かったから、禁じられた書物に何が書いてあったのか、少しだけ聞かされたことがある。僕は不適格になりたくなかったから、そのことを秘密にしていたけれど……。大した内容だとも思えなくて、読んだ中身よりも言いつけに従わなかったことそのものの方が問題なんだろうと思っていたんだけど。でもそうじゃなかったのかもしれない。そこにはたしか、「花を喰う」話が出て来たんだ。詳しい内容は今は思い出せないけれど、古い言い伝えみたいな話だった。

僕も、と秋桜がふいに声を上げた。意を決したような顔だった。

——僕も、冬薔薇と同じ……花を……先生に。

それは意外ではない。こいつには同類の雰囲気を感じていたからだ。

今頃は矢車菊も餌食《えじき》になっていることだろう。白菫の死の真相を知りたくて堪《たま》らなかった矢車菊は、今頃思い知っているだろうか、どんな絶望を、屈辱を、白菫が味わったか。

——俺に、勿忘草に、白菫に、金雀枝に、秋桜か。俺は数え上げてみる。——みんな寮がばらばらだ。銀盃花だけは白菫と同じ寮だが……。多分睡蓮《すいれん》寮と牡丹《ぼたん》寮にもいるだろう。先生たちはそれぞれ自分の寮から一人ずつ手をつけてるんじゃねえかな。思ってた通りだよ。先生たちはみんなぐるなんだ。

5

俺がなぜ痛みを覚えるのか、俺自身もわからない。

どうせ奪うのなら、花の美しさなど教えないでほしかったと思う。花苑に誇りを持つように教育などしないでほしかったと思う。先生がなぜ花を喰うのか、それすらもわからないが、従順にそれを差し出すように教えて、有無を言わせず召し上げていけばいい。

だがおそらくはそうはいかないのだ。愛と誇りを込めて花を思い描くことによって、はじめて俺たちの魂は十全に花の形へと結晶するのだろう。魂は形のないままでは奪えない。花という形にしてはじめて摘み取れるようになる。その花のうちに、俺たちのすべてが込められていると、俺たち自身が強く信じていないと駄目なのだ。奪われて深い喪失を味わうものでなければ、奪うことはできない。

先生が喰っているのはこの痛みなのかもしれないとすら思う。

6

——それで、白菫も花を喰われて、そのせいで自殺……したっていうのが矢車菊の考えだったわけだ。夏椿が言う。——だからあんなに勿忘草のことを調べて回ってたんだ。それで、先生たちに直談判に行ったのか。

……ほんとかよ、と麒麟草が呻《うめ》く。——この船で、そんなことが起きてたなんて、信じられねえ。

僕だって信じられませんよ、と秋桜が青い顔で言う。――自分の身に起きてさえ。それを信じて行動したんだから矢車菊はすごいな。

――矢車菊を助けたい、というのが冬薔薇の考えですよね。

忍冬が話をまとめる。

僕は勿忘草を助けたいよ、と夏椿が言う。――まだ、できることがあるんなら。僕は取り返しのつかないことをしてしまったけど……。

――それに無論、金雀枝も。蛇苺が付け加える。――金雀枝は僕と同じ寮だったんだ。いつも優しくしてくれた……。

――そもそも、先生たちがやってるその……花を喰うとかいうのをやめさせるにはどうしたらいいんだ？

夾竹桃が言う。

――やめさせたところで、僕らはもう楽園には行けませんけど……。

秋桜が泣き顔で言う。

楽園には行けねえよ、と俺は肩をすくめる。――それは仕方ねえ。

――でもこの船で起きていることを正すことはできます。矢車菊は一人で直談判に行って失敗しました。でも、談判というの自体は悪い手ではないと思います。あなたたちのやっていることを知っているって伝えるんです。

――伝えてどうするんだよ？

――僕たち九人で迫れば……

――これっぽっちの人数で？

――やはり皆に公表するのはどうかな。それで代表を立てて先生たちと話し合いをするのは。ことによっては、先生たちには今の地位を退いてもらって、僕たちでこの船の指揮を執る。

公表か、と秋桜が呟く。――こんなことを、本当は誰にも知られたくなかった。

――公表してどうなるんだよ？

俺は言う。矢車菊がいったんそれはやったわけだろ。

そのとき、俺を含め誰一人として矢車菊を助けようとしなかった。俺たちはそういう奴なんだ。無垢で無責任な子供たち。大人に従順な告げ口屋たち。

少年たちは、平和で穢れのない〈船〉の幻を見続けたいのだ。戦乱と迫害の嵐の吹き荒れる地上には戻りたくない。自分たちの内に地上の醜さを見たくない。そう矢車菊は言った。こんな船、真っ逆様に墜落しちまった方がいいんだ。

そんな言葉が俺の口をついて出る。

――冬薔薇。

星明りの倉庫をあとにして寮に向かうとき、俺の影を踏みしめるようにしてついて来ていた忍冬が、ふいに俺の袖を摑んで爪先立つような姿勢で囁く。

――冬薔薇、ごめんなさい。

その声は掠れている。

――ごめんなさい。ずっとあなたを慕っていた僕が、あなたの苦しみに気づかなかった……。

俺はどう答えていいかわからず、肩を竦める。

7

白菫が死んだとき、俺はすぐに自殺だなと思った。その前からあいつには危ういところがあった。人を避けがちで、ふらふらとどこかへ行ってしまいそうなところが。何かを愧《は》じて、他の純潔無垢な少年たちの間に交ざるに堪えないというような。しょっちゅう授業や礼拝を抜け出して一人でどこかをぶらぶらしていたらしいのは、そういうわけなのだと思う。甲板の手摺の上に身を乗り出しているのを見たときには、身投げの衝動と戦っているようだと思ったものだった。

俺にはその気持ちがわかった。良くも悪くも無垢な少年たちの中で、自分だけに色がついているような気持ちが。注意深く周りを見ていれば、同じ翳りを帯びた者は他にもいて、異分子になってしまったのは自分一人ではないと知れた。だからって何か救われるわけじゃないが。

矢車菊にはそんな気持ちはわかるまい。矢車菊には、白菫のそんなところさえ、神秘的に映っていたようだった。自分の傷を、穢れを、必死に隠そうとするそんな姿が、謎めいた憂《うれ》いとして他の奴を惹き付けるんだから皮肉だ。そうして矢車菊は、白百合に言われるままに、白菫を皆の元へ連れ戻す役割を担っていた。お利口な牧羊犬だ。

矢車菊は白菫のことを少しもわかっちゃいなかった。わかるはずがない。この船の上で誰かが誰かを理解するなんて不可能だ。こんな大きなことが隠されていて、俺たちとあいつら——無垢な連中——が見えない黴で分け隔てられている、こんな場所で。

俺のあとをついてくる、忍冬や夾竹桃や麒麟草といった連中だって、俺のことを何も知りゃしない。強がっている俺の、ぎりぎり保っている上っ面を見て心酔しているだけだ。俺の弱みを知ったら顔を背けて去っていくだろう。そう思っていた。

矢車菊もさっさと白菫を忘れるだろう。白菫に熱を上げてはいたが、それと同じくらい〈至聖〉先生にも、寮長の白百合にも従順だ。自殺なんて冒瀆的な考えは思い付きもせず、花苑を悲しみで乱すなという教えに従って、白菫を忘れていくだろう。誰が誰に熱を上げようと、それはこの船の上の遊戯《ゲーム》でしかない。この船の秩序を揺るがすものにはなり得ない。

そう、思っていた。

そう、早く忘れればいいと思っていた。死んだ奴のためにしてやれることなんて何もない。さっさと忘れて、掘り起こさないでやるのが一番いい。白菫は誰にも知られたくなどないだろう。自分に何があったか、自分が何をしたのかを。とりわけ矢車菊には。

白菫を死なせたのは矢車菊だという見方だってできるのだから。

矢車菊が毒草のことやなんかを知ろうとし始めたのも、だから、鬱陶しかった。毒草について聞かれて、俺は面と向かってあいつを冷笑した。子供じみた探偵ごっこはさっさとやめてほしいと思った。

銀盃花が死んだときも、心の底から馬鹿だなと思った。俺は生きるつもりだったから。この船で生きられる限り生きるつもりだったから。何も知らずに喰ってかかってくる矢車菊を、俺は本当に軽蔑した。

それなのに、俺はどうして期待してしまうのだろう。どうして信じたいと思ってしまうのだろう。矢車菊を。あいつが白菫を忘れなかったことを。あいつは白菫の死んだわけを知ろうとし、この船を揺るがそうとした。俺はそこに——希望を見てしまう。

8

思い出したんだ、と海棠が言ったのは、その次の会合の時だった。

俺たちは決して曇ることのない星空の中に座して、互いの顔を見ていた。今まで、この船でこんなふうに互いを見たことはなかったような気がした。

——例の、禁書を読んだ子が言っていた言い伝え。昨日、夢に出て来たんだ。それですっかり思い出した。

——で、どういう話だったの？

蛇苺が聞く。

——あるところに欲の深い怪物がいて、空庭に行ってみたいと願っていた。けれどそいつには魂の花苑がないから、空を渡っていくことができない。だからそいつは十一人の清らかな少年を攫《さら》った。その後空からは、一定の期間を置いて、少年の遺体が一人分ずつ落ちてきたそうだ。天の十一の層の一つにつき一人分、少年の内なる花を平らげて飛んで行ったのだと。

その話の気味の悪さに全員が黙り込むと、星はいっそう明るく感じられた。

——それから、もうひとつ聞いた話があるんだ。

海棠が躊躇いがちに続ける。

——空庭を探しに行く旅はずっと昔に何度かあったのだけど、どの記録にも七十七人の少年たちは出て来なかったというんだ。旅に出たのは一人から十数名までばらばらな、心清く智慧《ちえ》ある勇者たちだったと。

先生たちが言ってた話とは全然違うじゃねえか、と麒麟草が息まく。

話がまちまちだ、と夏椿は呟く。いっそうわからなくなった。

あんまり役に立つ話じゃなかったかもね、と海棠がすまなそうに肩をすくめた。

……いえ、つながってます。しばらく黙り込んだのち口を開いたのは忍冬だった。

俺たちを率いているのは怪物たちってことか、と俺も言った。

どういう意味？　蒲公英がきょとんとする。

七人の導師に七十七人の少年たち。つまり一人につき十一人。言い伝えにあった怪物が空を渡るのに必要としたのと同じ人数だ。

かつてあった楽園探索には少年は登場しない、と忍冬が話を引き取る。探索者たちは一人で智慧と無垢とを兼ね備えていたんです。

だから、先生たちには俺たちが必要だった。俺たちの持つ花苑が。

まさか、と夏椿が首を横に振った。

そう考えれば辻褄《つじつま》は合う、と夾竹桃が言う。

昔の探索者たちは自分の内なる花苑を持っていました、と忍冬が言葉を重ねる。先生たちにはそれがない。昔はいい時代で、智慧と無垢とを両立させることができたのかもしれません。僕たちの時代は、智慧を身に付けたら無垢を失ってしまうのか、それとも探索者というのはそれくらい稀《まれ》な存在で、先生たちはそうではないただの智慧者ということなのかも。

つまり、先生たちは騙《かた》りの探索者だったわけか、と夾竹桃が引き取る。ほんとうの伝説をどこかで捻じ曲げて……。

導師たちが少年たちを導いて空庭に連れて行くんじゃない、と俺は静かに言う。七十七人の少年たちを連れた、七人の導師たちだけが空庭に到達するんだ。少年たちは奴らのための生き餌《え》なんだ。はじめから俺たちは一人として楽園には辿り着かないと決まってたんだよ。

一座はしばらく、重い沈黙に包まれる。

——今は第二層だ。ということは寮につき二人ずつ、喰われた奴がいるはずだ。この先、どんどん増えていく。

花を喰われたらどうなるの？　と蛇苺が聞く。

どこかの段階で気が狂う、と俺は誰でも知っていることを答える。上へ上へと昇っていって、光があまりに強くなったときに、無垢の花苑を持たない者は正気を失う。

この船での「勉強」が、地上でのそれとは違うものだったことを俺は思う。聖歌を歌い、オルガンを弾き、体操をし、決められた本を読んだ。それだけだ。智慧や智識を身に付けることが無垢を損なうからだ。俺たちは美味しい餌でいるためにこの船で飼われていたのだ。

——そうとわかったら、先生たちを排除するほかないと思います。忍冬がきっぱりと言った。

——排除するって？　蛇苺が聞く。

——殺しちゃうってことだよ。蒲公英が答える。

——先生たちがいなければ、誰も船を操縦できないんだぞ。麒麟草が言う。

……いいんじゃないかな、それで、と夏椿が投げやりに言った。——勿忘草たちは楽園には行けないことが決まってる。勿忘草を置いて僕だけ楽園に行こうなんて思えないよ。楽園には行かない。

そんなの嫌だ、と蛇苺が泣きそうな声を上げる。

地上には帰りたくない、と蒲公英が言う。あそこは地獄だ。

ここも地獄だったんですよ、と秋桜がしんとした声で言った。僕らにとっては。ここは僕らの地獄の上に築かれた、あなたたちのまぼろしの楽園だったんです。

僕らの手で誰かの地獄を作るようなことはもう、したくないんです、と忍冬が言った。——許してなんて言えないけど、せめてもの贖罪として、僕らができるのは、先生たちを排除して楽園への夢を手放すことだけだと思うんです。先生たちを許すことはできません。それだけは、できない。

楽園に行けないと決まったわけじゃない、と海棠が明るく言う。——探せば、船を操縦する方法だってどこかに書いてあるかもしれない。僕らの手で船を動かすこともできるかもしれないよ。

楽園へは行けなくても、と夾竹桃が言う。——どこかには辿り着けるかもしれないんだし。俺たちが平和に住めるようなところに。

計画は単純だ。俺と秋桜は、花を喰われる例の時に。残りの者はそれぞれ、相談したいことがあると言って先生たちのもとに面談に行く。そうして先生と二人きりになって、隠し持っていたナイフ——ペーパーナイフやキッチンナイフ——で一突き。

いささか心許ない計画ではある。先生たちがみな老人であることを考えれば、五分五分といったところだろうか。それでも俺は——半ば自棄《やけ》のようなこの計画に、希望を持ってしまう。たとえこれが自滅への道だとしても、何も考えず先生たちについていくばかりだった少年たちが、とうとう反旗を翻《ひるがえ》した、そのことが何より大事なのだと思ってしまう。

9

俺は銀のペーパーナイフをポケットに、〈至善〉先生に会いに行く。

やあ、来たね、という先生の声は、いつものように親密だ。優しい、好々爺《こうこうや》の顔。このひとが俺たちに邪なことをするなんて、俺の思い違いではなかったかと思えるような。

俺はいつものように長椅子に身を横たえる。先生が花を喰うのに夢中になっている隙に、ペーパーナイフで胸を刺す。そういう手筈《てはず》だ。

……俺は、また、荒れ果てた薔薇苑にいる。

その花を摘み取れ、という声がする。親ももういない俺にとって、母親のように懐かしく慕わしい声。その声の持ち主が望むことを、何でもしたくなる声。それが俺の身を引き裂けというものであったとしても。

ああ、そうだ。俺はこのひとを愛している。誰よりも愛している。

このひとに花を喰われるようになってから、それまでよりずっと、このひとを愛するようになった。俺にはもうこのひとしかいないないから。俺を絶望させたのもこのひとなのに、絶望の中で縋る相手もこのひとしかいない。このひとの養分として自分のすべてを捧げたのだと、このひとひとり楽園へ行ってくれさえすればすべては報われるのだと、思うよりほかはないのだ。

俺はひどく淋《さび》しいのだと思う。このひとと自分の間には奇妙な絆が成立してしまっていて、それはほかの誰の目にも晒せない。騙されて何かおぞましい悪事の片棒を担がされ、そうなったらもういつまでも脅されて共犯でいつづけなければならなくなったかのような。

俺はその密約を破って、このひととのことを他の奴らに話した。返って来た問いは——どういうこと？　どうしてそんなことになった？　どうしてそんなことがあり得る？

それは俺自身が聞きたかった。なぜ俺が問い詰められなければいけないんだ？　なぜ一生懸命になってこいつらを説得しようとしなければならないんだ？　なぜこいつらは俺とおなじものを見てくれないんだ？

何が、どうして、ほんとうに？　それを問うてこないのはこの世でただひとり、先生そのひとだけだ。このひとと俺の間になにがあったのか、このひとだけが知っている。話そうとすればするほど零《こぼ》れ落ちてゆく真実を、このひとだけは知り尽くしている。じぶんの傷口のかたちに正確に一致した牙をこのひとだけが持っている。このひとだけは俺が嘘を吐いていないことを知っている。このひとにだけは嘘を吐く必要も、真実を告げる必要もなく、なにひとつ隠す必要がないから。

俺は自分が生贄《いけにえ》を乗せる台であるかのように、胸に薔薇を溢れさせて目覚める。ぐったりして、何をする気にもならなかった。俺の胸から噴き出した血のような薔薇が〈至善〉の口へと消えていくのを、ただ他人事のように眺めていた。俺は負けたんだなと思った。はじめから負けていた。

やがて俺は起き上がると、覚束ない足取りで窓辺へ向かい、背の高い窓を開け放った。冷たい夜風が流れ込んでくる。膝の高さの窓台の上に身を屈め、下界を見下ろす。地上はおぼろな星空のようで、ふいに遠近感が狂った。白菫も銀盃花も、こうして誘われたのだろうかとふと思った。死ねばいいのは俺の方だったのか。

夜風は体に悪いぞ。

優しい声が背後から俺を包んだ。黙っていると、俺の肩にあたたかい手が置かれる。

……このひとは、なぜこんなに優しげな振る舞いができるのだろう。

その瞬間、俺は手に銀のペーパーナイフを握り、肩に置かれた手を振り払って身を翻し、それを先生の胸へと突きつけていた。先生が窓の方へとあとずさった。

——動くな。

——なぜ、

先生の眼は驚愕に見開かれている。

——なんでって、あんたが一番よくわかっているだろう。

俺は掠れ声を振り絞るように言った。噛まない犬が吠えるように、懸命に。

——わたしのしたことを怒っているのか？　だがこれは楽園に辿り着くために必要な……

——俺が楽園に行けない身になったのは誰のせいだと思ってるんだ。

俺はじりじりと先生を窓辺に追い詰める。今、この衝動のままに動かなくては負けてしまう。

待て、と先生の声が上ずる。——殺さないでくれ。おまえでも楽園に行ける術《すべ》はある。それを教えてやろう。

先生はとめどなく冷や汗を流している。流星の光にきらめく。さっきまではあんなに堂々としていたのに、こんなに必死に命乞いをして、みっともない卑怯《ひきょう》者に成り下がった先生が、それでも俺は愛おしい。

——何だ、それは。

——教えたら殺さないでくれるか？

——言え。

——他の者の花を喰うことだ。

一瞬、俺の脳裏をよぎったのは、俺自身のことではない、矢車菊のことだった。矢車菊にも楽園への道は残されている……。

——騙されるかよ。

俺は声に力を込める。——あんたたちの企んでることはお見通しだ。七人の導師に七十七人の少年。一人頭十一人。そして十一層の空。俺たちは一人残らず、あんたたちが喰うための餌なんだ。余りなんてない。

先生は一瞬絶句する。そこまで露見しているとは思わなかったのだろう。

……だが、だが導師は七人もいらぬ。

先生は苦しげな息の下から言う。——殺すなら他の導師を殺せ。わたしはおまえに力を貸そう。ともに楽園に行かないか。

——どういう意味だ。

うっすらと理解しながら、俺は聞く。

——導師が減れば少年が余る。おまえやおまえの友達が自分の糧にできるだけ。七人全員を殺してはいけない。知っての通り、少年たちだけでは楽園には辿り着けない。その智慧がないのだから。わたしを残して、他の導師を殺せばいい。わたしが力を貸せば簡単だ。導師たちを殺すのも、船の指揮権を握るのも。どうだ、悪くない話だろう。

ああ、それは確かに一番うまい解決法だ、と俺の頭の片隅で誰かが囁いた。そうすれば地上に戻る必要はない。行くあてもなく空を彷徨う必要もない。自棄になって船を真っ逆様に墜落させる必要もない。俺も矢車菊も秋桜も、勿忘草も金雀枝もだ。花が必要なのは先生を入れて六人。俺の頭の中で素早く計算する者がいる。それなら忍冬たちが無事だ。忍冬たちを残して他の者の花を喰えばいい。

他の者。他の連中は、無垢で無責任な、下らない奴らじゃないか？　どうせ喰われるばかりが能の。

そう、頭の片隅で誰かが囁く。

俺の手が震え、銀のペーパーナイフの上で星影が踊った。

見縊《みくび》るな。

声が裏返る。ナイフを突き出すと、先生はびくりと後ずさって——

大きく体の均衡を崩した。その後ろはもう、開け放たれた窓だった。何かを摑もうと手を羽撃《はばた》かせながら、先生は呆気《あっけ》なく墜ちた。その後を追って、銀のペーパーナイフが燦めきながら墜ちていった。俺は震える手で窓台を握りしめた。そうしないと俺自身も墜ちていきそうだったから。


先生の部屋を出ると、物陰に隠れていた忍冬が飛び出して来た。

俺は成功のしるしに頷いてみせる。

——顔が真っ青ですよ。大丈夫ですか？

俺はもう一度頷こうとして、目の前がくらくらとして、忍冬の肩に頭をもたせかけた。

俺は先生の提案に乗りそうになった。俺と矢車菊のために、他の者の花を犠牲にしてもいいと思った。先生を排除するだけでは終わらない。俺は、もし俺が——

（もし俺が先生のようになりそうになったら、）

——え？　何です？

俺は心のなかで矢車菊に向かって言う。

（おまえの手で殺してくれ）

白昼夢通信

瑠璃《るり》さん

今日はありがとう。久しぶりにお会いできてうれしかった。それと、大事なお話を聞かせてもらったのも。あ、今日というのは氷花月《ひばなづき》の三日、瑠璃さんと骨董屋さんの中の喫茶室でお会いした日のこと（この手紙がいつ届くのかわからないから、いちおう書き添えておきます）。瑠璃さんはほんとうに素敵なお店を知っているのね。香水壜《びん》に入った薫《かお》りの高いお茶と、文箱《ふばこ》に入ったミルフィーユ、とてもおいしかったです。すこし重たい銀のフォークを突き立てると、象牙《ぞうげ》色のミルフィーユの皮がぱりぱり毀《こわ》れて、古い手紙の束を破っているような背徳的な気持ちになりました。お手紙を書こうと思ったのは、そういうわけなの。

瑠璃さんとお会いするのは、いつも冬だったような気がします。はじめてお会いした日のことはいまでもよく覚えています。あの日はめずらしく雪が降って、補講期間だったせいか妙にひと気のないキャンパスで、白く曇った視界のなか、瑠璃さんの深い碧《あお》いろのコートと、碧く見えるくらい黒い髪だけが、水墨画の墨のようにあざやかで。わたしはまるで人に注意を払っていないって、よく言われるのだけど、だから知っている人に会っても全然気づかないらしいのだけど、あのとき向こうから歩いてきた瑠璃さんにはなんだかはっとしたの。

あの日は美術博物館の図書室のアルバイトのためだけに大学に行っていて、ほらあの二階の、展覧会のカタログばかり集めた、木曜日しか開室しない、でも木曜日だってたいていはひとりふたりしか来室者がいない図書室。だからこんな雪の日はだれも来ないだろうなと思っていました。あそこ、実は学生のアルバイトを雇うのはわたしがはじめてだったのね。それまで人が足りてないから収集したカタログの管理まで手が回ってなくて、あの年ようやくちゃんと管理しようということになって、所蔵しているカタログを帳簿に登録したりシールを貼ったり本棚にちゃんと並べたりするところから始まって。でも数も厖大《ぼうだい》だし終わりが見えないから、まあ、のんびりね、と美博の学芸員さんたちには言われていたので、お言葉に甘えてこの上なくのんびりやっていました。

わたしの仕事には、開室日の貸出業務も含まれていて、でもあんな辺境の名ばかり図書室（実態は書庫）までカタログを借りに来る人がいるなんて思っていなかったから、はじめて来室者を前にしたときには軽いパニックに陥ったのを覚えています。本と埃《ほこり》と帳簿だけを相手にする仕事だと思っていたから、あ、そうか人間もいるのか、って。わたし人間を相手に仕事しなきゃいけないのか、って。これは失敗したかもなあと思いました。

本と埃と帳簿相手の仕事は、楽しかったんだよね。その仕事に没頭して、この世に自分以外の人間がいるなんてことを忘却しきったころにドアノブががちゃっと言うから、そのたびに飛び上がることになったのだけど、それ以外は。

でもどうしてだかあの日は驚かなかったの。雪ですこし電車が遅れて、わたしは遅刻ぎりぎりで、でも焦るとたいがい転ぶから、磨《す》り減ってきたブーツの底が滑らないようにことさらに雪を踏みしめて歩きながら擦れ違っただけの瑠璃さんが、その日のうちにもう一度現れたとき。

展示室や学芸員室のある一階から暗い色の木の階段を上ると、二階はもう静まり返っていて、その一番奥の扉にかかった不似合いにファンシーな札の、「開室中」の面を表にして中に入ると、空気はほんとうに冷え切っていて。奥にひとつだけある窓の向こうでは、ますます強くなる粉雪が白く渦巻いていたけれど、それを見なくても雪が降っているとわかる、ううん、雪の日じゃなくてもあの部屋の中はいつでもしんしんとした雪野だったんだと思うの。わかってもらえるかな、雪と埃は似ていて、埃と積み重なるページも似ていて、図書室や書庫というのは目に見えないものがしんしんと降り積もっていった気配に充ちている。あるいは、蛤《はまぐり》の吐いた息が蜃気楼《しんきろう》になるって言うでしょ、本にも本の呼吸があって、それが雪の蜃気楼みたいなものを作っているような気がする。わたしは本の吐く息のその冷たさが好きで、自分の体も冷えていっていつか一冊の本になれるんじゃないかって気がして。

そんなときに、どれくらい時間が経っていたのだろう、ふと顔を上げたら開いた扉の、敷居の向こうにあの深い碧いろのコートと、碧く見えるくらい黒い髪とが立っていて、あなたはほんとうに静かにあの扉を開けたんだね、いつでも飛び上がるくらい大きな音を立てるあの扉を。外の世界から連れてきた雪の残像を曳《ひ》いて、残像、と思ったのは、わたしの目の前で、あなたのコートの上でそれが溶けていったから。

あなたがあの日のことをどれくらい覚えているかわからない。目が合うと、あなたは静かに、中に入りたいけれどコートが濡れたままだからカタログが濡れてしまう、ということを言って、だからあなたが脱いで表を内側にして丸めたコートをわたしが預かって、実を言うとそのときはじめてヒーターの存在に気づいたのね。というか、事務机の下に小さな遠赤外線ヒーターが置いてあるの、目には入っていたのに、それを点《つ》けるという思いつきがそれまでまったく浮かばなかったの。あんな寒い部屋、ヒーターがないはずがなかったんだわ。

あなたが探していたカタログは、結局あのときは見つからなくて、こちらも蔵書の記録はめちゃくちゃだし、わたしが本格的に探そうとすると、あなたはそれを止めて、そんな限定的なテーマの展覧会がほんとうに開かれたのかさえ怪しいし、十二年も前のことだからか調べれば調べるほど情報が食い違ってくるし、その美術館も閉館してしまったから問い合わせ先もないし、もしかしたらここにならと思ったけれどないならないでいいのだ、ということを話してくれて。

ヒーターの前に掛けたコートの、裾から滴《したた》り落ちる雫《しずく》を眺めながらあなたの声を聞いていると、なんだかとても、ねむたくなった。

その日のあと、蔵書整理のたびにそのカタログを探してしまうわたしがいました。展覧会というものはその会期を逃してしまったら、カタログで跡《あと》を辿《たど》るしかないのだということを、あんなにカタログに囲まれていながらわたしはそれまで考えたことがなくて、つるりとした余白に囲まれたページの向こうに、人の行き交う白い四角い空間や背の高い硝子《ガラス》ケースがあったということにはじめて気づいて、なんだかびっくりしたのでした。

　何週間も経ったころにふいにそのカタログは、まるでずっと目の前にあったのにわたしの意識が取り逃していたヒーターみたいに、澄ました顔で現れて（でもわたしはその書架を何度も探したはずなのに）、入室記録をめくってあなたの研究室を調べて、はじめて行くそこの事務室の職員さんに、しどろもどろになりながらカタログを押し付けて、そうしたらその週の開室日に、あなたがお礼を言いに来てくれて、そのときわたしは、ああ自分はこのひとにもう一度会いたかったのかもしれないなあと思ったのでした。

　こんな話を長々としたのは、あのね、今日あなたが竜の血を引いていることを話してくれたとき、わたし実は全然驚かなかったの、どうしてかなあと思ったら、わたしあのカタログを研究室まで持っていく前に自分で読んでみたのね、その中に竜が女の人の姿からもとの姿に戻っていくところを表した人形があったの、覚えてる？　ラピスラズリの顔料と金箔《きんぱく》を塗った鱗《うろこ》がきれいに並んだ竜の下半身に、腰から上は人間で、その顔がなんだかとても瑠璃さんに似ていると思ったの。はじめて目にしたときの瑠璃さん、傘も差さずに雪の中を歩いて、まるで雪と風を従えているみたいだった、寒そうに肩をすぼめたりしないで、背筋を伸ばして、ほかの誰にも見えないものを見ているみたいに、真摯《しんし》な眼で空の深みを覗き込んでいた瑠璃さんに。

　今日あなたの話を聞きながら、そのことを思い出していたのだけど、多分困って黙り込んでいるように見えたよね、あなたはこんな話をしてごめんねって謝ってくれて、わたしは、知っての通り話すのが下手だから、そうじゃないってうまく言えなくて、悲しい思いをさせていたらごめんね、せっかく話してくれたのに。だから帰り道で、あのミルフィーユの感触を思い出しながら、あ、お手紙を書けばいいんだ、と思ったの。

あなたがあなたの秘密を話してくれたから、わたしもわたしの秘密を教えるね。わたし、人間が鬼に見えるの。そういう病気なの。だから人がたくさんいる講義とか怖くて出られなくて、何度も留年しちゃった。でも瑠璃さんは鬼に見えなかった。以上、です。わたしの秘密は。

お手紙の終わらせ方ってよくわからないな。いま顔を上げたらすっかり暗くなっていました。窓が藍色に暮れて、その向こうにも四角い部屋があって、書きかけの手紙から顔を上げたわたしがいました。わたしとわたしのあいだを、銀色の鳥が横切っていきました。

じゃあね、よい夜を。この手紙が届くときには、あなたにとってそれは終わった夜ではあるけれど、よい夜を。

のばら

＊

のばらさん
この手紙は夢の中で書いています。長い夢です。このところ、長く眠りすぎる。竜の家系にはそういう傾向があります。
私の祖母は夢の中ではいつも竜の姿をしていたそうです。翡翠《ひすい》色の鱗に、黄金《こがね》色の角、黄金色の眼はつねに閉じていたと。つまり眠っていたのです。眠る竜の祖母を外側から見ているのは、人間の姿の祖母です。祖母の夢はどんなに遠くへ行ったと思っても竜の祖母を中心に回っていたと言います。けれど目を覚ますのはいつも人間の方の祖母でした。あの黄金の眼がひらくのを、自分は一度も見たことがない、と晩年の祖母は口惜しそうに繰り返しました。でも竜が目を覚ますとしたら、それは多分この世にではなく、ずっと遠い別の世界に、ということになるのでしょう。そのときこそ、竜と彼女を結ぶ最後の糸が絶たれてしまうのではないでしょうか。

竜が殺される物語は世界中で枚挙《まいきょ》にいとまがないほどですが、その理由は、竜が退屈を嫌った、ということに尽きます。眠り続けることに飽きた竜たちは、目を覚ますために、世界を夢み、生き物を夢み、人間を夢みます。たくさんの人間の中にやがて英雄が生まれ、竜のところにやって来ます。夢の中で殺された瞬間、しゃぼん玉がはじけるように夢が消えて、竜はもといた世界に目を覚ますのです。

では、竜の去った退屈な夢の世界に取り残された人間たちの方は。

この夢の中で、私は旅の途上にあるようです。でもここまでの経緯はだいたい忘れてしまいました。瑠璃玉を探して、いつの間にかこの電車に乗っていました。単線の線路沿いを紫陽花《あじさい》が埋めています。ちゃんと剪定《せんてい》されていないのでしょう、伸びすぎた茎が花の重さを持ち堪《こた》えられずに、人の頭のような、青や紫の大きな球が、風圧でゆらゆらと頷きます。外へ外へと伸び広がった茂みは、内側にぽっかりと空洞《うつろ》を抱え込んでいます。

車内に視線を移せば、こちらでも紫陽花のような丸い頭が並んで項垂《うなだ》れ、電車の揺れに合わせてゆらゆらしています。みんな退屈な夢を見ているのです。天井に取り付けられた扇風機が、ものうげに車内を見回しています。

虫の音、と思ったら、雨音でした。いま、街に入りました。空から無数の操り糸を垂らすように、雨が銀色の糸を引いて、紫陽花の首が揺れました。

電車が小さな駅に着きました。降りたのは私だけです。線路はまだ続いているのにどうして降りたのだったか、訳《わけ》を思い出せないことに気付きました。でもきっとどこの駅で降りても同じような街が待っているのでしょう。

もう少し書こうかと思いましたが、駅からアパートまでの間に郵便局を見つけたので、手紙を投函してきました。雨はまだ止みません。

瑠璃

＊

瑠璃さん
ずいぶんご無沙汰してしまいました、お元気ですか？　一年以上も前に送ってくれたお手紙が先日ようやく届いたの。その頃わたしはちょっと転々としていたから、前の住所に送ってくれたお手紙が着いたときにはもうそこにいなくて、そこからあちこちに転送されたり留め置かれたりして、やっと届いたというわけ。瑠璃さんも旅人だから、この手紙が届くかどうかはわからないね。これまで瑠璃さんに出した手紙が宛先不明で返送されていたとしても、わたしの手元にもちゃんと届かなかった可能性が高いものね。

そういうわけで大学を離れてから何をしていたかを説明すると、といっても大してなにもしていないな。どの仕事も続かなくていろんな街を転々としていました。人間に関わらないで済む仕事って、なかなかないものね。でもいまはこの街に落ち着いていて、この先もここにいるだろうという気がしているので、瑠璃さんがお返事をくれたとしてもちゃんと届くんじゃないかな。

ここでは人形の仕事をしているの。作るほうではなくて、人形の魂《たましい》を抜くほうの仕事。人形は、作られてしばらく経つと、だんだん魂を持ちはじめてしまうでしょう。そうしたら魂を抜いてあげるの。

一年と少し前にそれまでの仕事をやめて旅に出て、その途中である街に立ち寄りました。その街ではいつでも雪が降っていましたが、街の上空はとても寒いのに、地上はさほどでもないらしくて、ケーキの上の粉砂糖くらいにしか積もりません。そして、降ってきては消えてしまう雪をそれでも呼び続けるみたいに、建物も道も塀も全部白く塗られているのです、そこでは。

そこは人形つくりの街でした。まっしろな、なんにもない、行き交う人でさえどこか精彩のない街に、大小も種類もさまざまの人形だけが鮮やかで、小さな粘土の塊に楊枝《ようじ》の先で目鼻をつけて焼いただけのような素朴な人形や、色も塗らない木彫りの人形、てのひらに乗るくらいの陶製の天使の人形から、どれも同じ澄まし顔をした子供向けの着せ替え人形、お腹を押すと言葉を話して、横にすると眼を閉じる眠り人形、樹脂の顔にきらきら輝くドールアイを嵌《は》めて、人間のような化粧を施されたカスタムドール、アンティークドレスにコルセットにガーターベルトまで身に着けて、自分のティーセットまで持っている球体関節人形、虫のように細い四肢をして、空っぽの眼窩《がんか》から花を咲かせているビスクドール、歴史上の場面を再現する姿勢のまま凍り付いた等身大の蠟《ろう》人形まで、艶《なま》めかしかったり、愛らしかったり、グロテスクだったり、いまにも毀れそうだったりしながら、どれもこの街を、自分を引き立てるための白いシルクの敷布と心得ているようで、ここから出荷されていった人形たちも、いつでもその背景にこんな雪景色を曳いているのだなと思ったのでした。

その街でひとりの人形つくりと知り合いました。花嵐《はなあらし》、というひとでした。開け放しになった扉から覗く工房の様子に、妙に心惹《ひ》かれるものを覚えて立ち止まっていたら、中に招じ入れてくれたのです。精巧で独特の雰囲気のある人形を作る人でした。人形は、人間とは違ってわたしの眼にも鬼には見えず、だからわたしはその街でたくさんの人形を目にして、はじめて人間というものの姿をちゃんと見たような気持ちになったのですが、人形たちがほんとうに人を象《かたど》っているのか、ほかの人の眼にはほんとうに人間がこの人形たちのように見えているのか、それは知るすべがありません。彼女の作る人形に与えられる評価は、むしろ、異形、といったものであったようです。微妙に左右対称でなかったり、異様に痩せていたり、猫背であったり、膝から下がなかったり、そうしたいびつさを抱えていることで生きた人間になまなましく迫りながら、人間を超えていこうとしている——と、これはずっと以前に開かれたグループ展のパンフレットに寄せられた批評の言です。彼女の人形は、人間というより翼を失った天使に似ていて、歪んで血を流してはいるが人間よりも貴種の生まれなのだ、とか、彼女の人形はどれも傲岸《ごうがん》の表情を浮かべていて、それは人間を超越した完全性のゆえであるのだが、同時に人形にはあるまじき自意識の発露でもある、云々。わたしがバイトしていたあのカタログ室にもこのパンフレットはあったのかしら、ほんとうに小さなギャラリーでひっそりと開かれただけの展覧会だと言うのだけど、そういうものこそあそこの蔵書には相応《ふさわ》しかったような気もします。

その人形師に、年中花が咲いている街に立ち寄るならお使いを頼まれてくれないかと言われて、旅の目的地など何も決めていないからと軽い気持ちで、というか、頼まれ事を断るのは苦手なのでそれよりは引き受けてしまった方が楽だなという気持ちで、というか、引き受けたのが人形運び、あるいは人形に同行する仕事でした。人形を作っている間に魂が入ってしまったのだ、とその人は硝子吹きが気泡の話をするように言いました。山をひとつ越えた、年中花の咲く街に双子の妹の雪柳《ゆきやなぎ》がいて、人形解《ほど》きの仕事をしている。そのはずだ。もう二十年も会っていないが、なにしろどちらも街を出ないから、しかし互いに仕事を頼み合うので連絡は取っている、その人のところにこの人形と手紙を持っていってくれ、委細はここに書いてある、急ぎではないから、とのことでした。幼い子供くらいもある（でも子供と言ってもいろいろだね、急電車とかで、親らしき人が子供を抱いていることがあるでしょう、ああいうのが何歳くらいなのかあるいは何か月くらいなのかわからないけれど、それくらい）、きっと高価であろう人形を、出会ったばかりの人に託してしまっていいものなのかなと思いましたが、聞きそびれました。話しながらも仕事を続けている象牙色の手が、長くて繊細な、びっくりするほどよく撓《しな》る指を別々の生きもののように動かして、その動きに気を取られていたせいもあるかもしれません。

山ひとつ迂回した先にあったのは、年中花が咲いている、と言って思い浮かぶのとは裏腹な、ふしぎに淋しい街でした。咲いている花はただ一種類、桜のような花水木《はなみずき》のようなライラックのような木の花が、風が吹いてはたなびく雲のように散り、風がなくても小雨のように散りながら、いつまでもいつまでも咲いているのです。少しだけ血の混じった泡のような薄紅《うすべに》の、でも色といってはそれ一色だから、むしろ薄墨色に見えてくるような、街に淡くかかった霞《かすみ》のような、春の雪のような、街路樹も庭木もそればかり、空もその靄《もや》を通してしか見えないようなそんな街です。

双子の妹だという人は手の形ですぐにわかりました。まずは休憩してお店の人に工房の場所を聞こうと入った駅前の喫茶店で、紅茶を飲んでいたその人の、アンティークカップにからみつく指を見て、このひとだ、と思うのとほとんど同時に、目を上げるなりおや、あなたは魂を半分あちらに置いてきたんだねと言われたとき、わたしは妙に腑に落ちたような、言い当てられた、というような気持ちになって、そのときからわたしはこの工房にいます。

でもその人は、双子ではなくて同い年の異母姉妹だと言っていて、そう言われると最初に思ったほど手も似ていないような気がしてきて、雪の街のあの人形つくりはどんな指をしていたか、もう心許なくなってしまったのですが、双子の異母姉妹ということにしておきましょう。姉の花嵐とは性格も何もかも正反対で、選んだ仕事も正反対になった、とその人は言いましたが、雪の街の人形つくりは、妹の雪柳とは一枚の紙の裏表のようによく似ていて、だからこんな裏表みたいな仕事を選んだ、とたしか言っていたのでした。

ここは人形解き師が集まっている街でした。全国各地から、いえ国外からさえ、魂解きのために人形が送られてくるのだそうで、たくさんある工房はどこも解かれるのを待っている人形でいっぱいでした。人形を連れて先生の工房に上がったとき（先生、というのがその雪柳のことなのだけど）、人形のずらりと並んだ工房の、雪の街の工房とはまた違う迫力にわたしは、驚くというのとも違う感じで、雪の街との違いは、そこにいる人形すべて魂を宿しているところなのでした。

人形解きの仕事のことを、わたしはそれまでよく知りませんでした。後継者が減ってきていることはなんとなく知っていました。この仕事は、修練より何より、生まれつきの素質がものを言うのだって、だから後継者を見つけるのが難しいのだって、先生は言っていました。

問題は、書き入れ時を前にして、弟子たちが相次いで暇を取ることになってしまったことでした。この街では季節がわからなくなりそうになるけれど、そのとき外は冬で、つまりは春を控え、雛《ひな》祭りを控えていたのです。雛祭りが近づくと、雛人形の魂を払ってくれという依頼が押し寄せてきます。工房にも、雛人形がびっしり並んでいました。魂解きの作業には危険がつきもので、人形から取り出した魂が自分に取り憑いてしまうと、魂解き師の方が病気になってしまうのだそうで、秋から冬にかけて、三人いた弟子のうち二人までが立て続けにそういう状態になって暇を取らせることになったので、人手が足りなくなって困っていたのでした。ほかの工房に仕事を回そうにも、どこも似たような状況なのです。

　そういうわけでわたしはそのままそこに留《とど》まりました。留まれと言われたわけではなくて、ただなんとなく離れ難くなり、そうするうちにちょっとした手伝いをするようになって、やってみたらすごく向いていたのです。向いていることははじめからわかっていたと先生は言いました。つまり、魂の重いひとは向いていないということだと思う、魂を扱う仕事はそれだけで重荷だから、自分の魂が薄くて軽い人の方が向いているのだって。

　魂というのは木喰い虫みたいなものなんだって知っていた？　生きものに巣喰《すく》って、喰い荒らして、最後には内側から喰い破ってどこかに行ってしまうのだって。人形を作るひとは、この木喰い虫にとって美味しそうなものを一生懸命作る、なぜならそうするとわたしたちの裡《うち》にいる木喰い虫がそっちに移りたがって騒ぐからで、わたしたちがきれいなものやおそろしいものを見て心を惹かれるのはこの木喰い虫が惹かれているのだそうです。でも実際に、わたしたちの中からであれ、どこか他の場所からであれ、木喰い虫が人形に移ったところでかわいそうなことになる、だってそれは美味しそうに見せかけただけの疑似餌《ぎじえ》だから、木喰い虫も偽物の木も苦しいだけだから、それで取り出して放してやるのだそうです。

　取り出した木喰い虫は硝子壜に閉じ込めて、満月の夜になったら海に放してやります。この街は海に面していて、だからなのかな、この街が一種類の木で埋め尽くされているのは。海から来る風に耐えられるのはこの木だけなのかもしれません。満月の夜に硝子壜を抱えて工房を出ると、どの工房からも同じようにぞろぞろと人が出て来る、街はうすく発光するはなびらの靄の下にあって、けれど街外れに向かって歩いていくと突然雲が晴れたように崖の上に出ているのに気づく、その崖の下にあるのが海です。月の光が海に道をつけていて、そこに向かって放たれた木喰い虫たちがどこへ行くのか、そもそもどこから来たのか、誰も知りません。

夥《おびただ》しい雛人形のうち、仕事の割り振りからもスケジュールからも外れているものが一組あって不思議に思っていると、このお雛様はねえ、魂を持ってしまったのは男雛でも女雛でもないんだな、と先生はわたしの視線に気づいて言いました。三人官女のひとりなんだ。だけどこの子は魂を解かれたがっていないんだよ。時々そういうことがある。無理に解くようなことはわたしたちはしない。だけど、このままにしておくと他の雛にも伝染るから、代わりに一体だけ新しく作ることになるだろうね。いま持ち主の返事待ちで、了承が取れたら姉に使いを送ってあの街の誰か適任の者を探してもらうことになる、という話で、なるほど仕事を頼み合うというのはそういうことかと思いました。

久しぶりにお手紙を書いたら、去年の雛祭りまでで随分長くなってしまった。いまは凍蝶月《いてちょうづき》の終わり、今年もそろそろ忙しくなってくる時期だから、いったんここで筆を擱《お》きます。

人形に魂が入っているか調べる方法のひとつに、指の節の骨のところで人形の胸をコツコツ叩いてみるというのがあって、自分の胸を叩いてみると魂の入っていない音がします。

それでは、またお手紙書きますね。

のばら

＊

のばらさん
こんにちは、あるいは、こんばんは。こちらは今日も雨です。何日も何日も降り続く雨で、街が腐りはじめてしまった。この小さな街の、小さな本屋に詰まった、夥しい本の、雑誌の、新聞の、ページがあとかたもなく溶けて、文字だけが残り、雨水に流されて街中に溢れ出した。傘の先を水たまりに突き刺すと、無数の文字のつらなりが絡みついてきて、イカスミのパスタでも食べようとしているみたい。と思ったら、重さに耐えかねて、文字列はふつりと千切れ落ちました。その間も雨滴が水面を叩いて、そのたびに絡まりあった文字は漣《さざなみ》立って震えるのでした。アパートに着いて、茄子紺色の雨靴を脱いだとき、靴底にまとわりついていた文字は、曰《いわ》く、
人形です。あなたのお友達の……も貴種の生まれな……嵐の魂を。……ルフィーユ……
あなたは雨が好きかな。この街の人たちはすこし透けはじめている。何を話していても表情は顔の上をおぼろな影のように流れてしまう。それが川を流れていく漂流物なのか、水面に投影される像なのか、知るものはいない。本のなくなった本屋に今も座っている店主に微笑みかけると、その顔にかすかな漣が立って、あれは魚影？　わからない。私の微笑みもまた。
子供のとき、バスで湖を渡ったことがあります。水泳教室の帰りのスクールバスでした。いつもならとうに家に着いている頃合いだと、ふいに私は気付いたのです。ほかの子供たちは次

次に降りていく。いつもなら子供たちでいっぱいのバスをあとにするのに。膝の上に置いたスイミングバッグが、水を吸った水着で重かった。空がライラック色に滲《にじ》んできた。ライラック色、という色を、私は本で読んで知っていたけれど、それまで一度も目にしたことがなかったのだった。

水泳教室に通っていたのは、嫌々。やりたくないと言えなかったから。誰にも強いられたことはなかったはずなのに。

水が怖かった、本当は。

引きずり込まれるような昏《くら》い水が。

長く水に浸かったあとの躰《からだ》に、車内の冷房が沁《し》み渡って、塩素をシャワーで洗い流しただけの髪がきしんだ。窓の外が紫の水に沈む頃、残っていた最後の一人がバスを降りていった。長い溜息を吐いて、扉が閉まった。泳いだあとの疲労が四肢に重たく溜まっていて、それはまるで泳いでいる間に水をたくさん飲んで、空洞《うつろ》だった躰を満たしてしまったような。それでも私は、眠り込んでしまうまいと、一生懸命眼を瞠《みは》って、バスの揺れに身を委ねないように、できるかぎり背を伸ばしていました。

日が昏れたあとも、闇はますます昏くなった。というのは、家々の灯《あか》りや街灯やすれ違う車のヘッドライトさえも姿を消していったから。ひとつひとつ、細い指先で瞼《まぶた》を閉ざされるように。

そうして窓の外に目を凝らしていた私は、いつからかバスが湖の上にいることに、突然気付いた。闇の底に湖は沈んでいた。水の中にもっと重い水があって底に溜まっているかのように。いつだったか温度計を割ってしまったときに出てきた、水銀の丸い雫にも似て。湖はみずからの内に無数の星を沈めていて、足許から立ち上るように光らせていました。よく冷えた車窓に頬を寄せて進行方向を覗き込むと、バスのヘッドライトだけが、湖の上に道を描いていました。ほかには明かりひとつなく、ずっと遠くで湖と夜空を分かっていたぎざぎざの影は、針葉樹林だったんだろうか。広い、広い湖でした。

プールの、底がないように思えたんだった。ゴーグル越しに覗く透明な水の層の向こうの青いタイルの床、あれが実は床ではなく、水の中にもっと重い水が溜まっているだけなのだと、本当はどこまでも、どこまでも深く水の層が重なっていて、私は軽い物質だから押し返されて浮かんでいるだけで、底なんてどこにもないのだと、想像するだけで鳩尾《みぞおち》がしんとして——

はるか下の水の層から私を見上げているもうひとりの私がいて、その私に成り代わってみなくてはならないような気持ちになり、背を天井に向けて浮かびながら青いタイルの床を見つめ、いま自分は仰向けに浮かんで空の水を見上げているところだと言い聞かせようとして、溺れていると思われて救助されたこともありました。

一番不思議なのは、湖を渡ったことではなくてその道を通って家に着いたことです。湖岸には私の住んでいた大きな団地と、団地の中のバス停があって、バスは見慣れたそのバス停に私を置いていき、家族は私の帰宅の遅さを少しも訝《いぶか》しまなかった。団地の近くに湖なんてなかった、と言い切ることも私にはできません。湖があったという話も聞かないけれど。

もうひとつ。私はバスに乗るとき、たしかに誰かと一緒にいたはずでした。同じバスに乗り、同じバス停で降りて、同じ家に帰るはずの誰かと。手をつないでバスに乗り込み、バスが見知らぬバス停を回っている間、二人掛けのシートに身を寄せ合い、一緒に固唾《かたず》を呑んでバスの行方を見守っていたはずなのです。それが姉だったのか妹だったのか、弟だったのか兄だったのか思い出せないけれど、バス停に降りたとき、たしかに私は一人だった。違うな、いま思い出したけれど、水を怖がっていたのは私じゃなかった。もう一人の方でした、それは。

きっとあの子は、昏い湖を渡っているさなかに怖くなって、それで。

誰でも子供の時に経験があるような、不思議な出来事のひとつです。

瑠璃

＊

瑠璃さん

お手紙、ありがとう。お元気そうで何よりです。船で暮らしている瑠璃さんの姿、容易に想像できます。この手紙は港宛に送るつもりだけれど、ちゃんと届くのかなあ、壜に入れて海に流した方がいいかもしれない。いつか海からこの街を訪ねてきてほしい。海には魂を流すばっかりで、そっちからやって来る人なんていないから、きっと街の人はパニックになるでしょうね、流した魂が帰ってきたみたいで。見てみたいな。

わたしはこの街で、人形とばかり話をしています。人と話す必要がないのは有難いこと。

魂を得てしまった人形の言うことには。

魂がなくてもものを見、聞き、解することはできる。ただ、見聞きし理解したものが傷を残すのは、魂に対してだけだと。

魂とは何なのか、と聞いてみると、そう教えてくれました。魂のないものはすべてを記憶する。忘れることも、思い出すこともない。執拗な記憶に追われることもない。記憶を歪めることもない。夢を見ることもない、と。ふたたび魂を手放すことを考えると、夢のない安らかな眠りに落ちていくことのようにも思えるし、悪い夢から覚めることのようにも思える、と。

わたしも魂がなければ、人が鬼に見えて苦しむこともないのだろうな。

わたしがこの街で暮らすようになってからもうずいぶん経つのですね。ついこのあいだのような気がしていたけれど。この街にいると、時間の流れというのは外の世界でだけ起こる現象のよう。この街ではいつも、花が雪のように降りしきって、時間そのもののように尽きることがないように思える。

時々、自分が三人くらいいるような気分になります。一人はここで人形解きの仕事をしていて、一人はまだ閉鎖前のキャンパスにいて、一人はいまも旅をしている。その三人が三人とも瑠璃さんに手紙を送っている。あるいは瑠璃さんも三人いるのかな。鎖《とざ》されたこの街にいると、そんな気持ちになってくる。

この小さな街の中でも時々事件は起こります。先月のことですが、夜に海から強い風が吹いて、そんな夜は鎧戸《よろいど》を閉め切っておくようにと言われているのに、それを怠《おこた》ったとある工房で職人たちがいっせいに病気になったり、人形以外のものにまで魂が宿ったりしました。古い写真や絵から、天井の木目に至るまで、人の顔に見えるあらゆるものに魂が宿って、それを解くために街中の工房から人手が駆り出されて大変だったのです。特に先生は大活躍でした。その騒ぎがようやく落ち着いて、一息ついたところです。

船といえば、いつだったか、瑠璃さんの操縦する船で鬼から逃げたことを思い出します。まだ大学が閉鎖される前、わたしたちが文通を始めて間もない頃だったと思う。あのころ、わたしはやたらと鬼に追われていました。たぶん、ほんとうは人間だったのでしょう。ほかの人の眼には見えていないようだったので、ほんものの鬼のたぐいかと思っていたのだけど、みなは見て見ぬ振りをしていたか、あるいはほんとうに気づかなかったのか、きっとみんな、自分の身に起きたことのない出来事は、目の前で起きていても見ることができないのでしょう。

人間が鬼に見えるようになったのがいつのことか、正確には思い出せません。鬼が追ってくるようになったのが先で、だんだんほかの人間も鬼に見えるようになったのだったか、追ってくるものはもとは人間に見えていたのか。そうなる前は人間がどんな姿で見えていたのかももう思い出せない。ただ、昔から時々、街中を歩いていると鬼がどこまでもあとをついてくることがあって、わたしは誰にも助けを求められずに、ただ鬼から逃げ切ることに必死で、彼らを撒《ま》こうとしているうちに知らない道に迷い込んでしまうこともしばしばで。

あの日、そんなふうにして迷い込んだ知らない街で偶然鉢合《はちあ》わせしたとき、覚えてるかな、わたしを見るなり瑠璃さんが、逃げてるの？　と聞いてくれたこと、それが一番驚きだったの。そんなことを聞いてくれた人はそれまでいなかったから。わたしが頷くと、運河から逃げましょう、と言うなりわたしの手を引いて薄暗い喫茶店へ連れて行ってくれました。間口の狭いそのお店は意外に奥行きがあって、竜、だった気がする絵のかかった店内を通り抜けると裏口は運河に面していて、船着き場があった。そこから一艘《そう》の小さな船に飛び乗って。みんな普段は気にも留めないけれど、この街には縦横無尽に運河が張り巡らされていて、かつては竜の一族が管理していたその路《みち》を、知っている者はいまでも通ってどこへでも行けるのだとあなたは教えてくれた。陸《おか》でわたしを追っていた鬼たちの姿は、橋のたもとに立ち尽くしたままあっという間に小さくなって、わたしたちはそのまま海まで出て、埋め立て地の空港を見に行って、小さな飛行機が滑走路を走って加速して海の上へ飛び立っていくのを眺めながら、ぽつぽつといろんな話をしましたっけ、わたしは鬼の話、あなたは竜の話を。覚えている？

いまでも鬼は怖いけれど、瑠璃さんが船で海へと連れ出してくれたあの日以来、わたしはどこへでも行けて、逃げることもできるんだ、と思えるようになりました。折に触れて、そのときのことを思い出す。あなたが逃げるための翼を持っていることが、わたしにはうれしいの。

あの街もとうに整備されてしまったと聞くけれど、運河はまだ無事ですか？　また、竜の話や、旅の話を聞かせてください。

それではまたね。

のばら

＊

くるみさん
元気にしていますか？　こちらは元気です。この街での暮らしがそこそこ性《しょう》に合うみたい。だからあんまり心配しないでね。

今日は、大学でちょっと変わった女の子と知り合った話を書きます。

はじめは去年取っていた、人工知能の倫理についての講義でした。その話は、去年そっちに帰ったときにちょっとしたかもしれません。空調の効かない、すきま風のひどい大講堂で、眠気をこらえてノートを取りながら、空席ひとつ隔てて隣の学生のことがだんだん気になってきました。私が席を取ったのは最後列に近いところで、スライドの映し出されるスクリーンは双眼鏡をさかさに覗いたように遠く見えました。急いでノートを取っても、スライドは次から次に移り変わっていきます。

その一方で、隣の子になんだか妙な気配を感じていて、手を休めたついでにちらと見てみると、ノートを取る手がほとんど止まっています。でも居眠りしているのでもなくて、眉根を寄せてスクリーンを睨んでいるのでした。

あ、目が悪くてスライドの字が読めないのだな、と急に気がつきました。

それで、自分のノートをちょっと斜めに向けて、その子の視界に入るようにして、シャープペンシルの先で今の箇所を示しました。すると彼女はびくりとして、それから目を合わせないまま小さく頭を下げて、自分のノートに書き写し始めました。

その授業中はずっと、彼女に見えるようにノートを置いてメモを取り、彼女はそれを少し遅れて書き写していきました。

授業が終わったあと、ノート、コピーする？　と声をかけると、あ、とつぶやいて、やっぱり目を合わせないまま頭を下げるのでした。

目が悪いのにどうして後ろの席に座るのだろうとは思いませんでした。こういう講義はふつう、友人と連れ立って、あるいはもっと大人数のグループで一緒になって来るものです。荷物を置いて人の分まで席を取ったり、欠席者の分まで出席票を出したり、授業中もひそひそ喋り続けたり。こんなに人数の多い講義に、一人で来る人が異端者なのです。

そういう人間に残されている席は、前の数列か最後列のあたりしかなく、前の列は、後ろの扉から入り、通路を挟んでふざけあっているグループを物ともせずに突っ切ってそこまで辿り着ける、向学心の強い人や講義テーマ自体に関心の高い人のものです。単位が必要だから出席しているだけの私や彼女のような学生は、遅刻してきた人たちと同じように後ろに座ります。

連れ立って授業に来る人たちを軽蔑していたはずなのに、次の週から私は、彼女の姿を見かけると空席をひとつ隔てて隣に座るようになりました。それからノートが見やすいよう席を詰めてすぐ隣に座るようになったのが学期の半《なか》ば頃でしたが、やがて彼女は休みがちになり、最後の試験の日にも結局現れませんでした。

再会したのは今学期のはじめです。もう少し小さな教室の、統計の授業でも、窓際に座る彼女の、居場所のなさそうな雰囲気は変わらず、でも声をかけるとちょっと照れくさそうに笑ってくれました。留年しちゃって、と言って。

その授業ではもう少し彼女と話す機会があり、先日、どうして眼鏡をかけないの？　と聞くと、彼女は顔を上げて、たぶんはじめて、こちらの目を見ました。持ってるんだけど、と言いかけていったん言葉を切りました。

——わたしね、人間が鬼に見えるの。だからあんまりはっきり見たくなくて。

こんな話、聞いても困るでしょう、と彼女は話を切り上げてしまったけれど、ほんとうはもっと聞きたかったのです。でもそれ以上追及することもできない気がして、今こうしてくるみさんへの手紙を書いています。くるみさんに話すといつも、自分がどうしたらいいのかわかってきます。

大学生にもなって、実家のぬいぐるみに手紙を書き続けているなんて、と家族はいつも馬鹿にするけれど、くるみさん以上に賢いいきものに会ったことは今まで一度もありません。

春休みはそっちに帰ります。くるみさんが目の前にいないときでもくるみさんに話しかけているし、そのことはくるみさんもよく知っているはずだけど、それでも久しぶりに会って話せるのは楽しみです。

澪《みお》

＊

瑠璃さん
ご無沙汰していました。お元気でお過ごしですか？　こちらは立て続けに二件の葬儀に立ち会い、少しばたばたしていました。

花嵐の葬儀は次のように執り行われました。

ある朝、いつものように工房の前に積もった花びらを掃除しようと扉を開けると、変わった一行《いっこう》が待っていました。黒い服を身にまとった、それは等身大の人形たちで、黒い柩《ひつぎ》を運んでいます。柩の中に横たわっていたのは、雪の降る街の人形つくり、花嵐でした。久しぶりにその姿を見て、思ったより雪柳先生には似ていなかったな、と思ったのですが、わたしの後から出てきた先生を振り返ると、さっきまで柩に横になっていたはずの花嵐が立ち上がって後ろからやって来たかのようで、またわからなくなりました。

峠の向こうの、雪の街から、夜通し徒歩でここへ、と先頭の人形は言いました。黒い仮面で顔を覆い、黒衣の下からは蜥蜴《とかげ》めいた尻尾が覗いていました。花嵐の魂を。これをあなたへの最後の依頼と。

お待ち申し上げておりました、と先生は言いました。

そのときは、この一行から先生への最後の依頼、ということかと思ったのですが、先生のする最後の仕事であったようです。

先生が仕事を終えると、一行は再び峠を越えて帰って行き、その夜——というのはそれが満月の夜だったからですが——先生は花嵐の魂を封じた硝子壜を胸に抱いて海へ向かい、そのまま帰りませんでした。

工房は、わたしが継ぐことになりました。あの日、雪の降る街から来た喪服の人形の一行の中に、わたしは自分に瓜二つ《うりふた》の顔を見たような気がしてなりません。

このところ、大学が閉鎖されたときのことを思い出します。瑠璃さんと一緒に、旧図書館の屋上から夜のキャンパスを見下ろしていましたっけ。わたしが留年を重ねて、瑠璃さんが大学院に進んでいる間に、大学からはどんどん人が減って、備品は古くなり、図書の購入も止まり、教室には埃が積もり、雑草が伸び放題になって、建物には蔦《つた》が巻き付きました。データベースにアクセスするためのコンピュータの並ぶ、硝子張りのはりぼてのような新図書館は、使われないままに古くなり、煉瓦《れんが》造りの旧図書館には、黴《かび》の匂いのする大量の蔵書と、ぜんまいの切れかけた動作をする仕事のない司書だけが残されて、古びた本や雑誌を読むために旧図書館に入り浸っていたわたしたちはよく、約束もせずにそこで顔を合わせていましたっけ。

あの夜は、二十五時が近付くと、キャンパス中の建物から、美術博物館から、大講堂から、食堂から、情報管理棟から、実験棟から、ぞろぞろと人が出てきて、並木道を通り、列をなして裏門のほうへ向かっていきました。そして、裏門前の広場に集まり、二十五時の鐘が鳴ると同時に、彼らの動作はぴたりと止まり、一体また一体と折り重なるように倒れていって、キャンパス中の灯りがいっせいに落ちました。

人の減り続けたキャンパスに残って、事務仕事をしたり、講義に出席したり、講義をしたりしていたのは、もう人形《アンドロイド》たちだけになっていたのでしたね。

同封してくれた、あの古いカタログのページのコピー、見ました。瑠璃さんの言う通り、花嵐の作品だと思います。半分竜で、半分人間の人形。花嵐の作品を知った後で見ると一目瞭然だな。あのカタログを、大学が閉鎖されるとき、あなたは美博の書庫から救い出していたのね。「ねむらぬ竜の白昼夢」展についての情報は、こちらでは見つかりませんでした。先生が生きていたら聞くこともできたかもしれないのだけど、残念です。花嵐の工房が落ち着いたらそちらにも問い合わせてみようと思います。あの展覧会はやっぱり情報がほとんどなくて、カタログがなければほんとうに開催されたか怪しいくらい。あの書庫には、いったいどんな人が企画したのか首を傾げてしまうような展覧会のカタログがほかにもたくさん並んでいたけれど。あなたが探しているという、その展覧会に出展されたはずの瑠璃玉が見つかるように祈っています。

のばら

＊

のばらさん

郵便局がすっかり滲んでしまって、モネの描く睡蓮《すいれん》の池のよう。遠くから見ればそこにあるけれど、近付けば近付くほどぼやけて、そばに寄ると色とりどりの染みにしか見えなくなる。もうこの街を出なくては、と思いました。旅の途中だったのに、ずいぶん長居してしまった。雨の晴れ間に切符を買って、電車に乗りました。電車は揺蕩《たゆた》うようにゆっくりと進んで、それからごとりと揺れたような気もします。わたしは席を取るなり本を読み始めてしまって、電車が走り出したのにさえ注意を払わなかったのです。ふと電車が止まっているような気がして、顔を上げました。いつから止まっていたのかわかりません。アナウンスを聞いたような覚えもありません。それでも、文句を言う声や、訝しむ声さえ聞こえてはきませんでした。向かいのロングシートの端に背を丸めて座っている、浅葱《あさぎ》色のニットのおばあさん、その二つ隣の、勿忘草《わすれなぐさ》色のレインコートの小さな女の子、席は空いているのにポールを握って立っている、セーラー服の学生、みな静かで、聞こえてくるのはいつの間にかまた降り出した雨の音ばかりです。

しばらく待って、私は席を立ちました。アナウンスを聞き逃したのかもしれないと思い、向かいのおばあさんにでも状況を尋ねることにしました。

もしもし、と話しかけて、答えが返って来ないので、私はもう一度よくおばあさんの顔を見返して、はっとしました。そこに顔はありませんでした。おばあさんもいませんでした。浅葱色の混ざった、色の染みがあるばかり。レインコートの女の子だと思ったものも、セーラー服の学生だと思ったものも、近付いてみると色の混ざりあった染みでした。ポケットから切符を取り出してみると、行き先は雨に滲んで読めなくなっていました。私がさっきまで読んでいた本も、指を挟んでいた箇所を開いてみると読めなくなっていたし、何が書いてあったのかも思い出せませんでした。

車掌室に行ってみようと、車両をいくつも縦断しました。どの車両も乗客と見える姿でまばらに埋まっていて、どの乗客も近付いてみると乗客ではありませんでした。一番端の車両まで来て、車掌室の扉をノックしてみても返事はなく、把手《ノブ》を引いて中に入ってみると、そこは桟橋《さんばし》でした。広い運河に向かって差し出された桟橋の、腐りかけた木材や、釘の頭に浮く錆《さび》を見下ろしながら、これは船に見放されて久しい桟橋なのだと悟りました。振り向くと丘の上に街が見えて、私は歩いて街まで戻りました。

翌日もう一度駅に立ち寄ってみると、駅はもうすっかり滲んでいました。踏切のこちら側から見上げると、来ない列車を待つ人々が、プラットフォームの上に点々と所在なげに佇《たたず》んでいるように見えました。

アパートの部屋に置いてある鉢植えの仙人掌《さぼてん》がすっかり枯れてしまいました。いま思い出したけれど、水を怖がっていたのは目覚めている方の私です。夜の湖の向こうに私が置き去りにしてきたのは。でもこの手紙ももう雨に滲んで

＊

瑠璃さん

ご無沙汰しています。お手紙、ありがとう。お元気ですか？　人形の仕事をしているの。作るほうではなくて、人形の魂を抜くほうの仕事。人形は、作られてしばらく経つと、だんだん魂を持ちはじめてしまうでしょう。そうしたら魂を抜いてあげるの。

ここ数日、頭痛で寝込んでいました。香水の雨が降ると頭が痛くなるのです。ことに鉱物の匂いと、雪の匂いが混ざった雨のときに。眼の奥に暗い星がちかちかとして、それに合わせて

頭の芯が痛んで、逃げたいのに星の引力がだんだん重たくなって引き寄せられていきます。

あたしは夢を見ません。頭痛がするときだけ夢を見ます。香水の雨が降って頭痛が起きるとき、同じ頭痛で寝込む人たちは同じ夢の中に目覚めます。みんなが香水の雨に喜んで外に出て行くとき、頭痛持ちのあたしたちは置き去りにされます。痛みの中に沈み込んで、同じ夢の中で会います。窓を閉め切って、枕カバーに顔を埋めて、できるだけ匂いを吸い込まないようにして眠っています。

いつだったか、眠っているあいだに、夜明け、雨が降り出しました。あたしは半分目を覚まして、窓を閉めなくちゃと思いましたが、頭痛が始まってしまって起き上がれませんでした。横になったまま、狭い部屋の天井の木目を見上げていました。庭に続く窓が半ば開いていて、カーテンが風で膨らんでいました。鉱物と雪と草原の匂いと一緒に、夜明けの光が流れ込んできていました。

そのときに、眼に映る寝室の光景に重なって、夢が見えました。窓を通って、会ったことのない女の人が入ってきました。でも庭から来たのではないことはわかりました。半透明のその人の向こうに、高い塔の並ぶ半透明の都市が見えたからです。その人は眠っているあたしをじっと見下ろしていました。それから、手を伸ばして窓を閉めてくれました。そしてまた閉まった窓を抜けて帰っていきました。

目が覚めるともう夕方で、窓は閉まっていました。あたしの寝室の天井は漆喰《しっくい》が塗られていて木目は見えませんでした。あたしの寝室は屋根裏にあって、庭に面してはいませんでした。

それ以来、頭痛で夢を見るとき、その人を探してしまいます。会えたためしはありません。たぶんその人に頭痛を起こさせる雨は、あたしのそれとは違うのでしょう。あのとき重なっていた、おそらくは草原の匂いがそれなのだと思います。だからあたしは、次に鉱物と雪と草原の匂いが混ざるときを待っています。

今日は晴れ。外では年中同じ花が咲いています。少しだけ血の混じった泡のような薄紅の、でも色といってはそれ一色だから、むしろ薄墨色に見えてくるような、街に淡くかかった霞のような、春の雪のような、街路樹も庭木もそればかり……

のばら

＊

瑠璃さま

お問い合わせのお手紙拝読しました。それでは、のばらからの手紙を受け取られたのですね。驚かれたことでしょう。

ご推察の通り、のばらは人形です。人形解きの雪柳が、遺していった、と申しましょうか。正確に言うとその先代の雪柳が魂を解かずに手元に置いていた人形です。

雪柳は人形を抱いてこの街に現れました。そして先代の雪柳に人形の魂解きを依頼しましたが、先代にはできませんでした。魂が出て行くことを拒んだからです。

解きを長く続けておりますと、解ききれない人形というものもごくまれにですが当然出て参ります。魂の力が強すぎるものや、本体が脆《もろ》くなりすぎて処置に耐えないもの、本体の方が解きを望まないものなどでございます。

人形と彼女は工房に残りました。そして先代が亡くなると跡を継いで雪柳になりました。人形がどこから来たのか、雪柳がどこから来たのかは、私どもは存じません。雪柳が初めてこの街に来た頃と言えば、私どもはまだ物心もついておりませんから。

この街は普段は鎖《とざ》されていて、出入りする者は滅多にありません。鎖されているというのがどういう意味なのか、私どもにはわかりません。私どもはこの街で生まれ、外に出ようと試みたこともないものですから。ですが時折、どこからともなく人が来訪することがあり、代々雪柳の跡目を継ぐのはそうした外来の者と相場が決まっているのです。

雪柳が失踪したいまも、人形ののばらは工房に残っています。段々人間らしくなるようです。

雪柳工房

＊

瑠璃さん

お手紙、受け取りました。ばれちゃったのならしかたないな、あたしは人形ののばらです。

先代の花嵐が作っている最中に魂が入ってしまって、それを先代の雪柳が解こうとしたけれどできなかった人形。できなかったのは、あたしが解かれるのを嫌がったからだけど。

あなたのお友達ののばらちゃんは、いなくなりました。自分が帰って来なかった場合、瑠璃さんに知らせてほしい、とも言い、やっぱり知らせてほしくない、とも言い、最後まで迷っていたようだから、あたしが彼女に代わって手紙を書き続けようと思ったのです。でもそうか、彼女ももうそんな歳になる？　あたしも彼女もそのことをすっかり忘れていたな。瑠璃さんは竜の末裔《まつえい》だから、全然年を取らないと、そういえばのばらちゃんは言っていたけれど。

のばらちゃんは奇妙な手紙を受け取ったんです。切手も消印もない、宛先も差出人も書いていない、封筒も便箋もまったくの白紙。白紙、というか、水色の絞り染めみたいな、まだら模様の。

その次の満月の晩に、のばらちゃんは出かけて行ったっきり帰りませんでした。木喰い虫たちのところに行くと言っていました。のばらちゃんの木喰い虫は、ずっと昔に半分だけ海の向こうに行ってしまったんだって、聞いたことがあります。彼女が長生きしたのも、だからなのかもしれないな。

人を探しに行く、と、のばらちゃんは。

のばらちゃんはよく手紙を書いていました。投函するものもあれば、そのまま抽斗《ひきだし》に仕舞《しま》い込んでしまうものもありました。自分が帰らなかったら出して、と言われた手紙を同封するから、読むなり捨てるなり、お好きに。

のばら

＊

瑠璃さん

大学を出て、時間が経って、お互いにいろんなことがあっても、瑠璃さんがわたしを忘れずにいてくれて手紙を送ってくれるのを、ほんとうのところずっと不思議に思っていました。わたしが返事を出すからでもあるのでしょうけれど、瑠璃さんは義理だけで返事をくれる人ではないはず。わたしにとって瑠璃さんが特別な存在でも、瑠璃さんはほかにお友達がたくさんいるだろうから、きっとわたしのことは忘れて、文通も途絶えてしまう、と思っていました。

時々――十年に一度くらいかな、いつものお手紙とは違う、不思議な手紙が届きます。切手も消印もなくて、どうやって届いているのか、いつの間にか枕元のコーヒーテーブルに乗っている手紙です。きっと雨の多い街から出しているのでしょう、文字は雨に滲んで読めない部分も多いけれど、たしかに瑠璃さんの筆跡で、でもその内容はいつもくれるお手紙と交わることはありません。

何年も経って、だんだんわかってきました。瑠璃さんは眠っていて長い夢を見ている。その夢の中でわたしに手紙を書いている。目覚めているほうの瑠璃さんは夢を見ているほうの自分の存在に気づいていないけれど、こちらでは何十年が過ぎたとしても夢の中では数日しか経っていないものだから、目覚めている瑠璃さんも夢の余波《なごり》でわたしのことを思い出して、手紙をくれるのでしょう。

この手紙が、このところ、回を追うごとに滲みがひどくなってきて、今朝届いた一通は、もうまったく判読できませんでした。白い封筒と便箋が、青いインクで絞り染めみたいに。

それを見て、探しに行かなくては、と思いました。夢のなかの瑠璃さんは、きっと何か困っているのです。わたしに手紙をくれたのだから、わたしが迎えに行かなくては、と思いました。帰って来られるかどうかはわかりません。目を覚ますとして、全然違う世界に目を覚ますのかもしれない。

この手紙を、出すかどうか迷っています。わたしがいなくなっても、誰にも気に留められずにいたい。帰って来なかったら、そのことは伏せておいて、と言っておこうかとも思いました。でも瑠璃さんにひとつ、お願いしたいことがあるので、こうして手紙を書いています。のばらのことです。

のばら、というのは——わたしではなく、お人形の方です。わたしがはじめてこの街に来たとき、花嵐に託されて連れてきた、魂を持ったお人形。彼女はわたしと同じのばらという名を名乗って、ずっと一緒に工房で暮らしていました。

あの子はきっと、口には出さないけれどさみしがるから。

お人形だから人間より長生きするはずです。瑠璃さんも——竜は人間より長生きするのでしょう？　のばらを迎えに来てやってくれませんか。わたしが帰らなかったらこの手紙を投函するように、のばらに言っておきます。

のばらをよろしくね。夢の中で会いましょう。

のばら

人形街

検疫隊が踏み込んだとき、街に生きた人間の気配はなく、死んだ人間の気配もなかった。物音一つしない大通りに、しかし数多《あまた》の人影は溢《あふ》れ返りつつ、微動だにしなかった。近付いてみて、街が死よりも静まり返っているわけを彼らは知った。人影と見えたものは命を持たない人形だった。

人形はいずれも恐ろしいほど精巧であった。ある人形たちは市場で物を売り買いするところだった。売り手が差し出す林檎《りんご》はすでに腐り始めていた。ある子供の人形は父親らしき人形の手を振り払って走り出すところだった。子供が伸ばした手の先には、おそらくすでに飛び去ってしまった鳩《はと》がいたはずだった。橋の欄干《らんかん》に背を預けた青年の髪はすでに死に絶えた風の形に靡《なび》いていた。庭先に立つ娘は水のなくなった如雨露《じょうろ》を永遠に薔薇《ばら》へと傾け、薔薇は娘の頬へとその手を伸ばしていた。生きた人間と見紛《みまが》うほど精巧であり、生きた人間にはありえないほどの完全無欠の造作を備えていた。あまりに完全になってしまったので身動き一つすることも軽蔑しきっているかのようだった。

どの庭にも薔薇が花開いていた。人形と薔薇、それだけだった。探索が終わりかけた頃、しかし彼らは一軒の家でかすかな物音を耳にした。その中に踏み込んでも見つかるのは人形また人形であるようにはじめ思えた。台所には奉公人の人形が、書斎には頬杖をついた女の人形が、日光浴室には男の人形が、内庭のぶらんこには若い娘の人形が、東屋《あずまや》には幼い少女を膝の上に寝かせている青年の人形が。しかし疵《きず》一つない人形たちの中にあって、少女だけが左腕の内側に火傷《やけど》を負っている、と思ったとき、少女がかすかに身動きした。衰弱はしていたものの、確かにそれは生身の人間であり、それだけが生身の人間だった。

＊

遺伝病であるとのことだった。近親結婚を繰り返し、濃く煎《せん》じ詰められた彼らの血の中で同じ病が一斉に花開いた。彼らを人形に変えた血は、彼らに人間離れした美貌を与えたのと同じ血であった。その美貌が人間としての限界点に達したとき、住人たちは一瞬にして凍り付いて人形と化した。

少女だけが発症を免《まぬが》れた。少女の負った火傷がその美貌の完全性を損《そこ》ない、彼女を人間の側《がわ》に引き留めた。おそらくはそういった経緯《いきさつ》であった。

ただ一人生き残った少女の姿を初めて目にしたとき、隣市の市長はほとんど畏怖《いふ》を抱いた。美しい男女なら食傷するほど目にしてきたし、彼自身も社交界の花形《はながた》と呼ばれるくちであった。だが少女の美貌は――異形《いぎょう》だった。

いかに醜《みにく》い人間にも、絵に描いて残しておきたいような瞬間と角度があり、いかに美しい人間にも、幻滅を誘うようなそれがある。しかしこの少女の、どの角度から見ても破綻ひとつないところは、かえって騙《だま》し絵のようだ。あるいは鏡の迷宮。眼の前に見えているはずのものに近付こうとして、見えない硝子《ガラス》の壁に阻《はば》まれるような心地がある。

若い市長は、禁忌のように美しいこの少女を目の届かぬところに遣《や》りたがった。その美しさに幻惑されることを恐れたのである。

かくして、少女は初老の司祭のもとに預けられた。

＊

衰弱して床に就《つ》いている少女は妖精のようだった。白い肌は青みがかって透き通るようで、懶《もの》うげに閉じられた瞼《まぶた》を白金の睫毛《まつげ》が縁取《ふちど》っていた。熱に潤んだ眼を瞠《みひら》いてはじめて司祭を見たとき、その水面《みなも》に映る世界までもが美しく変化《へんげ》するので、そこに異界への扉があるかのように思えた。

「みんなは？」

かすれていたが、室内の空気を一本の弦《げん》として共鳴させてしまうような声だった。

彼は何も答え得なかった。その顔をじっと見つめていた少女の眼にやがて理解の色がともり、怯えたように何度も首を横に振った。その眼が閉じられてしまうと、彼はほんの少し安堵《あんど》した。

生まれてからこの方、人間離れした佳人《かじん》しか映したことがなかったはずの眼に、自分は醜い怪物と映っただろう、と司祭は思った。

彼は天涯孤独《てんがいこどく》の少女を大切に世話した。女中はこの不吉な子供に近付きたがらなかったのである。
彼はこの不幸な子供の家族にも友達にもなりたかった。人形のように生への意志が稀薄《きはく》なこの子供を生の側に留めたかった。

大事に世話をされるうち、身寄りのない少女も彼に笑顔を見せるようになった。弱っていたときでさえこの世にこれほど全《まった》きものはないと思われた少女は、健康を取り戻しはじめたいま、奇跡のように美しかった。少女は急速に完成へと近付いていた。火傷の跡も薄れはじめた。春が終わり、夏が来ようとしていた。

司祭は繰り返し同じ夢を見た。人形の迷宮で立ち竦《すく》む夢である。少女の手を引いていたはずだったのに、離してしまった。見失った。探して、探して、ようやく見つけた少女は、しかし彼の呼びかけに答えない。輝く眼は瞬きひとつせず、花の唇はかすかに開かれたままで、白い指先は冷え切っている。これは人形だ。隣にも瓜二《うりふた》つの人形が。その隣にも人形。その隣にも人形。見分けのつかない顔をした人形が通りを埋め尽くす。この中に少女が紛れているはずなのに、どの人形も、腕を摑《つか》んでも、肩を揺すぶっても、呼びかけには答えずに、ぐらりと傾いで地面に倒れるだけ。左腕の内側に名前を書いておいたのに、どの人形も疵ひとつない躰《からだ》をして――

「お寝坊さんなのね」彼が我に返ると、湯気を立てる紅茶の入った磁器《じき》のカップや、白いパンの籠《かご》や、果物の盛られた皿の向こうから、少女は揶揄《からか》うように微笑んでいる。窓から落ちる光と交わって、白金の髪が陽炎《かげろう》のように揺れる。「たのしい夢でも見ていたの？」

「いつもと同じ夢ですよ」疲れた彼は目を伏せて紅茶をすする。力の入らない手に、カップが重かった。

視界の端で、カップの持ち手に絡《から》む少女の指が、磁器よりも白く眩《まぶ》しい。

「いつもどんな夢を見るの？」

葩《はなびら》ならぬ人の唇が、これほど鮮やかな紅《べに》に染まる必要があろうか？

「あなたはどんな夢を見るんです？」

一瞬でも少女が口を噤《つぐ》み、動きを止めてしまえば、人形とままごとの茶席で向かい合っているような錯覚に陥《おちい》ってしまうから、

「私は夢を見ないの」長い睫毛に縁取られた眼が硝子のようにあかるかった。「火傷が痛かったときに少し見たわ。でも、いつもはお人形のように眠るの」

彼の手から磁器のカップが滑り落ちた。カップが引っ繰り返り、熱い紅茶が飛び散って、少女の悲鳴が上がった。少女の白い前膊《まえうで》に、赤い水ぶくれができていくのを、司祭はひどく遠いもののようにぼんやりと見た。

＊

「まだ体が完全ではないのですよ」

彼のために書棚から取ろうとした分厚い書物が落ちて、少女の足に痣《あざ》をつくったとき、司祭

は優しく言い聞かせた。

少女は怪我が絶えなかった。火傷の痕が薄れる頃、床に落ちていた硝子の破片を踏んで怪我をした。その傷も癒《い》える頃、少女の腰掛けた椅子の螺子《ねじ》が緩んでいたらしく、倒れ込んで足首を捻《ひね》った。

「長いこと床に就いていたのですからね。起き上がって体を動かしたら色々と失敗をするのは当然のことです。回復を急いではいけませんよ」

「でもあたしは癒《よ》くなってからだいぶ経ったわ。もうすっかり元気よ」

司祭は聞き分けのない子供の頭を撫《な》でた。

「しようのない子ですね。無理をしてはいけませんよ」

「まただわ」少女はむしろ可笑《おか》しげに、親指の腹に盛り上がる血の雫《しずく》を見せた。「あたしったら、いつも不注意なんですもの、嫌ね」

庭の薔薇を摘《つ》んできてくれ、と頼んだのは彼だった。クリーム色の薔薇を差し出しながら少女は、

「気を付けて！　棘《とげ》がすごいの」

と告げた。彼は無造作に薔薇を受け取ると、小さな白い手を両手で包み込み、丁寧に傷を洗い、包帯を巻いた。包帯の巻かれた少女の指は痛々しく、彼の心はいたわりとかなしみに満ちた。

「気を付けなさい。大怪我などしないように。怪我をしたらかならず私に見せるのですよ。些細な傷でも膿《う》んでしまうと大変だから」

そう言って彼は包帯の巻かれた指に接吻《せっぷん》した。

クリーム色の薔薇は緑青色の花瓶に活《い》けられた。子供の柔らかい皮膚にくちづけたがった棘は、司祭の荒れた手には無関心なようすだった。

＊

司祭は多忙だった。教会の仕事の他に、貧しい者や病める者、死の近い者、心に悩みを抱える者、罪を犯した者を訪ねては助けの手を差し伸べた。またその頃は街の旧家で相続を巡る諍《いさか》いがあり、日々仲裁に奔走《ほんそう》していた。

夜更《よふ》け、司祭館に戻った彼は、説教の原稿を前についうたた寝をした。重苦しい夢を見た。欲に駆《か》られて憎しみ合う人々の姿が彼の心を悲しませていたのである。

目を覚ますと、少女が静かな目をして彼を見守っていた。目が合うとどこか悲しげに微笑み、それは教会のステンドグラスに描かれた天使に似ていた。

「悪い夢を見ていたのね。疲れているの？」

「善をなそうとするのは孤独なおこないですね。人のために善《よ》いことをしようとしても、かえってその人から憎まれることがある」

「あたしはあなたが好き」少女は真剣な口調になった。「あなたはとても優しくて善いひと。

とても正しくて、間違ったところのないひとだもの。あなたのためにしてあげられることが何もなくて悲しいわ」

そう言われると司祭の心には灯《あかり》が点《とも》るようであった。

「ありがとう。……なぜ人間は憎みあうのでしょうね」

「わからないわ。あたしは誰のことも憎んだことがないし、この先も決して憎みたくないもの。誰かのことを嫌いになったり悪く思ったりしたら自分が穢《きたな》くなりそうで。あたしは誰のことも好きでいたいわ」

「あなたはほんとうに心が綺麗ですね。この世の人間がみなあなたのようだったらよかったんですが」

＊

夏が終わろうとしていた。少女は次第に、怪我をしても泣き言も言わず、声ひとつ立てなくなった。血を流していても、痣を作っていても、妙に人形めいて見える。

「傷は痛みませんか」手当てをしながら彼が優しくたずねると、

「平気よ」と朗《ほが》らかな答えが返った。

その朗らかさが不気味だった。何かに気付いていながら、気付いていることを知らせまいとする健気《けなげ》さめいたものが、彼を身に覚えのない罪で責め立てるようで、肌がざわめいた。

「子供らしくありませんね」彼はつぶやいた。「あなたは決して泣かないのですね」

他愛《たわい》のない世間話を聞いたときのように、少女は軽く首を傾《かし》げて聞き流そうとする。そのしぐさが、妙に大人びて彼の不安をかき立てる。

「あなたは少し大人しすぎる」と彼は言葉を継《つ》ぐ。「わがままを言ったこともない」

少女はしようのない冗談を聞いたように微笑《ほほえ》む。

「あたしがわがままを言う前に、あなたが何でも与えてくれるじゃないの」

「それじゃ、あなたはこれ以上ほしいものはないとでもいうんですか?」彼の声がかすかに震える。「私があなたに与えてあげられるものはこの程度だと思っているのですか」

「さあ、分からないわ……」少女の声が迷う。彼が何に怒っているのかわからないといった様子だ。

彼にも、自分が何に苛立っているのかわからない。

「それではいけない。もっとたくさんのものを望んでごらんなさい。私はもっとあなたを幸せにしてあげたいと思っているのですよ」

＊

——姿かたちの美しさに惑わさるることなかれ。

説教の原稿にそう書こうとして、彼の手は止まる。

——真に重要なのは魂《たましい》の美しさなのだから。肉体の美しさはすぐに色褪《いろあ》せ、やがては朽《く》ちて土に還る。

今までのように、心から信じてそう語ることができればいいのに。

しかし目の前には、色褪せてくれない美しさを持つものがいる。自分と同じように年老いて朽ちていってくれることのないものが。

彼は美しいからという理由で何かを愛したことがない。美しいからといって忌《い》み嫌ったことがないのと同じように。それが間違いだったのか？　恐れ、忌み嫌うべきだったのか、あの市長のように？　あの市長には分別があったというべきなのかもしれない……。

彼はその子供の美しさではなく、ただ天涯孤独の身を憐《あわ》れみ、清らかな心をめでたく思っただけなのだ。それなのにその美しさが、彼のもとからその子供を攫《さら》っていこうとする。

彼は原稿から目を上げた。秋の陽射《ひざ》しが斜めに差し込み、白磁《はくじ》のような少女の頬に睫毛の影を落としていた。そうやって黙って座っていると、ほんとうに人形のようだ。

花瓶に差された秋の薔薇は、今にも崩れそうに脆《もろ》い。

「お茶をくれませんか」

声をかけると、

「ええ、ちょっと待っててね」

と返事をして、ついと席を立つ。数分後には、湯気を立てるティーカップが彼の前に置かれた。

そのティーカップを、贋物《にせもの》であるかのように彼は見つめる。声のかけ方を間違えたような気がする。彼はただ、喋って動く少女が見たかっただけなのに、これではあまりにも――

「あなたは従順すぎますね」

少女は困惑したように微笑んで首を傾げる。光を束ねたような髪が、さらさらと肩の上を滑《すべ》り落ちて、停止した。「そんなことないわ」

「いいえ。あなたは私に逆《さか》らったことがないでしょう」

「じゃあ今逆らったわ」

「そう言えば私が喜ぶと思ったのですか?」

「そんな……」少女は言葉を失って、ただ首を横に振る。

彼は手を伸ばして少女の手首を摑んだ。

「私のことが好きですか?」

「大好きよ」打てば響くように答えた。

「嘘だ。あなたは私を喜ばせるための言葉しか口にしない。まるで心がないかのようだ。人間なら怖いと思うはずです。憎いと思うことがあるはずです。わかっています、私は」

彼の指先が、少女の腕を彩る紫の痣を撫でる。「私はあなたに対して横暴《おうぼう》です。今だって無《む》茶苦茶《ちゃくちゃ》なことを言っている。怯《おび》えるのが当然なのに、どうして」

彼の手の中で、細い骨がきしんだ。

「……あたしはあなたが怖いわ」

彼は弾《はじ》かれたように手を放した。少女の体が弾かれたように床に転がった。振り払った腕が何かに突き当たった衝撃を、彼は後から感じた。「いつ、私に言われた通りのことを言えと言った。私に従うな。おまえの思っている通りのことを言え。おまえの、思っていることを」

床に倒れたままの少女の体が小さく震えていた。彼は床に膝をつき、少女を抱き起こしてその顔を上げさせた。血の気の引いた顔の中で、ますます朱《あか》い唇が小刻みに震えていた。

「怖《こわ》えないでいい。泣きたいだけ泣きなさい」

彼は優しくなだめるように言った。少女は彼の肩に頭を寄せて、静かに切なげに啜《すす》り泣いた。彼は少女を抱き締めてその頭を優しく撫でてやった。少女の体温が、涙が、横隔膜の痙攣《けいれん》が、速くなる脈が、苦しげな呼吸が、すっかり彼の手中にあった。

＊

司祭はいつものように面倒事で街に呼ばれていた。一人の娘が結婚を前にして失踪《しっそう》したのである。

夜が明ける頃、連れ戻された娘は、頭を上げて言い放った。

「私はお人形じゃないわ。人間よ。自分の意志も感情もあるわ。誰の思い通りにもならない」

娘を説諭《せつゆ》する役目を負わされた司祭は、何も言い得なかった。

＊

少女が冷たい窓に額を寄せて、どこか遠くを見ている。見ているようで、その瞳は何も映していない。冬のはじめの庭に残る末枯《すが》れた薔薇も、その瞳には映らない。その瞳は人形のようにうつろだ。

その様子を見ていると、彼はどうしようもなく苛々してくる。

「いま何を考えていたのです？」

少女は静かに顔を上げる。いけないことをしているところを見つかったような、怯えた表情とともに。

「……何も」

「何も？　あなたはいつもそうですね。いつもぼうっとして、何もしない、何も考えていない。あなたには中身がない。まるで――」

人形のよう、という不吉な言葉は呑《の》み込まれた。

「何と答えてもあなたは怒るのね」少女は諦《あきら》めたようにつぶやく。「教えて。どうすればあなたは喜んでくれるの？」

「私を喜ばせることなど考えなくていいのですよ」彼は声を和《やわ》らげる。「あなたは何がしたいのです。何でも好きなことをしなさいと、何度言ったらわかってくれるのです？」

「したいことなんてないわ」

「なぜです。私があなたに何か禁じましたか」

「何も」

「それなのに、どうして」

「あたしがしたいことは、あなたを喜ばせることだけよ」

「そんな言い方をされると悲しくなりますね。私が言わせているようじゃありませんか」

「でも本当なんですもの。あなたが望む通りにさせて。どうしてほしいのか言って。何でもその通りにするわ」

どうして分からないのだろう、と彼は苛立つ。相手のためを思うのは自分だけで充分だ。少女は年端《としは》も行かぬ子供であって、保護者たる彼の幸福など考えるべきではないのだ。子供は無邪気に遊び戯《たわむ》れ、大人の庇護《ひご》の下《もと》で何の憂いもなく幸福でいてくれればよい。彼女の幸福のほか何も望むものがないのは自分の方だ。それなのになぜ分からない。

彼が少女を打擲《ちょうちゃく》するのは怒りからでも憎悪からでもない。愛しているからだ。少女を失ったら生きていく意味がないと思うほどに愛しているからだ。自分は女子供を撲《なぐ》るような人間ではない。そんな彼が手を上げているのだ。自分が悪者になってでも彼女をこの世に留《とど》めようとしているだけなのに、なぜ分からない。打たれる彼女より打つ自分の方がはるかに辛《つら》いと、彼は断言できる。それなのに彼女はなぜ健気な様子で耐えようとするのだろう。彼女が彼の代わりに泣き、怯え、苦しんでくれないのなら、自分の悲しみは、恐怖は、苦痛はどこに行ったらいいというのだろう。自分には苦痛を訴えて泣きつく先などないのに。打たれた少女の顔を白い美しい磁器のようなものが覆っていくのを見るのは堪らない。美しすぎて今にもどこか手の届かない場所へ連れ去られてしまいそうな彼女に、自分の爪痕《つめあと》を刻み付けたいだけなのに、自分の手が触れられる余地を残しておきたいだけなのに、地上に引き留めておきたいだけなのに、なぜ傷付ければ傷付けるほど遠ざかっていくように思えるのだろう。自分の腕の中で少女を泣かせているときでさえ、彼女が真珠貝のようにみずからをみずからの奥深くに糊塗《こと》していくのが分かるような気がする。静かに彼の目を見上げる少女の眸《ひとみ》が玻璃《はり》のように透き通っていくのが彼には耐えられない。一言も口を利かない唇が、話すためではなく磁器製の顔に一点の紅を添えるためだけにあるように見えるのが堪らない。少女はますます透き通って美しくなり、自分は全ての澱《おり》を引き受けてますます穢く、ますます彼女から遠くなっていくように思える。

「何か言ってください」

少女は凍り付いたように何も言わない。

「聞こえなかったのですか。何か言ってください」

少女は答えない。

「なぜ黙っているのです」

「何も……思い付かないの」少女はとりなすように微笑んで小首を傾げる。

「こんなことを言ったら私に叱られるとでも考えているのですか」

「違うわ」

「私はそんなに理不尽にあなたを叱っているように見えますか」

「違うわ」

「私を残酷な人間だと思いますか」

「あなたは優しい人よ」

「私を愛していますか」

「愛していないわけなどあって？」

「世界中の誰よりも私を好きですか」

少女の答えはこのとき、常とは違っていた。

「どうしてそんなひどいことを言うの。あたしにはもうあなたのほか誰もいないというのに」

「もう、とはどういうことです」

「あたしの知っていた人たちはみんないなくなってしまったもの」

「彼らが今でも恋しいのですか」

少女は黙ったままだった。

「私では不足なのですか」

彼は優しく問いかける。少女はものに怯えたように首を横に振る。

「違う、違うわ。ごめんなさい。そうじゃないわ……」

＊

こんなことはもう終わりにしなくては。

少女を寝間にやったあと、一人で彼は考えている。

いずれ治るような傷は、彼と少女の間を永遠に結ぶものにはならない。いっそ脚の一本でも切り落とすか、薬品であの美しい顔を焼いてしまおう。そうすれば、自分の心はきっと安らかになる。少女はどこへも行かない。いつまでも彼のもとで羽を休め、死後も彼と同じ所へ行く。

少女の美しさは失われても、彼の心の中に、永遠に残る。そうしなければ。どこかで眠り薬を手に入れて。教区の医者は自分を疑うまい。いや、疑われてもいい。捕まってもいい。街中の人々の信頼を失い、軽蔑され、恐れられても、構わない。眠る少女の様子を見ておこう、と彼は思い立つ。少女の寝姿は、あまりに人形のようで、いつもは見るのを避けている。

けれどその夜、少女の寝間の扉を開けると、中には誰もいない。

＊　＊　＊

夜露《よつゆ》に濡れた庭を踏んでゆくのは白い素足《すあし》。

夜更けの街を通り抜け、森の入口まで来て、少女の足は止まった。

冬の森は子供の柔らかい足を傷付けるだろう。傷が癒《なお》った頃にはまた新しい傷が付くだろう。幾度《いくど》も幾度も傷口の開いた皮膚はやがて固くなり、黔《くろ》ずんだ跡を残すだろう。無垢の美しさは永遠に失われてしまうだろう。もう人形にはなれなくなってしまうだろう。

どこに行けば人形になれるだろう。どうすれば心を持たないままでいられるだろう。怨《うら》むことも憎むことも知らずにいられるだろう。どうすればきれいなままでいられるだろう。どうすれば人間にならずにいられるだろう。

泣いてはだめ。泣いたら人間になってしまう。動いたら人間になってしまう。見られるためだけの眼でものを見たら、朱いだけの唇で喋ったら、細いだけの足で歩いたら、からっぽなだけの心で考えたら、お人形には、二度と、戻れなくなってしまう。

　少女は目を閉じて思い描く。みずからが人形と化してゆくさまを。夜の森を通り、月影さす空き地に出た少女は、天上の泉へと双手《もろて》を差し伸べ、そのとき月より白く冴《さ》える肌は見る間に結晶化して、磁気の艶《つや》を帯びていく。最初に足の爪先が固まる。足の甲が、踝《くるぶし》が、ふくらはぎが、膝が凝固する。腿《もも》が、腰が、腹が、胸が、肩が動かなくなり、天へと差し伸べた双手が凍りつき、指先の桜貝が静まり返って燦《きら》めく。人形の顔には、怯えも苦痛もない。喜びも安堵もない。心を持たぬ物の静けさしかない。透き通る硝子の眼が月の下に清浄の光を湛《たた》えている。

　少女の眼からはらはらと涙が零《こぼ》れた。いいえ、涙じゃない。これはあたしの衿《えり》を飾る真珠。あたしは泣いたりしない。行かなくては、森を通って、どこかに。ちゃんと、心を持たないままで。なにも考えないで。心をからっぽに、からっぽに、からっぽにして——

最果ての実り

男と少女が出会ったとき、彼らは互いのことがまるで理解できなかった。男は彼女に装甲《そうこう》がなくやわらかい生体組織が剝《む》き出しであること、金属の臓器など一つも持たないかのように歩みが軽いこと、プラントで養殖されている時期としか思えぬほどその体が薄く小さいことに驚いたし、少女はといえば彼の膚《はだ》の覆いのない部分が緑ではなく褐色《かっしょく》で、体のどこからも蔓《つる》や葉が出ておらず、髪には花どころか蕾《つぼみ》もついていないのが不思議でならなかった。ドームもないこんな場所で、砂塵《さじん》まみれの風や紫外線や流星、および地雷の爆発に一体どうやって耐えることができるのか、と彼は理解に苦しみ、水面みたいに光を跳ね返して、これでどうやってお陽《ひ》様《さま》の恩恵にあずかれるのかしら、と少女は首を捻《ひね》った。

彼はおのが身体の重量に引きずられてやわらかい泥土の中に膝をつき、胸から上だけを水面から出したまま、機械でできた臓器を自分の皮膚と筋肉の中に抱いて水から守っていた。バッテリーは浸水によって停止し、そうなると疲弊《ひへい》した彼の生体には自らを支えるだけの力もなかった。水に近付いてはいけないことくらい分かっていたはずだったのに、このざまは何だろうか。疲労のため、あるいは「いかれて」しまった証拠。おそらく後者だ、と彼は思った。それですべての説明がつく。静かに彼は瞑目《めいもく》した。

少女は音もなく草の上を歩いてここまでやって来た。その足跡は道ひとつ残さなかった。曠《こう》野《や》を横切る帯状の緑地の中に点々と立つ木々が短い影を落とし、藪《やぶ》が赤く透き通る実を房にしてつけ、白い花が散って、少女の行く手を飾っていた。その歩みの先、彼女の静かな水飲み場に見慣れない黒っぽいものが浮かんでいた。流星にしては大きすぎる 塊《かたまり》 だった。

ふいに視線を感じた彼が顔を上げると、水溜まりの向こうの石の上から、こちらをじろじろと眺めていた小さな何かがふいと目を逸《そ》らす。

湖に浮いた塊がふいに動いて光を跳ね返す。目が、合ったような気がした。彼女は湖に足を踏み入れ、両手で水を掬《すく》って飲んだ。疲れて渇《かわ》いた四肢に冷たい水が沁《し》み渡り、指先にも髪にも緑が戻った。髪の間からは白い花びらがこぼれて次から次へと水面に落ちた。その花びらの群れて固まるさなかへと少女は体を沈めていき、水の中の人となった。髪ははじめ重さを失って水面に広がり、少女が泳ぎ始めると水中に引き込まれて重たい澪《みお》となった。

あるはずのないものが見えるのも故障のせいかと思いながら、彼は他にすることもなく観察していた。その出来損ないのような物体は、少なくとも防水性の点では彼をはるかに上回るらしく、彼の中で讃歎《さんたん》のような、屈辱のような心が動いた。

水の中でも花は散って沫《あわ》とともに上へ昇っていった。それを追うように再び空気中へ頭を出したとき、ちょうど湖面が光を強く反射して視界を満たしたので、少女は目が暗んでしばらくそこに立ち止まった。ほどなくして日がわずかに翳《かげ》り、少女は自分が男と視線を合わせて立っているのを知った。その事実に一瞬怯《ひる》んだが、どこからどう見ても彼女の仲間ではなかったので、いようがいまいが、目が合おうが合うまいがどちらでもよいと判断を下した。彼女が立ち上がり雫《しずく》の滴《したた》る頭を荒っぽく振ると、飛んで来た水滴が彼を不快にした。

湖の周りには奇妙に平らな巨石が積み上がり、あるいは地に垂直に突き刺さっていて、少女は水浴びののちしばらく巨石の上に寝そべって日を浴びることを常とした。砂埃《すなぼこり》舞う曠野の中で、この湖の周りにだけは緑があり、しかしここには森の中と違って、遮《さえぎ》るもののほとんどない陽射しが降り注ぐのだった。やがて日の翳る気配がすると、少女は立ち上がって去ってゆく。

正円形の池に男が一人取り残されるとしばらくして夜が来た。泥土の層は幸いにしてさして深くはなく、その下には平らな石の層がある。彼の足が石の継ぎ目に触れる。古代人に似ていた、と彼はぼんやりと思い返した。生体組織のみによって成っていたという、大戦争前の人類。だがなぜ、見たこともない古代人に何かが似ているなどと思うのだろう。

彼はこんなに暗い夜を見たことがない。一切の都市機能が停止した後の世界のように暗く、地平線まで見渡しても彼の煌々《こうこう》たる都市《ポリス》は影さえない。開けっ放しのはずの空に、しかしドーム天井のような幻影が見え、その表面には砂鉄を散らしたような微弱な光の瞬《また》きがある。その配置、密度、大小、色に意味を読み取ろうとするが何もない。長時間観察していると、それらは絶えることのない移動の最中であることが分かってくる。統制の取れた高速道路のように、しかし非常に緩慢《かんまん》に。ポリスでの交通をおそろしいほどの距離から観測すれば、このように遅遅とした移動に見えるかもしれないと彼は思う。

彼の機械部分はゆっくりと冷えてゆき、それから彼の生体部分が冷える。

あくる朝、再び水辺へとやって来た少女は、あのおかしな生き物がまたいるのを見出《みいだ》す。それともまだ、なのかもしれない。どちらにせよ構わない。あれは自分の邪魔はしない。少女の髪からは透き通る赤い木の実が垂れ、手足からは森の草木の種が落ちる。

前日より少し弱って彼は目を開ける。エネルギーを節約しても生体はもってあと二日、その後は内に抱えていた機械組織が次第に水に晒《さら》されて機能停止していくことだろうと彼は思う。それを理解しながら彼は、残り少ない生体エネルギーを消費して目を開ける。水の周辺を曠野とは違う色に染め上げているあれら――すなわち「植物」の間から近付いてくるものがあって、動いていなければそれもまた植物としか見えない。しかしなぜ植物などを知っているのだろう。

大戦争で滅んだはずでは、と彼は思う。ポリス以外のすべてのものが。機械と融合しなかった人間たちを含めて。

大戦争で滅んだはずだけどな、と少女は思う。森以外のすべてのものが。

彼らが出会って三日目に流星が降った。同時に空の同じ方角を見上げると、少女は俊敏《しゅんびん》に水の中に飛び込み、動けない彼は緩慢に石の殴打に耐える体勢を取った。やがて彼の拳《こぶし》ほどの礫《つぶて》がばらばらと降ってきて、水に落ちてはそれを騒がせ、木々に襲いかかってはそれを引き裂き、巨石に衝突しては砕け散った。曠野では砂塵が巻き上げられた。完全に降り止むまでには長い時間がかかった。

長かったわね、と少女が水から顔を出してつぶやいた。ああ、約四分一八秒、それに一個の直径が約一二・五から一六、と彼が答えた。こんなのは久し振りだわ。そうだな、ここ七箇月というもの、と言いかけて、彼はこの奇異なものが言葉を話すこと、その言葉が彼に理解できることに気付いた。聞き慣れぬ語彙《ごい》から成り、発音も奇妙で、声は水や植物の立てる物音とほとんど区別がつかなかったが、たしかにそれは言語であり、同じ言語の異なるヴァリアントだった。どのようにしてか、彼にはその発話の内容が理解できた。彼は目の前で水から顔を出しているそれに焦点を合わせた。

その時少女もまた眉を上げて彼をしげしげと眺め、こう尋《たず》ねた。——あなたは古代人なの？

彼は苦笑いのようなものが自分の顔を動かすのを覚えた。——私もあんたがそれかと思ったのだ。あんたは何者だ？　慎重に言葉を選んで彼は問い返した。どのように言葉を選べばよいか分かっているような気がした。可能な限り古い言葉を。彼が一度も使ったことがなく、聞いたこともなく、知りもしない、知っているはずのない古い言葉を。

——自分が何者か、あなたには説明できて？

当然、と彼は口を開きかけてまた閉じた。彼らが分離する以前の語彙の中に、分かれた後の彼らを説明できるものはなかった。

人間、と彼は彼自身の言葉で言った。それは彼にさえ、機械の立てる異音のようにしか聞こえなかった。

――どこから来たの、と少女はまた尋ねた。

ポリスから、という言葉も、彼らを分かつ壁のこちら側に落ちた。

しばらく無益に言葉を重ねてから、困《こう》じ果てた彼は頭《こうべ》を巡らせてまっすぐ東を指した。――あちらから。

すると少女が白い歯を見せた。笑いであるらしい。

――あんたはどこから。

少女はしばし口を噤《つぐ》んで、それから頭を巡らせてまっすぐ西を指した。――あっちよ。

少しの間を置いて、彼が片頬を吊り上げた。笑いであるらしかった。

――ここでひとに会うなんて初めてだわ。どうしてここに来たの？

――さあ、なぜかな、と彼は言い、一度、見てみたくなったから、と言い直す。――おかしな妄想が、頭を離れなくなった。他のものが、ポリスと遺跡と、曠野以外のものが、どこかにあるのではないか、という妄想が。それで出て来た、と彼は言う。

それも違うような気がする。

――あんたは、ポリスも遺跡も知るまいな。ポリスの門を出ると、どの方向を向いても、地平線まですべて、一面の曠野だ。それからその下に埋まっている、数多くの都市の遺跡。プラントを出てから二九九箇月の間、私は一日も休まず、ポリスの数多い腕の一つとして、発掘と除去を行ってきた。

彼は自分の言葉の中に機械の異音が増えていくのを聞く。

――二九九箇月、一つの遺跡で。その先には一度も足を踏み入れなかった。私は誰よりも職務に忠実だった。それはポリスとわれらが父も知っている。大きな貢献もした。かの古代機械を発見したのも私だ。

彼は静かに考え込む。考えるようなことはそれほどないような気もする。砂に埋《うず》もれた都市の廃墟から使える金属を掘り起こし回収する。使えない金属も掘り起こし回収する。あらゆる化学物質を発見し回収する。過去の技術を留めた機械部品を探索する。地雷、毒ガス、その他の兵器の無力化を行う。作業に失敗した作業員の部品を一つ残らず回収する。それらのことを彼は説明したいと思うができない。

――十二日前で、「退役」まで残り一箇月だった。退役の後は、もう門から出ることもない。その日私は、すべての職務を放棄して、西へ向かった。西に、探しているものが、あるような気がした。

そして彼はこの場所へと至り、初めて見る湖なるものの中へと入り込んで、往生《おうじょう》している。貴重な金属資源を水の中に打ち捨てて。

ここも何かの廃墟だ、と彼はふいに気付く。崩れた石壁と正円形の土台だけが残り、そこに水が溜まっている。これほど多くの部分が残っているのだから重要な研究施設だったに違いない。だが、彼のポリスの探索範囲がここまで届くのはいつになるだろう。何百年、あるいは何千年先か。

——あんたはなぜここに来ているんだ、と彼は尋ねた。いつも来るのか。あんたの仲間たちも来るのか。

——時々よ。わたしの他には、誰も。ずっと昔から誰も。

それから木々のざわめきのような声で何かを問いかける。彼が聞き直し、少女が問い直し、やがてそれが再生産についての問いであることが分かる。彼ら独特の語彙を使わずにその問いに答えるのは不可能で、彼は考え込む。

伝わらなかったと思って、少女は返事を待たずに話し始める。——あなたの仲間は、きっと実ったり枯れたりってことには縁がないんだな。岩からでもできていそうに見えるもの。わたしたちは一生に一度だけ実りを迎えるの。こっちの木の実とは別で、と言って頭を振ると、髪の間で赤く透き通る木の実が揺れた。——これは土に落ちるとほんものの草木になるから。歩いたり喋ったりしないで、ひとつところに留まっている草木。ほら、これと同じ実を付けてる低い木がここにもあそこにも見えるでしょ。あれは全部わたしが種を落とした木。わたしが何度も何度もここに来るせいで、ここも、わたしが歩いてくる道も、はじめに比べてずいぶんと緑が濃くなった。

見えない壁に当たって跳ね返ってくる言葉に耳を傾けるように、少女は首を傾《かし》げていた。

——わたしたちは三度目の春を迎えると花季《はなどき》になって恋をするのだって、森ではそう言うの。花季の若者どうしが目を見交わして、一方が他方に、時には両方がたがいに、恋に落ちると、恋した者は大きな赤い実を結んで種を残すのだって。その種から生みの木が生えてきて、何年もしてその木が充分に育つと、他の木々と雑《まじ》わって大きな莢《さや》をたくさん付けて、莢の中から子供が生まれてくるの。

——誰にとっても喜ばしいこと。そうよね。みんなそう言うわ。

少女は目を細めて西を見遣《みや》った。緑の道の向う、広大な森の中では今も誰かが誰かに恋をして一個の赤い実になっているのだろう。失った友人たちのことを考えている。

——その実が、と少女は言う。

失った友人その一。同じ木から同じ春に生まれ、互いの髪に生《な》る木の実を与え合いながら共に育ってきた、百人ほどの友達の一人。ある美しい夏の朝、遊び疲れた彼らが、渇いた喉を泉で潤《うるお》そうとしたとき、水面ごしにふと目が合った。

——その実がどうやって生るのか教えましょうか。

目が合うや、友人は愕然《がくぜん》としたように目を見開いた。泉の縁《ふち》に手を突いたままの友人の頭はみるみるうちに緑の被膜に覆われ、目鼻のない果実となって重たげに膨れ上がり、真紅に色づいて束の間陽射しに輝いた。少女も泉の縁に手を突いたまま、水に映るその光景に目を見開いた。果実に一本の亀裂が入ったかと思うと、内側からの力で音を立てて破裂し、黒い種が地にも水にも弾《はじ》け散ったので鏡像が激しく乱れた。少女は撲《なぐ》られたように飛び退《の》いた。

——頭のあったところにできるのよ。頭が大きな真っ赤な実になって、はじけてあたりに種を撒《ま》き散らすのよ。そうして体の方は枯れる。

二人目より後はみな同じだ。友人たちは水の沫のように消えていった。少女のまなざしによって。

——わたしのせい？　でもわたしは何もしていないわ。

そうではなくて彼ら自身のまなざしによって。

——何も気に病むことはないわってみんな言うのよ。いつかはちゃんとあなたの番が来るから大丈夫って、みんなは。

仲間の輪から逃げ出せば見知らぬ若者たちに出会う。目をそむけて逃げ出してももう遅く、果実の弾け散る音を背中で聞く。森のどこへ行っても誰かがいる。

——気に病む？　わたしが気に病んでいることって何？

少女は森の中を一人で歩き回る。やがて泉のほとりに出る。泉の縁に手を突いたような奇妙な形の枯れ木があって、それは立ち枯れた友人の体である。幹は風化して苔《こけ》が生《お》い茂り、あたりの地面には無数の新芽が顔を出している。

——花季になって丸一年実を結ばなかったことで有名なひとがいて。友達になりたくて訪ねていったの。そのひともわたしに、と言って少女は言葉を探した。——わたしの、目の前で実を付けちゃったけど。

それからは一日の大半を誰もいない森の外で過ごした。外は曠野で、水のある場所はほとんどなかったが、森が東に向かって細長く伸びているところを抜けると、帯状の緑地がやはり東へと向かっていて、辿《たど》っていくとその先に湖があることをなぜか知っていた。

――どうしても森に帰りたくないときはずうっと歩いてここに来るの。心配されるからあんまり留守にはできないけど。

森に帰れば年下の子供たちもいる。まだ花季を迎えていない「妹」たちなら恐れる必要もないが、話し相手にもならない。

誰も話し相手にはならない。

――でもあなたはわたしたちとはまるで違うんだろうな。あなたは実ったりしないでしょう。

その話は木々のざわめきのような音によって半ば覆われており、すべてを理解することはできなかったが、彼とまるで違うということは分かる。彼は考え終えて、ポリスでは、と話し始める。

――すべての人間の型番号と遺伝情報は、ポリスの父が管理している。あのかたはどの型の人間が、どの業績を上げたかを知っている。どの型がミスをしたのかも。次世代を生産するとき、その情報を総合して判断する。どの型を増やしどの型を減らすか。どこを改善しアップデートするか。プラントでは、各機械部がその内部で生体部を養う。二〇箇月かけて生体部が成人する。そうすると反対に機械部を体内に収める。プラントを出てれっきとしたポリスの構成員となり、仕事を与えられる。

そういったことを彼は説明しようとする。彼はこのところポリスに彼と同じ型の人間が増えたことを思う。彼や彼と同型の人間が優れた業績を上げたからだ。彼が「退役」した後は、同じくらい優秀な人間たちが遺跡を引き継ぐ。何も心配はいらない。何も。

長年の酷使で彼の生体は老化が進んだ。機械部に大きな問題はない。ポリスに帰れさえすれば、機械部は修理を受け、新しい生体に引き継がれて再びその本領を発揮できる。その上、彼が連れている例の発掘品のこともある。実験のために彼が引き受けた機械。彼は語りたいと思う。

——重要な遺跡を、任されていた。きわめて重要な遺跡を。来る日も来る日も、ただの金属片と毒ガスしか出なかった。それも無論意義なきことではなかったが。重要な機械の眠っている場所を突き止めたときには、と言って彼は言葉を探した。——突き止めたときには。それから何箇月もかけて、傷一つ付けずに、掘り出したときには。破損がほとんどない、と分かったときには。

それはきわめて精巧に作られた機械で、彼らのようにありあわせではない、上質の金属で作られていた。砂を一粒一粒払い落としてみると、黒光りするなめらかな表面が、彼と遺跡とポリスを映していた。

——その時からかもしれない。

しばらく前にポリスがその機械の調査を一通り終え、実験を開始した。彼は被験体となる名誉を与えられ、機械の一部分を貸与《たいよ》された。それは彼の中枢《ちゆうすう》機械の一部、慣例的に心臓と呼ばれる部分の代わりに埋め込まれた。——その時からかもしれない。

彼はふと黙り込み、少女は首を傾げてそれを眺める。お返しに森のことを語ろうと少女は思う。何から語ればいいのか分からない。

——あなたが森に来たら面白いのに。あなたの見たことのないものならきっといっぱいあるわ、と少女は言う。——みんなびっくりするだろうけど。

体が動くならそうするだろうと彼は思う。

——まず、森の真ん中には母なるひとがいてね。何て言ったらいいのかな、そう呼んでるけど樹なの。それはそれは大きくて、とっても年を取ってる樹。森よりも古いんだって言うひともいるくらい。ともかく元を辿ればわたしたちみんなの母にあたっていて、あのひとからあんまり代が下ると、実を付ける力が弱くなってしまうんだって言うわ。だから莢が少ししかない木や、莢の中が空《から》っぽの木が時々あるのよ。

森の春は美しく懐かしいもののはずだった。

——春になるとあのひとは誰よりもたくさんの莢を付ける。風が吹くとそれがいっせいにゆらゆら揺れるのよ、と少女は言う。

そのながめを今では美しいばかりのものとして思い浮かべることができない。

——わたしはあのひとから生まれたの。莢の中で目を覚ましたときのことも覚えてる。綿毛のようにやわらかくて気持ちが良かった。手を伸ばすと切れ目が入って空が見えた。そこから見下ろすととっても高いところで揺れてたわ。その時の空の、碧《あお》さときたら。

友人たちがもの言わぬ種として弾けていったあとでは、そのながめの記憶は少女を痛みで満たす。美しいものはすべて、彼らの恋と結実でできている。「恋」に殺された彼らの屍骸《しがい》ででできている。

その樹が枯れるとどうなるのかと彼は問う。あのひとが枯れるなんてことないわよ、と少女は機嫌を損《そこ》ねる。森、そんなものがこの地上にあるのなら一度見てみたいものだと彼は思う。水の中でエネルギーが尽きる前に。「退役」の前に。

——あのね、森から出て歩き始めたときに思い出したのだけれど、前にもここを歩いたことがあるの。その前も、その前も、ずっと昔も何度も歩いたの。生まれる前に。何度生まれてもわたしは一度も実を残さないで、みなが次々に一個の実になってしまうのが怖くて、一人ぼっちでここまで歩いていた。わたしはみんなと違って、本当に枯れるまで、ほんものの木とおなじくらい長く生きなくちゃいけなくて、最後にはもう森に帰らずに、この湖のほとりに座って枯れるのをじっと待っていたわ。でも森の外で誰かに会ったのは多分初めて。

——初めてここに来たときはね、森はもっとずっと遠くて、何日も何日も歩いたのよ。それに森とここの間には一本の草も生えてなかったから、最初の時はもしかしたら辿り着かなくて、曠野で水もなく枯れたのかもしれないな。

少女は一昼夜の間湖に留まった。遺跡を夜が覆い、彼方《かなた》に浮かぶ光の塵を指差して少女は星だと教えた。菫《#7058A3》色の湖に鏤《ちりば》められた光を指して、これも星だと教えた。

彼らには話すことが星の数ほどあり、星と星のように隔《へだ》たっていたが、星と星のように遠く呼び交わすことができた。

そんなふうに夜を過ごしたことが彼にはなかった。夜はただ休息の時間——意識がブラックアウトし、機械部分がメンテナンスされる時間だった。

少女も、夜の間中目覚めていたことは今までなかった。森の誰もが眠っている夜は孤独な時間だとばかり思っていた。

やがて空が白み出し、彼らは昼と夜ほどに異なっている自分たちの間に横たわる無数の色をともに眺めた。

蜂蜜色《#E7BB5E》と薔薇色《#F0566E》と藤色《#8689C3》がひとつの空色《#90D7EC》に回収されてゆく頃、もう帰らなくちゃ、と彼女はつぶやいた。

――森へ？

聞くまでもなかった。

――流星も降ったし、一昼夜帰らなかったのはこの生でははじめてだから、妹たちの誰かがきっと心配してるわ。

それから少女はしばらく沈黙する。

――あなたも……一緒に来る？　見たかったのでしょ、あなたの、なんとかいうところとはまるで違うところを。森はきっとそうだと思うけど。

――この体が動くなら行ってみたかったのだが、と彼は答えた。

一人になれば目を閉じて、もう覚めないだろうと思った。

――動けないの？　なぜ？

自分の体の仕組みを説明しあぐねて、腹が減ったのだ、と彼は表現する。

——随分と水浴びが好きなひとだと思ってたわ。少女は眉を上げる。それから彼女が長い髪を指で梳《す》き、その手を彼の方へ差し出して開くと、透き通る赤い木の実がいっぱいに乗っていた。彼が困惑していると、少女は彼の掌《てのひら》を開かせて、そこへばらばらと落とした。あげる、と彼女は言った。

少女はそれからお相伴《しょうばん》して自分でもその髪から木の実を摘《つま》んで食べた。彼は注意深く木の実を口にした。バッテリーの修復ができないなら、生体の方でエネルギーを摂取するのが確かに道理にかなっていた。栄養の経口摂取は彼らにとって緊急手段であるし、工場で生産されない食糧を体内に入れるのも初めてだったけれど、その木の実は重い瞼《まぶた》を開けておくに足るだけの力を彼の生体に与えた。少女はあたりの木々からも種々様々の木の実を集めてきて彼に与えた。彼は自分の生体が静かに再起動するのを感じた。彼はためしに首を動かし、あたりを見回した。それから腕を上げてみた。それから水中でゆっくりと立ち上がり、重い体を泥土から引き抜いて、子供のようにふらつきながら歩き出した——

——どこへ行くの？

と少女が叫んだのは、彼が岸辺ではなく湖の中心へと引き寄せられていったからだ。

——ここに、あるんだ、と叫び返して、彼はそれが真実であることを知った。——探していたものが、ここに。水に沈んだままの何らかの機械が、彼の心臓に信号を送り、彼を呼び続けていた。水にはまりこんでしまったのは、自分が「いかれた」ためではなかった。彼は正常だった。この研究所の遺跡に眠る何かが彼を——遺跡から発見されたあの機械を——呼び寄せていたのだ。

湖の中心で彼があまりにもよろめくので、少女が水に潜ってその金属の箱を見つけ出し、長い髪をそれに巻き付けて帰ってきた。蔓は次から次へと伸びて生き物のように動いた。彼はその蔓を握って手繰《たぐ》り寄せながら、ゆっくりと岸に向かって後退した。幸いにして機械はさして重くなかった。

こうして彼は数日ぶりに乾いた地面に戻ってきた。探し物を胸に抱いて。

で、それは何なの？　と少女は尋ねた。きわめて重要なものだ、と彼は昂《たか》ぶって語った。彼の言葉に機械の異音が増えた。彼自身知らなかったし、防水加工の施《ほどこ》されたその箱を自分で開けてみようとも思わなかった。

帰らなければ、と彼は思った。

——帰らなければ、と彼は口に出して言った。

——帰る？　少女は首を傾げて東を見遣った。——あっちへ？

——待たれている、と彼は言った。水から上がってバッテリーが急に動き出し、あらゆる機械が狂ったように動き出していた。これならば帰れると思った。

——そう……一日くらい、お休みを取ったっていいと思うけど。

少女の声が、研究所跡を取り囲む木々の葉擦《はず》れの音のように聞こえた。

——残念だけど、でも急ぐなら仕方ないわ。気を付けて、だってあなたはまるで今にも、と少女が言いかけたとき、彼は息が詰まったようになって膝を折った。機械が暴走して不調を起こしていた。

――言わないことじゃないわ。

胸の扉を内から押し開けて、コードを幾本も引いた心臓部が転がり出てきた。彼は震える手でそれを受け止めようとし、取り落とした。

少女の手がそれを拾い上げた。長い指が蔓となって伸び、暴れる機械を幾重にも包み込んだ。機械はひどく熱していて、蔓と争うように小さな火花を散らし、息の洩《も》れるような音を上げた。しかしそれは生木をくすぶらせながら冷めゆき、やがて正常に復したので彼は呼吸が楽になるのを覚えた。焼け焦げた蔓のあとからあとから緑の枝が生え出して機械を覆った。それから機械は彼の体内に再び埋め込まれた。蔓がそれをあるべき場所に結わえ付けた。少女の手の先から幾本もの蔓が抜け落ちた。これでもう落ちないかしら、と少女が言った。彼は頷いて礼を言おうとした。

――ねえ、あなたたちにも枯れるっていうことはあるの？　と少女は尋ねた。

しかしその時彼女は出し抜けに声を低め、西の方をうかがった。

――しっ、聞こえる？　と彼女は言った。彼には木々のざわめきのような音しか聞こえなかった。少女には自分の名を呼ぶ声が聞こえていた。――妹が。わたしが戻らないので探しに来たんだわ。

どうやってここが、と少女は思い、ここよ、と声を上げた。呼ばれる方へ足早に歩き、妹の名を呼んだ。崩れた壁の陰から緑の人影が駆け寄ってきた。

二人の目が合った。

男は手に入れた機械に目を落としていたので見なかった。生木を裂《さ》くような悲鳴が彼の顔を上げさせた。馬鹿、と少女は自分たちの言葉で叫んだのだった。――やめて、冗談はやめて。続いて鋭い音が響き、黒い何かの粒がばらばらと降ってきた。彼が近付いていくと、顔を覆って座り込む少女の目の前で、一本の細い木が雷に打たれたように急速に枯れていった。

馬鹿だった、と少女は繰り返した。妹たちにももう花季が来る頃だというのを考えなかったのも、森と湖の間がもう誰でも渡れるほど近付いていたことに気付かなかったのも。

――そのなんとかいうところに帰るならわたしも連れて行って、と少女は掠《かす》れ声で囁《ささや》いた。――もうここにもいられない。遠くへ行きたい。こんなことが二度と起きないようなところならどこでもいいから行きたいの。

しかしその言葉はもはや、彼には木々のざわめきとしか聞こえない。


一人になって彼は、少女の語ったあの緑色の人種の生態について考えを巡らせる。中心に一本の樹があり、それが彼らを産み出している。その樹から世代が離れるだけ繁殖力が落ちるということは、それが枯れれば彼らはじきに絶滅するということだ。彼らの先祖は環境に適応するために身体を変化させたはずではなかったのか。

彼らが髪からこぼして歩く植物の種子。彼らの歩いた跡にできる緑地、やがては森林。中心から徐々に広がって分布する彼ら。

技術力不足ではなく計画だという結論に彼は辿り着く。森などというものが大戦争を生き延びて残ったはずがない。彼らの先祖は植生を回復させるために自ら歩く植物になったのだ。彼らの手助けなしで植物の繁殖が可能になった頃、自らは絶滅するように定めて。

それに気付かずに生きているとは、彼らは何とあわれな種族だろうと彼は思う。

……では、彼のポリスの父が壊れたら？

荒地の中心に立つ煌々たるポリスへと彼が帰り着いたのは、ちょうど彼の「退役」の日の夕方だった。彼は誰よりも職務に忠実であり、父の期待を決して裏切ることはなかった。彼は湖から救い出した機械をポリスの手に渡し、貸与されていた心臓を返却した。はるか未来のポリスの死を看取《みと》るための部品が集まり始めていた。文明の終局があまりに突然だったので、未完成のまま複数の研究所跡に散在していた部品が。

心臓を返してしまうと、大戦争以前の古いデータが流れ込んできて彼を悩ませることももうなくなった。古代人のことも忘れたし、古代の言語も忘れた。研究所跡からの帰路、夜ごとに彼を襲った妄想も消えた。彼の心臓から植物の蔓が生えてくるという妄想だった。ありとあらゆる隙間から植物の芽が出てきたかと思うと、渦を巻きながらあっという間に伸びて心臓を覆い尽くしてしまうのだった。自分の機械のいずれかが、あの蔓の情報を取り込んで複製し、プログラムを書き換えてしまうということがあり得るだろうかと真剣に考えたものだったが、もう何も心配する必要がなかった。

けれどポリスに帰り着き、「休息」を与えられることになった彼は、永《なが》い眠りに就《つ》きながら一つの夢を見た。廃虚のほとりに座って今も何かを待ち続けている少女の夢を。

夢の中では何百年、あるいは何千年が経過している。彼らのポリスも少女らの森もすでに役目を終えた。人間の手によって汚染された世界を、元に戻すという。

ポリスでは、かつての人間居住地の発掘作業がすべて終わっている。金属および化学物質の回収作業と、あらゆる兵器の解体作業と、その他、汚染された世界の浄化作業のすべてが。彼らの父なるコンピュータが停止すると、メンテナンスする者のなくなった機械たちが次々に寿命を迎える。彼はただ一人残って仲間たちの解体作業を行う。彼の心臓を持ち、彼の発見した部品から成り、彼のデータを引き継いだ誰かが。ポリスの最後のために定められた一人が。彼は機械の部品を一箇所に集めて積み上げる。何百年か、何千年かぶりに見るほんものの闇夜だ。

あの廃墟のほとりでは少女が絶望して昼も夜も座っている。母なる樹はとうに枯れた。第二世代、第三世代の子供たちが実っては弾け散り、数多くの子を残すが、世代が下るにつれ繁殖力は次第に落ち、最後の世代の子供はひどく瘦《や》せて弱々しい。少女はそれをすべて見ている。

森はますます成長して地に広がり、緑を増していっそう美しくなる。その中を獣や鳥や虫や魚や、その他あらゆる生物が渉猟《しょうりょう》する。森やポリスと同じようなどこかの再生計画拠点で、保護され培養されていた生物たち。今では彼らが木の実を口にし、体中に草木の種をつけて歩き回る。もう緑の子供たちは必要ない。

森の中で少女は最後の世代の子供たちに出会う。葉の少ない、ねじけた子供たちは少女の目を見上げ、一人ずつ小さな薄赤い実に変じる。外皮が反《そ》りかえって、弱々しくその実が割れると、中には空洞のほか何もない。

そののち彼女は廃墟のほとりへと歩いていくだろう。そして地上のただひとつの孤独として昼も夜もそこにとどまる。

ある朝彼はポリスをすべて片付け終える。土に帰るものを土に帰し、土に帰らないものたちを最後に残ったひとつの塔におさめると、彼にはもう帰るところがない。その朝彼は、はるかな昔にただ一度辿った道をもう一度歩き始める。

その朝は晴れている。かつて曠野だった場所はいま草と低木に覆われ、かつてポリスの門《ゲート》だった場所の目の前からまっすぐ西に向かって、ひときわ濃い緑の道がついている。体から草の実を零《こぼ》して、この道を幾度も辿った者がいたかのように。どの方向を見ても地平線は緑に霞《かす》んでいる。何百年か、何千年かぶりに彼が取る休暇だ。彼は急がない。何日も何日もゆっくり旅をして、同じように晴れた美しい朝に、かつての研究所跡を目にする。

廃墟の中に溜まった水が明るく輝き、石壁に透き通る影を投げかける。その光と影の中に枝のように細い輪郭がある。それがゆっくり立ち上がる。

少女が声にならない驚きと喜びを湛《たた》えて振り向き、彼らの目が合ったとき、しかし彼は深い愕《おどろ》きに打たれて根が生えたように立ち止まる。

何に対する愕きでもない。

少女の眼はかすかに濡れて光っている。何百年も何千年ものあいだ湖だと思っていたものはこの眼であったと彼は思う。その水面の下にある深い色を覗きこんで、何百年も何千年も前に湖から見上げた夜の空はこの眼だったのだなと思う。湖と夜空の間には無数の星が閉じ込められている。彼もまた湖と夜空の間に閉じ込められる。彼の世界は湖と夜空に挟まれて、他の一切は姿を消す。

急激な眠気が彼を襲う。どこかで誰かが立ちすくんでいるのが分かる。彼は口を開きかけて閉じる。水がほしいと彼は思う。ずっと水がほしかったのだ。

ひどく遠く思える場所から悲鳴のようなものが聞こえる。彼の世界のすべてになってしまった夜空が、困惑の、悲痛の、恐怖の、軽蔑《けいべつ》の、孤独の、絶望の色を次々に浮かべていく。しかし、彼にはもはやどうすることもできない。

無数の糸で彼の眼が縫《ぬ》い閉じられ、彼の鼻が、口が、縫い閉じられる。すべての体液が上昇し、彼の頭部は重く甘やかに熟《う》れ始める。失われた彼の視界はやがて、目をきつく閉じて太陽に向かったときの赤い色に満たされ、かすかにきしむような音を立てて、天頂から一本の亀裂が入り始める。

いつか明ける夜を

プロローグ

闇の夜を一頭の子馬がひたすらに駆け、鞍《くら》もないその背に少女がしがみついていた。これは遠い昔の物語。最初の日が地上に射《さ》す前、まだ世界が闇に閉ざされ、人びとは月が上ることを指して昼と呼んでいた頃の話。色のない生を生き、混じり気のない闇を愛し、月のあの頼りない光をさえ忌《い》み嫌ったその人びとを、われわれの父祖と呼んでよいのかわたしにはわからない。かれらは一人残らず滅びたと信じられているし、わたしが伝え聞いたのはまさに、かれらの時代の最後の数日のことなのだ。

少女1

馬が少女を騎《の》り手に選んだとき、族長の舘《やかた》には驚愕《きょうがく》と怯《おび》えの臭いが立ち籠《こ》め、人びとの話し声は憂《うれ》いの重みを帯びて夜露に濡れる庭土へと沈み込んだ。馬は神の眷属《けんぞく》の最後の一頭である。代々の馬たちはみな当代一の勇士や賢人を伴侶に選び、馬と英雄たちの名はひとつ残らず族長の舘の石の壁に刻まれている。かれらは急時には東に向けて旅立ち、曠野《こうや》と大河を越えてかならず援軍をつれて戻って来た。そして先頭に立って戦い、多くの場合は馬と人ともに命を散らしながらも地蟲《じむし》たちから邑《むら》を守った。そのような英雄が、いつの時にもかならず一組あったのだ。それが、先の二頭が相次いで使命に失敗し曠野の露となってより（これはかつてないことだった）、残された最後の馬は百年の間誰をも騎り手とせず秣《まぐさ》を食《は》んでいたが（これもかつてないことだった）、あるとき宵闇の戻り来る頃に背に乗せて帰って来たのがこの年端《としは》もゆかぬ子供である。それも邑の正規の構成員ですらない、丘の下の民の一員で、その荒れた指は刀の柄も知らなければ、文字に触れたこともないという。加えていっそう忌まわしいことには、この子供は昼間、歪《いびつ》な月の明かりに身を晒《さら》して来た。この馬が昼間もしばしばさまよい歩いているのはよく知られていたが、それは月などを恐れぬ大胆さと穢《けが》れることなき血のゆえと好意的に解されてきた。しかし神ならぬ身の少女となれば話は別だ。

世も末であるというのが学者たちの一致した見解だった。馬が少女を連れて来るまでもなく、ここ百五十年ほどかれらはその点で一致していたのである。

――われらは待ち続けました、とかれらは言った。なんとむなしい年月だったことか！　希望はつねにわれらをあざむきます。

滅びの日はやはり近いのだ、とあるものが鉦《かね》に似た声で言い、まだそうと決まったわけでは、と他が草原のような声で押しとどめた。しかし神々は、もはやわれらを救うつもりがない。月が。月が真円《しんえん》となったとき、とかれらは声の端から恐れを滴《したた》らせて囁《ささや》き合った。われらは色のある血を流し、色のある死を死ぬだろう。一人が古い詩を口ずさんだ。

少女はざらついた猫の舌のような声に取り巻かれ、沈黙を頭巾《ずきん》のようにかぶって立っていた。初めて足を踏み入れる丘の上だった。族長の庭では湿った土の匂いが立ち上り、ほっそりした木の幹が韻を踏み、その上方でよく手入れされた樹冠の嵩《かさ》が夜の中から浮かび上がり、花の香りがほのかな苦みをもって垂れ下がっていた。水の音があちらこちらを縫い、石壁の冷ややかさが時折脈打つように迫って来た。学者たちの衣の乾いた匂いと、長い鬚を調えるための香油の匂いが縺《もつ》れ合って漂い、その下に隠しようもない恐れと嫌悪の混ざった汗の臭いをくるんでいた。かれらの話し声や、風のないなまぬるい夜をかき乱す、腕を大きく振り回す動作などには少女の方でも注意を払わなかった。馬の吸い付くようになめらかな背にそっと手を置いていたが、そのこと自体がかれらに愚弄《ぐろう》と取られるのは知っていた。しかし馬があまりに人懐こく身を擦《す》りよせてくるので、おのれのほか誰にも指一本触れさせない馬であるとは信じ難かった。

——だが神意は誰にも分からぬ。われらが勝手に忖度《そんたく》しても詮なきことよ。

とうとう学者たちの長《おさ》が口を開いた。爛《ただ》れたようなかすかに甘い臭いが漂った。

——丘の下の連中が、貴殿らの言われる通り妖術を用いることがあるのかどうかわしは知らぬ。この中にも丘の下の専門家はおらんじゃろう。だが神の眷属たる馬を誑《たぶら》かす力など誰にもあるまいよ。卑賤《ひせん》の者ならなおのこと。それならばこの選択は馬自身の意思によってなされたということじゃ、わしは介入するのをよすとしよう。神の怒りは買いたくないからの。

そして長は少女に向けて鼻をひくつかせ、

——少なくとも丘の下の連中は、われらのように夢に悩まされることはないのかもしれぬ。

とつぶやいた。そのとき、少女は心の底で長を深く軽蔑した。誰にも言ったことはなかったが、かれは数年前から頻繁に夢に悩まされるようになっていた。

少女10

闇の夜を一頭の子馬がひたすらに駆け、鞍もないその背に少女がしがみついていた。両脚で馬の脇腹をしめつけ、両腕を馬の首にまわして、鬣《たてがみ》に顔を埋《うず》めている。少女の背は怯えている者の無防備さで闇にむかってひらかれている。振り落とされること、追いつかれることばかりを考えて、かたくなった少女の体はつねに馬の疾走に後れているかのようだ。馬のほうは純粋な前進の運動である。その疾走はきわめてしずかで、ほとんど揺れることもない。

闇は均質である。馬と少女が通ってもいささかもかき乱されず、玄《くろ》い水よりも静かに、奥へ奥へと分け入って行くかれらを包み込む。中心もなければ端もなく、濃淡もない。

同じ闇の底に、動くものも静止するものも、ありとあらゆるものが沈められている。沈められて、それぞれのたしかな位置を占めている。木々が、岩が、獣が、水が、地面の凹凸《おうとつ》、曲がりくねりながらどこかへ向かう道、木の葉の落下、空気のふるえが、そのあいだに闇を流し込まれて、全体でひとつの世界を成している。掌《たなごころ》を指すように、すべてのものがあるべき場所に知覚できる。得体のしれないものは何ひとつない。

〈馬と英雄の間〉は長いこと閉め切りになっていて、掃《は》き清めようとは誰もしなかった。最後の騎り手は大庭園を出て、本草園を抜け、石の鳥の森に近い、芳水林《ほうすいりん》のうちに建てられた離れに居を定めた。何もかも慣わしに反していた。ことのはじめからそうだったのだ。

館のあらゆる部屋と同様、冷たく寡黙な空気がここにも座り込んでいて、少女と馬がその中を動き回っても不本意そうに場所を変えるだけだった。粗《あら》い石の壁に触れると文字らしきものに出会った。指先に収まるほど小さなものも、掌に余るほど大きなものもあった。縦に連なるものも横に続くものも、どの方向に読むのか分からぬものも、一文字で終わっているらしいものもあった。ただの線かもしれないと思えるほど単純なものもあれば、いくつもの文字が組み合わさっているのではないかと思うほど複雑なものもあった。ほとんどは刻み込まれていたが、浮き彫りになっているものもあった。文字の形がその途中で断ち切られているようなものもいくらもあった。いずれにせよ少女には読めなかった。

少女は馬とともに屋敷内を彷徨《ほうこう》して、あらゆる棟の文字に指を触れた。文字の書かれた大きな壁をばらばらにして組み直したかのように、舘は文字で溢《あふ》れていた。手を伸べると、文字の縁《ふち》は鋭く立ち上がって少女の指に触れ、あるいはかれのことなど知らぬげに黙ったまま背を向けていた。

人の手の温《ぬく》みをまだ憶《おぼ》えているような文字もあって、それらは壁が組まれたのちに明確な意図をもって彫り込まれたものだった。族長の舘で暮らす人々には小姓の一人と同じくらい見知ったものであるはずだった。そうではなく壁を斜めに横切っていって唐突に断ち切られるもの、平らな壁のなかのひとつの石だけが文字を帯びているもの、そのようなものにはかつて人の手で彫られたとは到底思えない質感があった。人々はそれらが亡霊であるかのように文字をやり過ごしていた、ちょうど少女に見て見ぬふりをするように。

馬はたいてい興味を示さなかったが、時折は少女以上に熱心に鼻面を寄せていた。必ず、古いほうの文字だった。馬には意味が分かっているに違いないと少女は思った。

英雄1

——わたしの、愛おしい馬。ただひとりの友。

昼も夜も、かれのことばかり考えている。百年経ったいまでも。この、地の涯《はて》、打ち棄《す》てられた東の塔で、わたしは、ひとり。

かれに出会う以前のわたしは孤独を知らなんだ。おのれが孤独であるのを知らなんだ。おのれに半身が欠《か》けているのを……。

わたしとかれとは一体の人馬、いな、ただ一頭の馬であった。わたしたちの蹄《ひづめ》が地を摑《つか》み、わたしたちの鬣が風となる、あの歓《よろこ》びを百年の間一瞬たりとも忘れたことはない。血と肉とを失ったわたしに残されたのは、ただ、一対の眼のみ、闇の底いに這《は》いずっている……。

わたしはここで、ただ、終末を待ち続けている。終末とともに、わたしの馬が再び帰りくるのを。確信している。かれは救済などではなく、滅亡であり、死であるのを……。

不眠不休で走り続けることができるのはこの馬だけだった。いまでは危険の満ちあふれる場所となった曠野をこえ、だれもが名前さえ口に出したがらない大河をわたることのできるのはこの馬だけだった。風の噂に伝え聞くようなおそろしいものが曠野にほんとうに棲《す》んでいても、この馬なら二つ足の、四つ足の、八つ足のいかなるものよりも速く、矢よりも速く走ることができるだろう。

それでいながらこの馬は、生まれ落ちてから百五十年も邑のうちを無為に駆けまわり、神殿にもどって眠るだけの生活を送った。眷属の馬たちが騎り手に出会うまでの時間には長短の差があったが、平均して五十年ほどであり、七十年を超えることは滅多になかったのだ。

――脚の具合はいかがでございます。

――変わらぬ。あの馬が騎り手を得たそうだな。

石でできた西の対の一隅に族長の自室はあった。幾重《いくえ》にも帳《とばり》を垂らしたその部屋で、長は寝椅子に体を投げ出すように座っていた。岩とつめたい水のにおいがした。

――お聞き及びでしたか。それをお知らせに参りました。喜ばしいことで。

――なぜ今になって？

族長の声は低く滑《なめ》らかで、何の抑揚《よくよう》もなかったが、賢人はなぜかぎくりとして答え得なかった。

──なにもかも手遅れになった今になって、なぜ？

──手遅れ、とは限りませぬ。

それを聞くと族長は、おまえがそれを言うのか、と詰《なじ》るように低くつぶやいた。

──すべての予兆を読み解いたのはおまえではないか。それで今の地位を得たのだろう。おまえのまだ若いとき、わたしが生まれるより前に……。それ以来八十年、その研究ばかりしてきて、今になって打ち消すつもりか。

口調そのものは例によって静かだが、つぶやくような調子を脱しいまやはっきりと賢人に向けられている言葉のうちには嘲弄《ちょうろう》と苛立ちの響きが萌え始めていて、賢人は頭を下げてやり過ごすよりほかなかった。この年少《わか》い族長がかれは嫌いではなかったが、その謦咳《けいがい》に接するときはつねに厄介だった。族長には倦怠《けんたい》に沈んでいるときか嘲笑的な気分のときしかなく、たいがいは前者なのだが、この日は賢人かほかの何かがこのひとの苛立ちを呼び覚ましてしまったらしかった。

──しかし奇跡というものはありうるのではないかと、とかれは族長の言葉の切れ間を待って抗弁を試みた。──これがそれなのではないかと、わたくしには急に思えてきたのでございます。

──聞き苦しいぞ。

長は鋭くはねつけた。石に刻まれたような寂しいその声へ、血の中で行き場なく渦巻いていた猛々《たけだけ》しさがさっと駆け昇《のぼ》り、ひとつの輪郭の中で溶け合ってそのまましばし静止した。その獰猛《どうもう》さは、いまではそれを呼び出す唯一の契機となった意地の悪さとは無関係にきわめて気高いままであり、その声は獰猛でありながらやはり刃《やいば》のように静かなまま、答えを要求するように賢人に突きつけられていた。

——その研究はおまえの一生というべきものではないか、それを無に帰せばおまえに何が残る。

——そうは申されましても、

——もうじき予言通りにすべてが滅亡するという段になって、おのが一生をみずから否認してみせるとはあさましい。この天体の動きの下に人間とは取るに足らない些細《ささい》な存在だろう、人間の運命も小さくてつまらぬもの、滅亡があえなくわれらを呑み込むだろう。それならば、そんなことは滅亡に任せておけ。奪われる前に慌ててみずから投げ捨てるような醜態を晒すな。持てるものは持ったまま滅びよ。おまえはおまえの学説を、わたしはわたしの馬を。

賢人は驚いて立ち尽くした。長の声には静かな微笑が走っていた。

——いま、何と——馬をどうなさるおつもりですか。

——あれが残された最後の一頭だ、賢人よ。

——気でも狂われたのですか、馬は族長のものではございませぬ、族長が世話をするならいになっているだけで……。

長はふたたび横を向き、片手でその頭を支えた。

——昔ははるかに多くの、眷属の馬たちがいたのだ——わたしの生まれる前にな。賢人、おまえは接したことがあるだろう、あれ以外の馬に。

賢人は肯《うけが》った。最後から二番目の馬は百二十年以上前にこの地を発《た》っており、その嘶《いなな》きを耳にとどめているのは年老いた賢人のほか幾人もいなかった。彼は訝《いぶか》しみながらその馬と馬に乗って行った弓使いの名前を口にし始めたが、すぐに遮《さえぎ》られた。

——みながあれを出来損ないの馬だという。確かに出来損ないかもしれぬが、それでもわれらには過分な神の贈り物だ。美しく猛々しい。あれの祖先の馬たちはどれだけ美しかったことかと思う。言うな。わたしは様々な話を聞き、文献を読み漁ったのだ。だが同じ時、同じ場所にいたことのない者には、あれより美しいものは想像すべくもない。

族長は物思いに耽《ふけ》るように、しばらく沈黙した。不自由な脚を引きずって姿勢を変えるときの衣擦《きぬず》れの音だけが広がった。割り込む機会と見て賢人はふたたび息せき切り、

——われらはあの馬たちを、愛玩《あいがん》のために神々から預かったわけではありません、馬とその騎り手には使命がございます、

——むごたらしいことだと思わないか。

——何がでございます。

しばらく答えはなかった。ふたたび族長が話し始めたとき、その声は古い歌をつぶやくようだった。

——神代《かみよ》の昔から、数多《あまた》の馬たちが、一頭ずつ、この地を去って辺境の蛮地に馳せ参じた。

英雄や賢人を伴って。そしてその地で散った。あれほどの美しい馬たちが、無残な殺され方をしたのだ。かつては勇猛な軍勢を率いて行き、華やかな勲《いさお》を立てて凱旋《がいせん》することを常としたが、荒地が邪《よこしま》なものに占《し》められて以来、馬と戦士は孤独にこの地を去り、辺境の窮地《きゅうち》をいかに救ったとしても、帰って来ることはほとんど皆無になったのだ。これほどに痛ましく無念なことがあろうか。世界は滅ぶ、たとえ地蟲どもが辺境を破らず、天体の動きが今のままであっても、最も美しいものがこのようにひとつ残らず流れ出て帰らなければ、おのずから滅ぶであろうよ。

何をおっしゃりたいのです、と賢人は声を張り上げたが、族長はかまわず言葉を続けた。

——もはやすべてが手遅れだ。わたしのあの馬が辺境に赴《おもむ》いたとて、滅亡はもはや押しとどめられぬ。それならば、このようなむごたらしい旅をさせるいわれがどこにあろう。

——しかし馬はおのが意思で騎り手を選びました。馬はおのれ自身のもの、また神々のものであり、騎り手のものでございます。それ以外の者は一人として、たとえ族長であっても、その意思に介入することを許されておらぬのです。

——意思か、聞けば年端もゆかぬ子供というではないか。馬に乗ったこともない。そのような者を選んだのが意思だというのなら、どこへも出立《しゅったつ》するつもりなどないという意思の現れであろうよ。

——われらの父祖は何千年ものあいだ馬の決定に従ってきたのですぞ。いまだかつてこのようなためしはございませんでした。馬の決定に手前勝手な解釈を加えるような真似は。

——わたしの馬が出立する。と族長は心のなかでつぶやいた。わたしはそれを長く待ち望み、そののち長く恐れ、そして長く忘れていたのだ。

賢人はくだくだしく、馬を手放さなければならない所以《ゆえん》を述べたて始めた。族長は聞いていなかった。この男は、馬に選ばれるのが自分だと考えたことがあるだろうか、と考えていたのだった。わたしのように？

少女期のことを族長は思っていた。十二にしてすでに、大剣の扱いにかけては誰にも譲《ゆず》るところがなかった。そのまま健《すこ》やかに成長すれば、いにしえの勇士たちに肩を並べる存在になっただろう、その勲を語り伝える者が一人も残されないとしても。

このひとなら世界を滅亡から救えるかもしれないと、思っていたことをもはや覚えている者はいないだろう。

（わたしのために馬は百年待っていたのだと、わたしはひそかに信じていた。その年月をわたしもまた待ち続けていたようにさえ感じた。）

それから病が判明し、焦る心と裏腹に病はまず脚を侵《おか》して、馬に乗ることも戦うことも叶わなくなった。ほかの戦士や賢者が現れるのを恐れたが、馬は誰をも選ぶことをしなかった。この病もおそらくははじめから定められていたことで、そのために馬もまた出来損ないとして生まれてきたのだと、族長は猛々しい心をなだめたのだった。

——何歳だと言った？

——何ですって。

ふいに遮られて賢人は不機嫌そうな声を出した。

——その子供だ。いくつだと言った。

——十四でございます。

わたしの病が分かったのは十五の時だった、と族長は思った。はじめからわたしを選ぶつもりはなかったと見える。

——もうよい、さがれ。

——しかし、馬は……

——馬だと？

族長は素気《そつけ》なく、つめたい水のにおいを漂わせた。

——馬などどうでもよい、好きにしろ。

少女3

人が入って来たのは知っていた。なかば寄りかかるように手を石壁に当て、刻まれた文字の内側を指で抉るようになぞっていたとき、背後の伽藍《がらん》とした大広間の空間を隔《へだ》てて反対側の石壁が冷ややかさの中からふいに人の気配を吐き出したのを、馬がかすかに落ち着かなげになったのを知覚してはいた。老人の気配は消えずにそこに立っており、人のような古い革のような雰囲気を放っていたが、石壁の圧倒的な古さに比べれば何者でもなかった。老人の存在はそれ以上石壁の気配を乱さなかった。石壁の気配と同一化しかけている、というより、石壁の方は人の気配を冷ややかさで迎えるのに、老人の方からそれに慣れ、馴染《なじ》んでいったようだった。

少女の方は、ここに立つといつも、冷ややかさに口と喉をふさがれて眠くなった。どこにあるのか、少女がよく覚えられないこの大広間に、馬は好んでかれを連れてきてその壁面に鼻面を押し当てていた。ここに刻まれている文字はあきらかに壁ができてからのものだった。規則正しい並び方をしているのだ。横書きの文字が上下二列、一枚の壁の端から端までにわたっている。それでいてここの文字には人の手の気配がなかった。舘の建造に先立つ、あの数多の文字のいずれにも増して古く、得体のしれない気配を持っていた。

だからそのとき、人の存在はなにか非常に遠い出来事のようで少女はほとんどそれと意識することがなく、声をかけられて初めて深い水の中から呼び覚まされたように向き直った。耳に立つ声ではなかったが、口から流れだして床の上を水のように速やかに部屋の隅々《すみずみ》まで広がり、床を浅く浸してまたぴたりと静まり返る、そのような声だった。

——書かれていることがお分かりかな？

少女は黙って首を横に振った。

そなたは文字が読めぬと聞いたが、と古老は重ねて問うた。少女は頷《うなず》いた。

——わたしたちは走った。どこまでも走ったよ。あの美しい馬。わたしのただ一人の友。馬の鬣を、わたしの髪を、冷たい指のような風が梳《す》いていった。わたしたちの鬣。狂ったように長くたなびいた。わたしたちの蹄が地面を打った。打った。打っている……。

わたしたちは月を恐れなかった。あの膨張していく滅亡の眸《ひとみ》。わたしたちを待ち構えている、免《まぬが》れようもない凶運。養分を蓄えていく破滅の蕾《つぼみ》。わたしたちは月を恐れなかった。わたしたちのふたつの頭《こうべ》は月かげのなかに盃《さかずき》のように掲《かか》げられ……。

わたしたちは丘の斜面に立ちどまる。丘の下には群れなす地蟲たち。月かげが投げかけるひとつの影のようにゆらめき、増殖する。丘の上にはあの邑が、あまたの美しい舘が月かげのなかでただのまぼろしとなり、輪郭をとかされてくずれおちる。確かなものはわたしたちしかいない。しなやかな筋肉によって織り上げられた、一頭の馬以外にない。きな臭さが立ち上る。丘の下の陋屋《ろうおく》群が焼けている。ざわめきは茫漠《ぼうばく》として遠く聞こえる。すべてのもののただなかへわたしたちは走り出した。それが永遠だった。その一瞬がいまもわたしの中を生きている。わたしの額に、喉に焼きつき、胃の腑《ふ》を焦がしている。わたしの蹄が、遠くはなれた場所で、いまも絶えまなく地面を敲《たた》いている……。

少女10

夜明けが近づいて来ていた。闇が濁り始めたのでそれと分かる。均質だった闇から濃淡が分離し始め、ありもしないものの輪郭をとって影が闇から浮かび上がってくる。闇は闇そのものであることをやめ、うごめきとざわめきに変わる。それに妨げられて、ほんとうのものの存在が急に分からなくなる。闇の底に沈められ、それぞれのたしかな場所を占めていた、軀《からだ》のすべての感覚によって知ることのできたありとあらゆる存在が、木々や、岩や、獣や、水や、地面の凹凸、どこかへ向かう道、木の葉の落下、空気のふるえが、影の跳梁《ちょうりょう》の向こう側にゆらめきながら消える。感覚がかき乱される。遠近感が失われ、自分がどこにいるのか分からなくなる。すべてのものを等しく抱いていた闇、すべてを結びあわせていた闇が薄れて、ひとつひとつのものが光のうちにどうしようもなく孤立し、敵対しあう朝が近づいている。

少女はますますきつく馬の首を抱き、なにもみるまいとする。馬の歩調はいささかも乱されない。

舘

月がはじめてその眼をひらき、昼と夜とを分かったとき、人びとは時というものを知り、老いて死ぬようになった。殺されるのと病によるのとを除いて死を知らなかった人びとは、脱ぎ捨てられた衣のようになったものたちをどう扱ってよいか分からなかった。

往《い》にし方《へ》の闇の時代に生まれたものたちは永遠に若かった。月の生じてのちに生を得たものたちは老いを知っていた。細い月の眼の閉じてよりまた開くまでの間は、少なくとも人びとの感じるところでは、しだいしだいに短くなり、それとともに月は大きく見開かれるようになり、人の老いの傾きは、後に生まれたものほど、せわしなかった。月以前に生まれたものたちの前で、近頃のものたちは崖に向かって産み落とされたようにあっという間に消えていった。

――代々の馬と騎り手たちの名じゃよ。上が馬、下に書かれているのが騎り手じゃ。一番右にあるのが、すでに伝説の中へと消えた最初の馬と英雄、左が最も新しい。そら、左から三番目がそなたの名じゃよ。つい先夜、そなたの訪れより四十夜を待って彫ったのじゃ。

それはつい先夜訪れたときまでなかったものだった。先夜までは上段に馬の名前だけがあり、下段には何かが一度刻まれて削り取られたような痕《あと》があった。

馬が最も熱心に頭を寄せていたのがその平面だった。今はその上へ更に文字が刻み込まれ、すでに古代の冷たさを放っていたが、馬が苛立たしげであるのはそういえばこの文字を前にしてからだった。

少女は機械的におのれの名をなぞった。それもまた少女には読めなかった。

――この馬には以前、違う騎り手がいたのですか。ここには、一度誰かの名前を削り取った痕がある。

――さよう。

古老は答えた。

――その騎り手は禁忌に触れて追放され、壁からもその名は抹消された。学者たちのほか、記憶するものはない、忌むべき出来事じゃよ。残された馬は百年の間、新たな騎り手を選ぶことはなかった。後に続く二頭の馬は相次いで使命に失敗し曠野に消えた。ゆえにそなたの左には二組の馬と騎り手の名がある。

――その人は何をしたのです？　かつての騎り手は。

――色のある夢を見た。

古老は声を潜めた。

英雄3

視覚とは幻肢痛《げんしつう》のごときもの。

あるはずのない感覚がある。あってはならぬ感覚がある。どこか遠い水面《みなも》に睡蓮《すいれん》の花が咲くように、わたしの、眼がひらく。あるいは、眼がやぶれる。やぶれて流れ込んでくるのは、これは、水か。

いつの頃からか、昼のあいだじゅう地蟲どもを追い払い、ようやく月が沈んで舘へと帰ったとき、愕然《がくぜん》と、すべての知覚が遮断されたような、いな、視覚が遮断されたような孤独を経験するようになった。――まるで視覚だけが知覚であるかのように。まるでひかりのもとでは闇の中でより多くのものが分かるかのように。

そして心やすらぐはずの闇のなかで、わたしは不安と恐怖に苛まれた。昏睡のように赫赫と醒《さ》めていた。闇に抱き締められるほどに、かえって世界は遠くなり、手を伸ばしても何にも触れなかった。

なにも見えない。なにも。

疲れているのだと思った。昼のあいだ月に惑わされ、幻影ばかり見ているうちにそれに馴れてしまったのだと思った。

次第に月の昇るのを心待ちにするようになった。闇が戻ってくるのが怖くなった。戦に血が逸《はや》っているだけだと思おうとした。月の下に視《み》えるものの数が次第に増えていった。眠れば夢を見た。夢には色が付いていた。わたしは何度も汗に塗《まみ》れて目を覚ました。叫び声を上げて目覚めた。

わたしの眠りの秘密は暴《あば》かれた。夢がみずから叫び立てて、ここにいると知らせたのだ。誰にも見えぬ色が、わたしの中に巣喰っていると。わたしを喰い破って出てきたのだ。わたしは悪《にく》まれ、懼《おそ》れられ、放逐《ほうちく》された。滅亡を養う卵となったわたしは。絡みつく滅亡の蔦蔓《つたかずら》となったわたしは。

悪まれることなど何でもない。わたしのただひとりの伴《とも》、わたしの半身、わたしの蹄、わたしの鬣、わたし自身の骨とわたし自身の血から引き離されることに比べては。

追放など何でもない。愛する者から引き離されては、いずこに在《あ》ろうと、たれと交わろうと、已《すで》に地蟲らの間に在るのと変わらない。

舘

賢人たちの声は甲虫の群れのように壁を這い登り、あらゆる罅《ひび》割れを満たした。

――償《つぐな》うことのできる過ちなど存在するのだろうか？　かつてわれらの騎り手は穢れた。地蟲を追うものが地蟲となった。月に浮かされ、月に侵され、ものを視て、色ある夢をおのが眠りに招《しよう》じ入れた。昼ごとに光《かげ》の舞台に上り、味もなければ匂いもなく、手触りもなければ調べもない月影に全身の膚《はだ》を浸すうち、耳も鼻もふさがれ、膚は石のように鈍く、舌は無風の日の旗と変わらなくなった。急ぎわれらは騎り手をその地位から追い、邑から追い、曠野へと追い放ったが、一度なされた冒瀆《ぼうとく》は二度と取り返しがつかぬのではあるまいか？　その報《むく》いをいまわれらは受けているのではあるまいか？

——その時より、馬と騎り手は相次いで任務に失敗し、地蟲はさらに数を増して、月は膨張をやめることがない。

——月が真円となったとき、われらは色のある血を流し、色のある死を死ぬだろう。

——われらの過ちはむしろ、騎り手へのその仕打ちにあったのではございますまいか。

ひとりの賢人が言った。燃えさしの木のような臭いが漂った。

——神々により対として定められた馬と騎り手とを、人の子の浅慮により引き離したること、それこそが償い得ぬ過ちであったのでは？

甲虫の声は静まり返り、室の外の風の音も止んだ。

怒れる甲虫の群れのごとき声がいっせいに壁を這い下りて来た。

燃えさしの木の臭いのする賢人は反駁《はんばく》の声に答えなかった。かれはもう口を開かず、その脈は空気を震わせなかった。かれは死んでいた。

少女10

地平線が明るんでいた。夜明けの様子を見るのは初めてだった。遮るものとてない荒地で、いま夜が明けようとしていた。おそろしいものに呼ばれたような気がして、少女は馬の上で身を起こし、東をまっすぐ見据えた。馬上でも軀が安定することに初めて気がついた。ほとんど静止しているように思える。

少女5

——色、色と皆は言いますが色とは何なのです？

——誰も知らぬ。見たことのある者しかわからぬ。滅亡の日——われらはそれを見、そして知ることになるだろう。……知っておいでかね、神代の馬と英雄たちの歴史を？

古老は問うた。

——丘の下にまで流れ着いた噂のみを。……危難の折にはこれらの馬とともに駆け、救《たす》けを見出《みいだ》すべしと、たしか。神々が。

——神々は世を造りたまいてのち、しばし人の子とともに過ごされたが、やがて次の世界へと移られることを決めたまわれた。その折に人の子に下したもうたのが神馬《しんめ》たちよ。危難の折には、馬たちがみずから騎り手を見出し、ともに邑を旅立つ。馬と騎り手が持ち帰った救けは多岐にわたる。族長の跡継ぎが決まらず、邑の内で激しい対立が起きたときには、遠い邑より予言者を連れ帰り、その者の予言に従って族長を選んだ。疫病の蔓延《まんえん》した際には、危険な旅ののち、十一種の奇妙な生き物と草木を持ち帰って調合し、薬となした。おそるべき怪物がやって来た際には、妙なる刃音を奏でる剣を持ち帰った騎り手が退治した。異なる邑が攻めて来たときには、援軍を。異邑《いゆう》の姫君を連れ帰ったことも。……月が現れてからは、危難といえば地蝕のこととなり、救けといえば援軍になったがの。知っておいでか、月が何時《いつ》現れたか？

――さあ、しかとは。

――何時でもない。月が現れるまでは、時というものはなかったのだから。月が昼と夜を分かち、時を分かったのだ。それゆえに、ある日――と呼ぶ、日というもののはじまりの、ある日――それまで真の闇であった天に――そう、それまで天とは呼ばなかった、天と地は一体だったのだから――亀裂が入った、細い、弓なりの、光の亀裂が。はじめて光と闇は分かたれた。それまで、この世は触れ、味わい、聴き、嗅ぐことのできるものだった。そのとき――そのときはじめて、触れることのできぬ高みに、触れることのできぬ光というものが現れた。人々はたがいを、見た、この世を見た、天と地を見た。そして孤独と恐怖に苛まれた。わしとそなたが、彼方《あなた》と此方《こなた》が分かたれた。

――……。

――そなたを、過ちを正すもの、と考えるものたちがあるのじゃよ。過ちを正し、世に救いをもたらすものとな。

――過ち、とは？

――先の騎り手が犯したる過ちじゃ。あるいは。先の騎り手を追放したることが過ちと、言うものもある。いずれにせよ、世界の命運はそなたの肩にかかっておるのじゃ。

少女10

あたりの光景が一変する。

激流に顔をしたたかに打たれ、その中に巻き込まれて呼吸が止まり、盲目になる。ああ、月が昇ったのだ、と、眠りに落ちてゆく時のように思う。

少女6

馬が少女のところにやってきたのは昼間だった。誰もがおびえて室内に閉じこもり、夢を見ぬように目をかたく閉じて眠るその時刻に、蹄の音だけがずっと遠くから響いてきていた。少女だけが、馬を迎えるためであったかのように月の下にぼんやりと立ち尽くし、馬はかれを迎えに来たようにまっすぐ少女のもとへ駆けて来た。

いつものように、少女は眠れなかったのだ。眠れば夢を見る。誰ひとり目覚めていない長い昼間を息をひそめてやり過ごすのも苦しくなり、少女はむしろ月に誘《おび》き出されるようにして外へ向かう。咎《とが》め立てする者はほとんどいない。この時間帯に出くわすとしたら、同じように後ろ指をさされかねない者たちばかりであり、彼らは互いに知らぬ顔をしてすれ違う。だがそうした者にさえ大抵は出会わない。

その徘徊癖は大胆さによるものではなく、むしろ深い恐怖にもとづいている。昼が近づくと人びとに訪れる胸のざわつきや息苦しさを、少女は眠りによって遠ざけることができず、まるで砦《とりで》を包囲された戦士が死の恐怖に耐え切れなくなって打って出るように、不吉な月そのものに対面してしまった方がむしろ楽ではないのかという夢想を抱《いだ》く。それでいて外に出ると、月に対峙《たいじ》することにも耐えられず、丘の下の平らな集落地をいたずらに歩き回ることになる。

月の下の世界は畢竟《ひっきょう》夢の世界の続きである。しらじらと押しつぶされた世界は靄《もや》の中のように思える。少女はいつか垣間見《かいまみ》てしまった色の世界を思い出す。このまま歩き続けていると、この光景に色がつき始めてしまうのではないかと怖れている。

遠く馬の蹄の音が響いている。不思議と距離感のつかめぬ、方向も分からぬ音だが、かれらは誰もが寝静まったあとのこの地上にかれらしか存在しないかのようにあやまたず出会う。世界の両極から始めてその中心で出会ったように。

馬は昼を怖れておらず、傲然《ごうぜん》と頭を月に向けてやって来る。乗れ、と言っているのが分かる。少女は馬に乗ったことがないが、額《ひたい》の高さほどのところにあるそのなめらかな背に手を置くと、掌の感覚点のひとつひとつに呼応して吸い付いてくるような肌理《きめ》細かい質感があって、その掌に誘われたように、気がつくと少女は馬の背に跨《また》がっている。馬が自分の軀よりも近いところにいた。

少女はその日から、丘の下に帰らなかった。

少女が昼間にやって来たのは明らかだった。多くの人が、落ち着かぬ眠りの中に馬の高らかないななきと蹄の音を聞いていた。口にこそ出さね、眠りを覚まされた者の中には帳を押し上げてかれらの姿を垣間見てしまったものもいただろう。かれには、自分が人びとの感覚器官に、水から上がったあとのようにまだ月かげに濡れて感じられるのが分かった。そしてこれからもそう感じられ続けるだろう。しかしここ丘の上ではかれははじめから忌まわしい存在である以上、この悪癖が公然たるものになることはさしたる恥辱とも思われなかった。禁忌は丘の下でも禁忌なのだということを人びとは知らぬらしかったから。

　月の下のその庭はたしかに異様だったが、その異様さは月の下であれば地上のどこであっても均しい異様さだった。月かげはどのような光景も同じように圧し潰す。しかし月が去り、四つの感覚が正常に動き始めると、その場所はたしかに全く見知らぬ場所であり、それでいてはるかな異土《いど》ではなかった。堂々たる建物が立ち並び、かれにはひとつの集落と思えたその場所が族長の館であることも分かった。

　神代の馬たちの伝説はたしかに丘の下にも伝わっていた。少女はその話をおぼろげに思い起こした。

館

　谷をひとつ隔てた丘に、かつて神々の館があった。神々が立ち去り、館は忘れられ、崩れるにまかされた。

　あるとき人びとは古い丘がつねに隣にあったことに気付き、谷へ下りて丘へ上り、崩れた石の山を見出した。彼らはちょうど、天幕《てんまく》で暮らすのをやめて、立派な石の館を建てようとしているところだった。彼らは自分たちの丘に石をひとつずつ運び、石を積み上げて館を造った。石の面《おもて》には文字を刻み、自分たちのしるしをつけた。はじめから石の面を横切っていた文字――いくつかは、人の掌が読むにはあまりに巨大な――を、彼らはなぜか単なる模様のように、気に留めなかった。

あるいは、触れるまいとしていたのか。

それはこの世の運命《さだめ》を告げる文字であると、あるいは運命の蛇みずからが石の上を通った跡であると、神々がまだいたころは言われていたのであるが。

それでも、水が洩れるように、いくつかの節だけは石壁から浮かび上がり、人々のあいだに伝わった。館のどの棟、どの壁にそれが刻まれているのか知る者はなく、ただ館のどこかにあるとだけ。

曰《いわ》く、

――月が真円となったとき、われらは色のある血を流し、色のある死を死ぬだろう。

少女10

世界をやさしく包んで隠していた夜の天幕はいまや綻《ほころ》び、そのむこうから、酷薄な眼が、こちらを覗《のぞ》き込んでいる。見ている。劈《ひら》かれていく裂け目から流れ込むものが、闇を穢し、闇を蝕《むしば》む。

少女もそれを、見ている。赫赫と開かれながら昇っていく、巨大な一つ眼を。見せられている。抗《あらが》うことはできない。世界が押し開かれると同時に、自分の軀にも眼《まなこ》が穿《うが》たれ、眼と眼は呼応し合って、互いを覗き込みながら更に開いていく。見る、とは、見られること、まじろぎもせぬ視線を注ぎ込まれて溺《おぼ》れ、最後の呼吸を求めて喉が開かれること。

少女7

露に濡れる庭を踏んで歩いていたとき、これまで接したことのない気配を感じて、少女は耳をそばだてた。建物の廻廊《かいろう》から、足を引きずる音と、石の床に杖を突く音が、衣擦れの音に混じって聞こえて来る。

足音はやがて止まり、少女はその気配と相対していた。倦怠と威厳の混ざり合った、どこか歪な気配。岩とつめたい水のにおい。

——そなたが騎り手か。

投げかけられた声は、冷たく剣呑《けんのん》で、気怠げだった。——……丘の下から来たという？ なるほど、聞いていた通りに、何の秀《ひい》でた点もなさそうな、つまらぬ子供だな。なぜ馬はそなたのような者を選んだのだろうな。

少女は答えなかった。声は挑発するように言葉を重ねた。

——騎り手たるものが、斯様《かよう》な昼間に族長の庭を堂々と歩いているとはな。戦いに行くでもなしに。

――あなたも。あなたがどなたか知りませんが、昼間に出歩いているのは同じでは？

すると声はどこか寂しげに沈んだ。

――わたしはいい。わたしに期待するものはもはや誰もおらぬ……。

そして言った。

――ここからは、あれの存在がわかる。

その声が指しているのは、丘を囲み、曠野との境をなしている石の牆壁《しょうへき》であった。月の光に圧《お》し潰され、頼りないほど低いものと感じられるのは、昼間の眼の惑わしであろうか。

――昼になると地蟲どもが曠野より押し寄せ、衛士《えじ》たちが牆壁を守って戦う。わたしの居場所もあそこであるはずだった。わたしの時間は昼間であるはずであった。誰もが恐れて室内に引き籠《こも》る昼間の……。それを思うといまでも眠られぬ昼があるのだ。

声の主は黙り込んだ。地蟲たちのざわめきばかりが遠く風に乗って聞こえてくる。

――……なぜそなたなのだ？

――わたしには、過ちを正す役目がある、とか。

少女は答えた。

――この馬には、以前別の騎り手がいたと言います。色のある夢を見、視覚が異様に発達して、他の感覚が退化し、邑より追放されたと。わたしはその過ちを正すものと考えられているのだそうです。

――……この馬に、別の騎り手が？　そんな話は聞いたことがない。誰が然様《さよう》なことを？

少女は古老の名を挙げた。

かれは愕然としたようであった。なにかを言いかけて、ふいに踵《きびす》を返して去ってゆき、あとには月の下の庭だけが残った。

英雄4

——わたしは歩いた。どこまでも歩いたのだ。頭上には月、身めぐりには二本足の、四本足の、八本足のありとあらゆる異形《いぎよう》のものたち。太刀《たち》があんなに重かったことはない。月に勢いづけられて次々に襲いかかってくるやつばらを、わたしは、動くものとみればすべて薙《な》ぎ払って、前へ進んだのだ。

わたしは太刀を引きずった。進むにつれおのが身をさえ引きずり始め、やがては這いずった。いつまでも終わらぬ長い昼、それがいくつつらなったのだか分からぬ。目覚めても目覚めても同じだ。月がわたしを圧しつぶす。月がわたしを食いつぶした。月、闌《た》けきったさだめの花。わたしの肉を喰い、わたしの正気を喰らった。わたしの耳を侵し、わたしの喉を灼《や》き、わたしの臭覚をうばった。足が立たなくなり、眼の奥が痛んだ。

それまで真昼間に見えたことがないほど多くのものが視えた。まぼろしであったのか実在したのかは知らぬ。動くものはなんであれ切り捨てた。日ましに多くのものが視えるようになった。眼の奥が痛んだ……。

少女10

潮が満ちるように、地上を不吉なものの存在が埋め尽くす。月をよろこんで地底から湧いて出た、賤《いや》しいおぞましい地蟲の群れ。地底に飽き足らず、地上の占領をも夢みるけものら。ざわめく影、叫《おら》びとどよめき、酔ったような足取りで大地を揺るがす、いな、酔って正体をなくしてしまったのは、大地のほうか、あるいは、少女自身か。水に油が押しのけられるように、少女のいるべき場所は、もう、地上のどこにもない。

　追われているというより、地蟲の海を騎馬《きば》で渡っていくようだと、少女は思う。みずから跳ね上げた水飛沫《みずしぶき》ででもあるように、時折飛んで来るのは石礫《いしつぶて》。少女は得物を振るわない。出立の際に与えられた太刀は、使い方も分からぬままだ。

　おそろしいのは、手足を縺《もつ》れさせ意味のない叫びを挙げて追い縋る醜怪《しゅうかい》な地蟲たちが、月の下では、たしかに、人間に似た面影《おもかげ》を帯びていることだ。あるいは自分たちも、月影の下ではこのようなおぞましい姿に変容するということなのか。いな、月がみせるのはすべて、歪められた幻影に過ぎぬということか。そうだ。そうに決まっている。

少女8

　少女は夢を見ている。

　夢はおそろしい。嗅覚も味覚も触覚も失われ、ただ視覚だけがある。手触りのない視覚だけはある。触れることのできない、味わうことのできない、影が唯一の真実になる。影に取り囲まれた自分自身も、うすっぺらな視覚だけの存在になる。軀の感覚を奪われて、世界は遠ざかり――しかし、いまこそ肉体を経ずに、じかに世界を見ているのではないか？

見たくない。知りたくない。馴れた世界を捨てて行きたくない。帰りたい。早く覚めたい。覚めなくては。

夢の中を歩いている。色のない夢の中の、夢の中でも月に打たれ続けている戸外を。丘の下の、寒々と照らされ続ける小径《こみち》を。この道が、〈むこうがわ〉へ続く道であることを知っている。破滅へ続く道だと。破滅はこの道を通ってうつつの世界へやって来ると。

帰ろう、と思い、もと来た方へ向き直ったとき、何かが違うと気づく。何かが、先ほどまでと変わってしまった。見えるものは変わらない。丘の下の小さな集落が、月の光に圧し潰されている光景。何度も見た。夢でも、うつつでも。かたちも、大きさも、位置も変わらない。それなのに何かが違う。触れてもいないのに、あるものは冷たい。あるものは熱い。あるものは重い。あるものは軽い。ただでさえ実体のない幻たちが、その上にいっそう、理解し難いものを帯びて、嘲笑うように――

それを色と呼ぶのだと、夢の中では、なぜか知っている。

もう来ていたのだ。破滅は。いつの間にか、後ろに回り込んで。いな、いつでもそこにあった。

見えなかっただけで。

汗に濡れてうつつへ帰って来たとき、夢の中ではあれほど歴然としていた色というものがどんなものであったか、思い出すことができない。

ただ、恐怖だけが残る。

英雄5

なぜここへ、わたしは?

こんなざまになっても、みずからのつとめを果たそうと、東へ東へ歩んできたのか? そうではない。

月の射すかたへと。ただそれだけ。

わたしは、もう、あの呪わしい月かげなくしては生きられぬ軀になってしまった。ここまで落ちてまだ生きようとする。死肉に啖《くら》いついて生きようとするけだもののように、光へ、光へと這いずって、わたしは、ここまで。

少女9

真円に近い月が沈みかけている。蜂《はち》の唸るような遠いざわめき。

長い昼を、少女は眠れずに過ごした。

——色のある夢を。見てしまった。昨日。

そう語りかけたが、かたわらの馬は聞いているのかいないのかわからない。

——色を、わたしは知ってしまった。今はもう思い出せないけれど……。わかった。色はどこかからやって来るのではない。この世界にはもう色がある。世界は、すでに、はじめから、色で溢れていた……。光はそれを暴くだけ。

少女は身震いした。

脈が速くなるように、ざわめきはいつの間にか燃え上がって、鋭い悲鳴と怒号、絶望の叫びに変わり、何かが崩れ落ちる音がした。馬が何かを嗅ぎ付けたように頭を上げた。

——世界が原初から色を持っているのだとしたら、わたしは……わたしたちは……

突如として、禍々《まがまが》しい角笛《つのぶえ》の音が丘の上を領《りょう》した。少女は弾かれたように立ち上がった。

——何かが起きた。

馬を伴って、少女は離れを飛び出した。低い月の下、同じように人びとが方々の建物から姿を現して、大庭園へ向かっていた。

——緊急を報せる角笛が……。

——牆壁が……突破されたとか……。

——地蟲たちが……攻め寄せて……。

追われる魚のように、囁き声は人々の間をせわしなく泳ぎ回る。その声が膨れ上がって、池を埋め尽くす魚群ほどになる頃、族長の庭に伝令が到着した。

——牆壁が破られました。わたくしめがあちらを発ったときにはまだ衛士たちが地蟲どもを食い止めておりましたが、奴らがここへ到達するのも時間の問題でしょう。

人びとの間から、恐怖の叫びが立ち上る。群衆は怯えた獣の体臭を帯びる。伝令は傷付き疲れている。かれの脚を伝って地面には血が染みを作り、それは……その色は……

——騎り手殿！

そう声をかけてきたのは学者たちの長である。

——疾《と》くお発ちあそばされよ、疾く！　今を逃してはもう発つことはかなわぬでしょう。今ならまだ間に合いましょう、行きてわれらを救いたまえ！

族長殿はいずこに、という声がどこかで上がるのを、少女は聞くともなく聞いていた。

——お部屋においでにならない。

——お部屋に飾ってあった大剣もない。

——もしや……。

——あのお御足《みあし》だ、まだそう遠くへは。探すのだ。

そのとき月が沈んだが、地上は明るかった。丘の下が燃え上がっていた。

牆壁の前に横たわる骸《むくろ》の中に、脚の悪いものが見つかるとき、少女はもうこの丘にはいない。

少女10

闇の夜を一頭の子馬がひたすらに駆け、鞍もないその背に少女がしがみついていた。両脚で馬の脇腹をしめつけ、両腕を馬の首にまわして、鬣に顔を埋めている。少女の背は怯えている者の無防備さで闇にむかってひらかれている。振り落とされること、追いつかれることばかりを考えて、かたくなった少女の軀はつねに馬の疾走に後れているかのようだ。馬のほうは純粋な前進の運動である。その疾走はきわめてしずかで、ほとんど揺れることもない。

闇は均質である。馬と少女が通ってもいささかもかき乱されず、玄い水よりも静かに、奥へ奥へと分け入っていくかれらを包み込む。中心もなければ端もなく、濃淡もない。

同じ闇の底に、動くものも静止するものも、ありとあらゆるものが沈められている。沈められて、それぞれのたしかな位置を占めている。木々が、岩が、獣が、水が、地面の凹凸、曲がりくねりながらどこかへ向かう道、木の葉の落下、空気のふるえが、そのあいだに闇を流し込まれて、全体でひとつの世界を成している。掌を指すように、すべてのものがあるべき場所に知覚できる。得体のしれないものは何ひとつない。

夜明けが近づいて来ていた。闇が濁り始めたのでそれと分かる。均質だった闇から濃淡が分離し始め、ありもしないものの輪郭をとって影が闇から浮かび上がってくる。闇は闇そのものであることをやめ、うごめきとざわめきに変わる。それに妨げられて、ほんとうのものの存在が急に分からなくなる。闇の底に沈められ、それぞれのたしかな場所を占めていた、軀のすべての感覚によって知ることのできたありとあらゆる存在が、木々や、岩や、獣や、水や、地面の凹凸、どこかへ向かう道、木の葉の落下、空気のふるえが、影の跳梁の向こう側にゆらめきながら消える。感覚がかき乱される。遠近感が失われ、自分がどこにいるのか分からなくなる。すべてのものを等しく抱いていた闇、すべてを結びあわせていた闇が薄れて、ひとつひとつのものが光のうちにどうしようもなく孤立し、敵対しあう朝が近づいている。

少女はますますきつく馬の首を抱き、なにもみるまいとする。馬の歩調はいささかも乱されない。

地平線が明るんでいた。夜明けの様子を見るのは初めてだった。遮るものとてない荒地で、いま夜が明けようとしていた。おそろしいものに呼ばれたような気がして、少女は馬の上で身を起こし、東をまっすぐ見据えた。馬上でも軀が安定することに初めて気がついた。ほとんど静止しているように思える。

あたりの光景が一変する。

激流に顔をしたたかに打たれ、その中に巻き込まれて呼吸が止まり、盲目になる。ああ、月が昇ったのだ、と、眠りに落ちてゆく時のように思う。

世界をやさしく包んで隠していた夜の天幕はいまや綻び、そのむこうから、酷薄な眼が、こちらを覗き込んでいる。見ている。劈《ひら》かれていく裂け目から流れ込むものが、闇を穢し、闇を蝕む。

少女もそれを、見ている。赫赫と開かれながら昇っていく、巨大な一つ眼を。見せられている。抗うことはできない。世界が押し開かれると同時に、自分の軀にも眼が穿たれ、眼と眼は呼応しあって、互いを覗き込みながら更に開いていく。見る、とは、見られること、まじろぎもせぬ視線を注ぎ込まれて溺れ、最後の呼吸を求めて喉が開かれること。

潮が満ちるように、地上を不吉なものの存在が埋め尽くす。月をよろこんで地底から湧いて出た、賤しいおぞましい地蟲の群れ。地底に飽き足らず、地上の占領をも夢みるけものら。ざわめく影、叫《おら》びとどよめき、酔ったような足取りで大地を揺るがす、いな、酔って正体をなくしてしまったのは、大地のほうか、あるいは、少女自身か。水に油が押しのけられるように、少女のいるべき場所は、もう、地上のどこにもない。

追われているというより、地蟲の海を騎馬で渡っていくようだと、少女は思う。みずから跳ね上げた水飛沫ででもあるように、時折飛んで来るのは石礫。少女は得物を振るわない。出立の際に与えられた太刀は、使い方も分からぬままだ。

おそろしいのは、手足を縺れさせ意味のない叫びを挙げて追い縋る醜怪な地蟲たちが、月の下では、たしかに、人間に似た面影を帯びていることだ。あるいは自分たちも、月影の下ではこのようなおぞましい姿に変容するということなのか。いな、月がみせるのはすべて、歪められた幻影に過ぎぬということか。そうだ。そうに決まっている。

東へ、東へと曠野をわたり、少女が辿り着いたのは崖の上に立つ塔であった。ほかに人の住んでいるしるしはなかった。呼ばれたように、少女は馬とともに塔の中へと入っていった。

東に向かう広い窓の前に低い体温が凝《こご》っていた。振り向いて、名前を呼んだ。年老いた女の、樹皮のように罅割れた声で呼ばれたのは少女の名前ではなかった。少女の隣を、なめらかな体温がすり抜けていった。あの壁に刻まれていた、少女には読めない、神馬の名前であっただとすれば、呼んだのは壁から抹消された名前の主であった。

——過ちは、これで正されましたか。

少女は部屋の奥へと声を放った。

——綻びは繕《つくろ》われ、わたしたちは亡《ほろ》びから救われるのですか。

——あやまちとは？

老いたる女の声が言った。

——あなたとこの馬を人の手が引き離したことを、神々がお怒りになったのだと……。

——人はつねに無数のあやまちを犯すし、ひとたびこの世に行われたことは、決してなかったことにはならない。亡びならわたしや＊＊＊＊が地上に産まれ落ちるずっと前から始まっていたよ。この子は、ただ、最後の日をわたしとともに過ごすためにここへ来たに過ぎない。

——神々が人の救いのために遣わした神馬ではなかったのですか。

——神々も永久《とわ》までは約束したまわなかった。はじめから、いつかは終わるものと。用意されていた馬の数はこれきり。それが尽きたら、尽きるものと。はじめから、色はわたしたちとともにあった。

——では。

——夜明けが来るよ。

——夜ならとうに明けています。

——ふたたび明ける。瞠《みひら》いた眼が、更にもういちまいの瞼《まぶた》を開く。暮れることのない昼が来る。今のこの昼を夜と呼ぶほかなくなるほど明るい、あられもない真昼が来る。この月が沈むとともに、月よりはるかに眩しいものが来て、地上を灼き尽くすのだ。そなたはそれを、見届けに来たのだ。眼を開けるがいい。……そなたも、とうに、光の瘡《かさ》に軀を覆われてしまったのだろう。

少女は声に出さず頷いて、眼を開いた。窓辺に立つ体温が、背を屈めた影に変わった。耳に触れていた、低く柔らかい声の響きも、水位が下がるように、遠く感じられるようになった。

——この昼が終わっても、夜はもはや帰って来ない。地蟲たちの崇《あが》める〈太陽〉がついに天へと踊り出て、それとともに地蟲——とわたしたちが呼んで蔑んでいたもの——が総攻撃をかけて来る。はるか昔、神々によって地中に繋がれた〈太陽〉が、少しずつ力を増し、ついに鎖を振りほどいて再び天の玉座に就こうというのだ。神々はもういない。この世界へは二度と来ない。われわれの世界は終わり、地蟲たちの世が来る。

——夢の中で。見ました。色のある世界を。

——知っているか、危難のたび、馬と英雄が東から連れてくる援軍というのが何だか？　人は東に勇猛な戦士たちの土地があるものと思っている。だが見ればわかるだろう、そんなものはどこにもない。かつては、あったのかもしれないが、月が生まれて以来、平地に作られた邑はどれも地蟲に踏み潰されてしまった。この曠野も、かつては人の棲む国だった。もっともその頃は、われわれの戦う相手もまた、われわれと同じ人間だったが。

少女には答えがわかる気がした。

——地蟲だよ。地蟲の群れだ。東の地はわれわれの邑より月に近い。地中は殖《ふ》えすぎた地蟲でいっぱいで、追い出された奴らが闇の地上の中ではまだしも光の強いこの地に棲み着くのだ。そいつらを連れて帰って、地蟲同士戦わせる。一切を視覚に頼っているあの連中は、光が足りないと敵味方の区別もつかないのさ。

そして生き残った地蟲は、丘の下に棲みついた、と少女は思った。

そしておのれは。地蟲の裔《すえ》。

この夜が——世の初めからの長い長い夜が明けたとき、人間の時代は幕を閉じ、地蟲の時代が始まるだろう。そのときおのれは、どちらの側でそれを見ることになるだろう？　人間、それとも、地蟲。

少女は東向きの窓に寄った。地平線がかすかに色づいていた。

振り向いて、自分の乗って来た子馬がしらじらと白いのを知った。

卒業の終わり

何から書き始めたらいいのかわからない。

何を書いたら、あなたに届くのか。

何を書いたら、私がここにいることをわかってもらえるのか。

何を書いたら、私があの場所で生きていたことの証《あかし》になるのか。

このありふれた惨事の中、私が書けることは、他の誰にとっても周知のことに過ぎない。

それでも私は、長いこと振り返りもしなかった日々を思い出してみようと思うのです。

命が尽きる前に。

1

私と月魚《つきうお》はよく図書館で会った。約束をしていたわけではない。どんな約束も私たちはしなかった。

図書館の外で見かける月魚は、いつも友人たちに囲まれていた。

「友人になった覚えはないんだけど」

と月魚は言うだろう。「なんか、勝手に仲良しだと思われることが多いんだよな」

つまり月魚は人気者だったのだ。

「珍獣扱いされてるだけだよ」

と月魚は言うだろう。

そういう、月魚の冷淡で薄情なところが他の人たちには見えていないらしいことが私には不思議だったのだが、彼女はふわふわして安全なぬいぐるみのように皆から愛されていて、私が入り込む隙はほとんどなかったといっていい。私は私で、普段は親友の雨椿《あめつばき》とばかり一緒にいた。

月魚が約束や束縛を厭《いと》うのもわかっていた。月魚の周りの子たちが、授業を並んで受けようとかランチを一緒に食べようといった約束を取り付けようとしては、あからさまに嫌な顔をされるのを見るまでもなく。ところが、そういう時でも彼女たちは、月魚が面白い冗談でも言ったかのようにきゃあきゃあと笑うのだった。

だから私たちは、落ち葉が風に吹き寄せられるように――あるいはそんなさりげなさを装って――落ち合い、大方は無言で時を過ごした。月魚の取り巻きたちも図書館まではついてこない。

私と月魚は暇さえあれば図書館に通っていて、相手の姿を見つけると、ふらりと隣の席に座り、目も合わせずにそのまま本を読むか自習をした。

図書館は学園の外れの森の中に佇《たたず》んでいた。目が疲れたり、小腹が空いたりして集中が途切れた折、私たちはどちらから誘うともなく、図書館を抜け出て森を散策した。樹々は絶え間なくつねにざわめいて、波の尽きない海のようだと思う。私たちは歩くのではなく、波に揺られる小舟のように、森の中を運ばれる。そこここに蜘蛛《くも》がきらめく網を張っていて、私たちと同じように運ばれてきた蝶がそこで旅の終わりを迎える。

映像でしか見たことがないけれど、海はたぶん、こういうものだと思う。

私たちの旅の終わりは、いつも、灰色のコンクリートの壁。私たちの知っている世界はそこで唐突に断ち切られる。常緑樹に隠されて、少し離れたところからはもう見えないこの壁が、私たちの少女時代を取り囲んでいた。

彼らはやはりこの壁を隠したくて樹を植えたのだろうか。だとしたら、彼らって誰だろう。春のごく短い間、壁際では桜の樹が吹き溢《こぼ》れるように花を咲かせた。木漏れ日とともに花びらがきりもなく降ってくるのを見上げながら、私たちはセーラー服のスカートを尻に敷いて壁の根元に座った。空間が淡紅色の無数の瞼《まぶた》を瞬《また》かせているような花の散り時に、私たちはそしてソメイヨシノは地球を侵略しに来た宇宙人であるという説を大真面目に唱えたりした。彼らはすべての個体がひとつの意識を共有していて、地球上に勢力を広げた挙句にある日一斉に真の姿を顕《あらわ》にするのである――。歩幅を合わせて突然花開くクローンの桜たちはそんな妄想を私たちに抱かせた。

荷物のほとんどは図書館の席に置き去りにして、唯一持ってきた小さなトートバッグから取り出すのは、お菓子やお茶だ。私たちは甘いものが好きだった。月魚の場合は、好きというのとは少し違う。それしか食べない。私は少食だった子供の時とは打って変わって、その頃は何でもよく食べた。〈花〉部の頃だ。私たちは伸び盛りで、痛いほどの食欲に振り回されていた。ことに読書や勉強で頭を使った後は、どっぷりと甘いものを貪《むさぼ》った。今は、もう、そんな食欲はない。

食べた後はとろとろと眠くなった。月魚はどこでも居眠りする癖《くせ》があった。私はどちらかというと不眠の気味があったが、月魚のそばにいるとよく眠れた。私は月魚の取り巻きの女の子たちのように、彼女に抱き着いたり手を握ったりはしなかった。水差しを傾けるように、その薄い肩に頭を預けたいような気もしたが、しなかった。

色の薄い月魚の短い髪の上に、不健康に白い肌の上に、花びらは砂時計の砂のように降り注いだ。あまりに惜しみなく降り注ぐので、散っても散っても尽きないように思えた。ある日唐突に、残り少なくなった花の無惨なすがたを目にすることになるというのに。

「おかえり」

寮に帰り、自分の部屋に戻ろうとすると、雨椿が談話室から顔を出した。「遅かったね。また閉館までいたの？」

うん、と短く答えると、呆れたような顔をされた。

「よくやるよね。自習なら学習室でもいいのに、あんな端っこまで」

「図書館の方が静かだから」

「それって、あたしたちがうるさいってこと？」

雨椿が冗談めかしたような、しかし半ば本気でふくれたような声を出した。

そんなことないよ、と私は言う。ちゃんと否定しておかないと後で拗《す》ねるだろうから。

雨椿は私の親友だった。六人部屋の寝室はさすがに別だったけれど、寮の棟までは同じだし、私が図書館に行く時以外はずっと一緒にいた。

私たちはお互いに一番の友達だと認め合っていた。


雨椿との関係の始まりは、〈月〉部の頃に遡《さかのぼ》る。

私は〈雪〉部の六年間と、〈月〉部の最初の二年間——つまり生まれてから八年を、一人の友達もなしに過ごした。当時の私は小さくてひ弱な落ちこぼれだった。写真を見ると、周囲より一回りくらい小柄で痩《や》せていて、目ばかり大きくてぎょろぎょろしている。体力がなくて皆の遊びについていけなかったし、何をするにものろかった。性格もひどく内気で、誰ともろくに話さなかったような記憶がある。先生たちや、遊びに来てくれる上級生たちにも、まるで懐《なつ》かなかった。

〈雪〉部の頃の記憶に、人間はほとんど出てこない。匂いを、嗅《か》いでいたように思う。温めた牛乳の匂い、クレヨンの匂い、兎《うさぎ》小屋の匂い、日なたの匂い、風の匂い、春の匂い、これから雨が降る匂い、石の匂い、苔《こけ》の匂い……。そんなふうに名前をつけて識別していたわけではない。今となっては思い出せない、複雑に絡《から》み合う匂いの中にいた。人も、その匂いの一部でしかなかった。自分より幼い子供たちと、上級生たちや先生たちでは匂いが違ったから。

雨が来る前の匂いを嗅いで、雨だ、と思わず呟いたら、周りの子たちに嘘つき扱いされたことがある。その時は晴れていたから、嘘、雨なんか降ってないじゃん、と口々に責められたのだった。その頃の私にはまだ、現在と未来の区別が——今雨が降っている、とこれから雨が降る、の区別がついていなかった。いや、単に、雨が降っている状態と、雨が降る前の匂いがしている状態を、区別していなかっただけなのか。どちらも同じ匂いだから。

記憶の中ではその後ちゃんと雨が降ったことになっている。ほら、言ったでしょという台詞は私には思い付かなかった。

それから。ここに来る前のことを覚えていると言って、それもまた嘘つき扱いされたことがあった。いつのことだろう？　それは本当に嘘、か、思い込みだろうと思う。あの頃の私に、嘘を考える能力があったとも思えないけれど、ここに来る前なんてほとんど生まれる前に等しい。

それから。石が好きだったこと。〈雪〉部の頃はごく狭い範囲に行動が限定されていたけれど、たまに学園の敷地の端を流れる川に連れて行ってもらうのが好きだった。石が沢山あるから。水に濡れて碧《あお》や翠《みどり》や朱《あか》につやめく石を夢中になって拾い集めたのに、一つしか寮に持って帰ってはいけないと言われて、一生懸命一つに絞ったのだが、それも乾くと何の変哲もない灰色の石になってしまって、私は泣いた。あんまり泣いた記憶はないけれど、その時は泣いた。両手で石を包んで、生き返らせようとしながら。

今でも石は好きだ。

それから。ぶらんこが漕《こ》げなかったこと。体の小さい子供には、ぶらんこを揺らすだけの体重も体力もない。他の子たちはかわりばんこに背中を押し合っていたけれど、私の背中を押してくれる子は誰もいなかったし、そもそもじっと並んで待っていても、ぶらんこに乗る順番さえほとんど回ってこなかった。集団でやる遊びには、ほとんど興味がなかったけれど、ぶらんこにだけは憧れた。

そんな調子で、はじめから影のような存在だった私が、苛《いじ》められるようになったのは多分〈月〉部に上がってからだ。

幼い子供というのは早く大きくなりたがる。彼らにとって小ささや弱さは恥だ。彼らはどうやら、自分より小さいもの、弱いものを見ると、昨日の自分のみっともなさを見せつけられたようで恥ずかしくなるようだ。だから彼らは、弱くて小さいものを一生懸命攻撃することで、自分は違うのだと示したがる。六歳頃というのは、そんな幼い自意識と自尊心が目覚める年頃なのかもしれない。

あるいは、自分が苛められていることに気付くのに六年かかったというだけなのだろうか。

私の靴は隠されたし、私の席には落書きがされた。皆の描いた絵が教室に貼られる時、私の――ひたすらに石を描いた――絵だけが破られた。聞こえよがしな悪口を言われ、うっかり私にぶつかった子が、「やだ、触っちゃった」と声を上げて、その「汚れ」をなすり付けあって、水飛沫《みずしぶき》のきらめくような笑いをばら撒《ま》いた。

私は石になった。何も見えず、何も聞こえず、何も気付かないふりをしていた。いつも視線を窓の外へ、壁の向こうへと飛ばして、彼女たちこそ私のまわりにいないというふりをした。風のささやき、木々のざわめき、木漏れ日のゆらぎ、濡れてつやめく石たち、そのただなかに私はいて、まわりに一人の人間もいなかった。あかるい笑い声も、聞こえよがしな陰口も、風の歌声にまぎれて消えてしまう。

そんなある日、雨椿は突然私の視界の中に現れた。

〈月〉部三年、九歳の時、同じ授業を受けていた女の子がふいに、

「友達にならない？」

と話しかけてきたのだった。

私の世界にはじめて人間が加わった。

雨椿は――特別な女の子だった。それまで他の子たちをちゃんと見たことがなかった私にも、それはわかった。とても同い年には思えないほど大人びていて、何でもできる女の子。何にも邪魔されずにすっくと伸びたような長身と、小麦色の肌、はずむポニーテールがグラウンドに映える、運動神経抜群の、向日性の少女。頭の回転が速くて、物知りで、成績優秀で、教師たちにも対等な口を利く、そんな生意気さが愛嬌として許される生徒。快活で少しお転婆《てんば》で、明るくてまっすぐで、リーダーシップがあり、誰にでも優しい。私にさえも優しい。

たとえばチームを組んでと言われる時。ほかの子たちが次々にペアを組む相手を見つけていき、最後に私と組むことになる不運な子が決まるまでの間を、殊更《ことさら》にぼんやりしたふりをして窓の外を眺めてやり過ごす必要はもうなくなった。さあ始まったと思って、窓の外に視線をやり、彼方を見遣る茫漠とした表情を作るやいなや、ぽんと肩を叩かれて私はびくりとする。振り向くと雨椿が笑っていて、どこ見てるの、一緒にやろうよ、と言うのだ。そんなことは初めてで、私は驚く。雨椿は私の手を引いて、みんなの真ん中に連れて行く。

たとえば体育のリレーで。足の遅い私が盛大に足を引っ張って、同じチームの子たちにぶつくさ言われるような時も、雨椿が華やかに笑って「わあ、今日はいつもより速かったじゃない？ よくがんばったね、お疲れ様」と皆に聞こえるような声で言うと、他の子たちも追随《ついずい》して私を労《ねぎら》い出す。

たとえば体の弱い私が授業中に熱を出したりすると、おぶって保健室まで連れて行ってくれ、休み時間のたびに様子を見に来てくれる。転んで足を擦《す》り剝《む》くと、水道で丁寧に傷を洗ってくれ、血で汚れた服まで洗ってくれる。何か忘れ物をすれば貸してくれる。少食の私が食事を食べ切れずにいつまでもぐずぐずしていると、食べるのを手伝ってくれる。

雨椿はいつも私と一緒にいて、私が一人ぼっちにならないよう、誰かに苛められたりしないように気を付けてくれた。誰からも愛され、慕われる彼女には当然友達が大勢いたのに、私を「一番の友達」扱いして、あんなにいつも私のそばにいてくれたのは不思議なくらいだ。

あっという間に雨椿の友人たちも私を受け入れ出した。ひ弱でぐずな女の子は、庇護《ひご》が必要な可愛い末っ子の妹になり、もう誰にも苛められなくなった。

雨椿と私は、一番の親友同士だった。

静まり返った図書館で、私たちはノートで筆談をする。そうして声を殺して笑う。書いた文字には、月魚が次から次へと装飾を付け、絵の一部にしてしまう。月魚には絵の才能があった。それも、はじめから何を描くと決めているのではない。はじめに小さな円や直線があったりする。そこから、月魚の手によって様々な図形や直線や渦巻き模様が溢れ出し、連鎖的に次の線を呼び起こしながら、増殖する無数の記号、無意味へと真っ逆さまに転落していく無数の意味として華々しく泡立つのだ。

野放しに蔓延《はびこ》っていく描線が、一時的に顔を形づくったかと思うと解体させ、何かの動物を描いたかと思うとより大きな何かの一部として取り込んでしまう、その悪魔的な光景を私は飽きもせず眺めた。そこに鉛筆でどんな邪魔を入れても、ノートの上で増殖していく何かはそれをもやすやすと養分にしてしまう。それが私には妙に安心できることに思えた。

雨椿と私は鋳鉄《ちゆうてつ》製の丸いガーデンテーブルを挟んで向かい合っている。テーブルには、雨椿が洋裁の授業で使った残りの、赤いギンガムチェックの布を掛けて。庭で摘んできた花を空き瓶に活《い》けて。紅茶を入れた魔法瓶と、アルファベットの書かれたマグカップ、雨椿の手作りのお菓子。

それが私たちのお茶会だった。

ほんとうは私たちは、レースの縁取りの入った白いテーブルクロスがほしかったし、カットグラスの花瓶、薔薇の絵の焼き付けられた薄い磁器のカップ・アンド・ソーサー、銀のカトラリー、アフタヌーンティー用の銀のケーキスタンドがほしかった。でもそんなものは学園にはない。安っぽいステンレスとセラミックの食器だけ。購買部でもそんな贅沢品は扱っていないし、あったとしても、私たちの持っている、学園内でしか使えない通貨では足りなかったに違いない。

お菓子も、購買部で売られているものはヴァリエーションに乏しく、本や映画に出て来るようなものはほとんど手に入らなかった。雨椿の趣味のひとつがお菓子作りであったのは、だから有難《ありがた》いことだった。

雨椿はよく図書館でレシピ本を借りてきてはお菓子作りを研究していた。材料も、少し珍しいものになると購買部で扱っている範囲から外れてしまう。「これもない、これもない」と呟きながら、本のページをめくっていた雨椿の姿を、私はよく覚えている。

作っても、本物を食べたことがないのだから、成功なのか失敗なのかわからない時もある。

「マカロンって、これで合ってる?」

「美味しい、と思うけど」

「口の中でふわりと溶けるような、って書いてあったよね」

雨椿はレシピ本を取り出してきて眉根に皺《しわ》を寄せ、写真と見比べる。

ガーデンテーブルには実に様々なお菓子が並んだ。たとえば、スコーンと苺ジャムとクロテッドクリーム。クロテッドクリームは購買部にはないので、生クリームから作って。あるいはガトーショコラ、チーズケーキ、フルーツタルト、シュークリーム、ショートブレッド、プリンアラモード。

「美味しい？　美味しい？」

雨椿は不安げに、繰り返し尋ねる。

「すごく美味しいよ」

そう答えると相好《そうごう》を崩して、

「ね、次は何食べたい？　雲雀草《ひばりぐさ》の食べたいもの作るよ」

とレシピ本を開いて差し出してくるのだった。

私たちは頭を寄せ合ってレシピ本を覗き込み、このお菓子はどんな味がするのだろうと想像を逞《たくま》しくする。

雨椿との関係は、私がもらってばかりだった。

〈花〉部に上がった頃から、私は段々勉強がよくできるようになっていった。私は多分、人より成長が遅いだけだったのだろう。十二、三歳になって、ようやく周囲に追いつきはじめたのだった。

最初は詩の授業だった。私の詩が初めて花鴉《はながらす》先生に褒められて、授業中に読み上げられた時、雨椿は私以上に喜んで、涙ぐんだ。私は私で、先生に褒められたこと以上に、雨椿が喜んでくれたのが嬉しく、そのあたりから勉強を楽しめるようになっていったのだと思う。何かうまくいくごとに雨椿が喜んでくれたから。

やがて、私はたいていの科目で優秀な成績を収めるようになった。


月魚が教室で女の子たちに囲まれている。月魚は口数が多い方ではないのに、彼女の鋭い皮肉やブラックユーモアで、女の子たちは花が風に揺れるように笑い転げる。あのシニカルなまなざしが、自分たちにも向けられているとは考えもせず、安心し切っている。

私は彼女たちの笑い声からは少し離れたところに、雨椿の分まで席を取る。

教室は白い光とざわめきに満たされ、その中で少女たちはみんな目鼻を失って溶け合ってしまったように見える。

ほんものの眠りへ導いてくれることのない、けだるい眠気が私を満たす。

私はいつも眠りから取り零《こぼ》される。


試験前などの忙しい時期を別として、毎週土曜日、あるいは日曜日の午前、雨椿は調理室を借りてお菓子を作った。そして日曜日の午後にお茶会を開いた。他の友人たちを呼ぶこともあったし、私と二人きりのこともあった。

お菓子作りに私が参加することもあったけれど、たいていは食べる方の専門だった。私はお菓子作りがあまり得意ではなかったから。

雨椿との関係は、ほんとうに、私がもらってばかりだったのだ。


彼女からもらったものは、全部、置いて来てしまった。


「卒業したら、一緒にカフェで本物のお茶会をしようね」

雨椿はよくそう言っていたものだった。フリージアが春の吐息を漂わせる頃に。草いきれの匂い立つ夏に。ひやりとした風に金木犀の香りが洗われる秋に。息を吸い込めば鼻の奥がつんとするような冬に。

記憶の中、複数の背景を従えて、複数の雨椿が、ガーデンテーブル越しに微笑む。

「しよう」

「卒業しても毎週家でお茶会しようよ。外に出たら、材料も道具も揃えて、今は作れないお菓子作るんだ」

「楽しみ」

「約束だよ」

「うん、約束」

白い光に侵食されて、文字がよく読み取れない黒板を、私はぼんやりと眺めている。

窓側の半分は光に沈み、廊下側の半分は影に呑まれたこの教室を、私は一番後ろの列から見渡しているのだが、それは何だか白昼夢に似ている。

細い茎《くき》には荷の重すぎる実を結んでしまった植物のように、生徒たちは各々の机の上に頭を揺らしている。月魚などはとうに机の上に突っ伏してしまった。

私だけが、懶《ものう》い眠気の水面から頭だけ擡《もた》げて、天体の運行を語る先生の単調な声を聞くともなく聞いている。一人だけ、水面に顔をつけることを恐れる子供のように目覚めている。

だとしたら、この夢を見ているのは私に違いない。この世界を観測しているのは私一人だ。

ここは夢の特等席だ。夢を見ている時の、見ている自分と見られている自分が乖離《かいり》する感覚。私は教室の最後列ではなく、その外側にいる。そして、私が夢みているあの実りの列の中に、私の頭もあるはずだ。

これはずっと先、学園を卒業した私が見ている夢なのだと、私は思った。

目覚めた私はいつのどこにいるのだろう。夢の中で閃《ひらめ》いた天才的なアイデアが、目覚めてみると出来損ないのパズルのピースとなって無惨に散らばっているように、私が夢に見ているこの学園の生活も、目覚めてみるとナンセンスで脈絡のないものに変わり果てているだろうか。

何でだろう、夢の中ではとっても当たり前で自然なことに思えたの、目が覚めてみたら何ておかしな夢だったんだろうって思うのにね、と言うようなものに。

今の私は、一人でカフェのソファに座り、外の雨を眺めている。硝子《ガラス》扉の外の街を、人々が音もなく行き交う。スーツを着た男たち、教師らしい若い男と少年たち、ワンピースを着た若い女性たち、年配の男たち。

銀の匙で私が立てた波紋は、浅いティーカップの中ですぐに静まり、褐色《かちいろ》の潦《にわたずみ》は透き通って私を映す。

彼女のことを——忘れたい。

私は潦へミルクを流し込む。潦は泥に濁《にご》る。

雨椿はよく、洋裁のクラスの課題で作ったものや、余暇に作ったものをプレゼントしてくれた。

私たちはそれぞれの才能を伸ばすことを推奨され、自由に時間割を組むよう言われていた。雨椿はずっと手芸や洋裁の授業を取り続けた。私は雨椿に誘われて一緒に取ったことがあるけれど、その方面の才能がなかったのですぐにやめた。

〈月〉部の頃——最初にくれたプレゼントは、羊毛フェルトでできた羊のぬいぐるみ。喜んだら、毎年誕生日ごとにぬいぐるみや編みぐるみをくれて、私の枕元には年々小さないきものが増えた。羊、猫、熊、パンダ、兎、それから。

刺繡《ししゅう》の入ったハンカチ。同じく刺繡入りのブックカバー。手編みのマフラー。〈花〉部の後半になると服を作り始めた。

「サイズ測らせてくれない？」と雨椿は言った。「今度授業で服を作るんだ。作ったら、君に着てほしくて」

「自分で着たらいいのに」

「君に着てほしいの。ひらひらのワンピースを作ってみたくて。絶対、君の方が似合うと思うんだ」

私たちには私服を着る機会はほとんどなかった。夏は水色、冬は紺色のセーラー服が私たちの制服で、平日の間はずっとそれを着ていた。寮での部屋着と休日の服は何を着ても自由だけれど、選択肢はそんなにない。購買部で扱っている服はヴァリエーションもサイズも少ないからだ。たいていの子は、休日もセーラー服を着ていた。着るものによほどこだわりがあって、なおかつちょうど好みのものを購買部で見つけることができた子か、裁縫が得意な子だけが私服を着ていた。

でも雨椿は自分で作った服を自分では着なかった。いつも私に着せたがった。

「君の方がかわいい服が似合うでしょ。かわいい服が作りたいんだ」

「君だって似合うと思うのに」

「いいのいいの。自分で着るより、君が着てくれたところを見たいの」

そう言って、初めて作ってくれたのは赤いギンガムチェックのワンピースと、共布《ともぬの》のシュシュだった。私はお茶会のたびにそれを着て行った。雨椿はそのたびに「着てくれたんだあ」と大袈裟に喜んだ。

　雨椿の作ってくれたものを使っていると彼女はいつも喜び、私は彼女を喜ばせたかったから、彼女のくれたハンカチを使い、彼女のくれたぬいぐるみを鞄から提げた。

　彼女からもらったものは、学園を出ていく時に、全部置いて来てしまった。

　羊毛フェルトのぬいぐるみも、刺繡入りのハンカチも、赤いギンガムチェックのワンピースも。


　私と月魚は、図書館で向かい合って作文の課題に取り組んでいる。

　時折窓の外の銀杏《いちょう》木立に目をやり、黄金《こがね》色の扇が音もなく地に吸い取られて行くのを見届けては、また原稿用紙に視線を落とす。

　花鴉先生の授業が私たちは好きだった。作文や詩の課題では私はいつも一番か二番の成績をもらった。私が一番でなければ、月魚が一番だった。

　月魚の書くものは、他の先生の授業ではあまり評価されなかったが、花鴉先生には高く買われていた。

　月魚をちゃんと評価しているという点も含めて、私は花鴉先生が好きだったのだ。無論、自分が一番でない時はひどく口惜《くや》しかったけれど、月魚は私には書けないものを書いたのだから。

「自分の才能を伸ばしなさい」

と花鴉先生は口癖のように言った。

「それがいつかあなた方を救ってくれる日が来ます。外に出て、どんな職場に配属されても、きっと」

花鴉先生は——当時いくつくらいだったのだろうか、私たちは年配の女性を学園の先生たちしか知らないから、年のころを推測するのは難しい。背が低くて小太りで、いつも背をまっすぐに伸ばしたその姿には、威厳が満ちていた。

最近読んだ本の話をすると、真面目な顔で頷きながら聞いてくれて、次に読むといい本を教えてくれた。

あまり贔屓《ひいき》をしない先生だったけれど、私と月魚は多分、花鴉先生のお気に入りの生徒だったと思う。

「先生って生まれてからずっとこの学園にいるんでしょ。退屈しない？」

そう、軽口を叩いたことがある。

「あなた方みたいな賑やかなお嬢さんたちに囲まれて、退屈する暇なんてありやしませんよ」

花鴉先生はいつも、わざと皮肉っぽい言い方をする。

「でもさ、同級生も上級生も下級生もみんな外に出て行っちゃって、もう会えないんでしょ。寂しくないの？」

「こんなに沢山のお嬢さんたちといて、寂しくなる暇がありますか。少しは放っておいてほしいくらいですよ」

「ね、卒業しても同じところで働かない？」

名案を思いついたというように、雨椿が言った。鋪石《しきいし》の割れ目から菫《すみれ》の花が首を伸ばす春に。向日葵《ひまわり》が立ち枯れる晩夏《ばんか》に。黄金色の銀杏の葉が突風に舞い上がる頃に。中庭の池が薄《うす》ら氷《ひ》に覆われる朝に。何度も。

記憶の中、複数の背景を従えて、複数の雨椿が同じ台詞を口にする。

「そうしたら卒業してもずっと一緒にいられるよ」

その頃の私たちには、卒業の時など永遠にやって来ないように思えていたのだけれど。

「そうしよう。絶対」

「約束だよ」

そう言って、私たちは指切りをした。

学園にいる間、私たちは何度も何度も指切りをした。

雨椿と私は、一番の親友同士だった。

私と雨椿は。

違う関係を築くこともできたのだろうか。

もしも――。

「また、背が伸びたね」

初夏だったと思う。ある日ふいに、手に取れるほど強くなったひかりに、石段という石段の縁《ふち》がくきやかに浮き上がって。

夏のはじめは、いつも立ち眩《くら》みがした。

学園中に陽炎が立って、何もかも奇妙にあかるく、歪んで見える。私だけがこちら側にいて、他の一切は魚眼レンズの向こうにあるような。

「また、背が伸びたね」そう言ったのは、服を作るために私のサイズを測っていた雨椿。

「えー、やっぱり?」

この頃、雨椿がやけに小さく見える気はしていたのだった。

陽炎のせいではなかった。

「あの小《ち》っちゃかった雲雀草が、こんなに大きくなるとはねえ」

雨椿がわざと映画の中の老人みたいな口調で言う。

すらりと背が高かった雨椿の成長は、いつの間に止まっていたのだろう。思い出せない。小柄だった私はいつ彼女の背丈を追い抜いたのだろう。

「雲雀草は小っちゃい方が可愛かったなあ」

「私だって好きで伸びてるんじゃないやい」

伸び続ける身長は不気味ですらあった。目のついている高さが変わって、地面が遠くなり、周囲の人々が小さくなる。合わない眼鏡をかけているような、遠近感の狂った絵の中にいるような。

——どこか、月魚の描く絵のような。

「何だそれは。嫌味か」

口にこそ出さね、雨椿は背が伸びなかったことを本当は気にしているらしく、自分から話題にしておいて、身長の話になると神経質になるのだった。

——私だけが大きくなり続けて、水面から顔を出してしまったようだ。見下ろせば、水底にゆらゆらと揺れる少女たちの顔。

雨椿の夢見る卒業後の配属先は、その時々で変わった。

大きな企業の事務員だったり、デパートの店員だったり。

どんな配属先の話をする時も、彼女は私に、同じところに行こうねと言い、私はいつも、そうしようと答えた。

そして私たちは指切りをした。

学園にいる間、私たちは何度も何度も指切りをした。

私は約束を守らなかった。

配属先希望調査が配られる頃になると、雨椿の夢はカフェの店員になった。

「雲雀草もカフェの店員って書くよね？」

そう雨椿は言い、

「うん」

と私は答えた。

心にもないことを。

日が落ちるのが早くなって、けれど地面を覆う銀杏の落ち葉はまだほのかに底光りしているような、暮れ方に。


配属先の相談を花鴉先生にすると、先生はいつものように、

「あなたの才能を活かせるところに行きなさい」

と言って、けれどほんの少し悲しい眼をしたので、卒業したら先生とは二度と会えないのだなと思って、そのことだけは寂しいと思った。

この学園に、卒業生が訪ねて来ることは決してない。

教師が学園の敷地の外に出ることも決してない。

こんなに沢山のお嬢さんたちといて、寂しくなる暇がありますか、と先生はかつて言ったけれど、沢山のお嬢さんたちのうちの一人である私に二度と会えないことを、先生は寂しいと思

ってくれないのだろうか。

配属先希望をどこに出すのか、月魚には聞かなかった。

月魚とは、互いに踏み込んだりしない関係だった。

適切な距離を保つこと、それが月魚との関係において最も大事なことだとわかっていた。

だから、月魚が自分から言い出さないことを私は聞いたりしなかったし、卒業後の約束をしたりもしなかった。

約束なんかしようとしたら、二度と会えなくなってしまう気がした。

約束をせずにいれば、一度は離れても、また落ち葉が吹き寄せられるように落ち合うことができると——卒業後の広い世界でもきっと一緒にいられると、信じていた。

「でも〈脱獄〉って本当に禁忌なんだと思う?」

桜の花が泡立って無限に膨れ上がっていくような昼下がり、花に隠された灰色の壁の足元で、月魚は唐突に口を開く。月魚が口を開く時は、いつも唐突。そしてしばしば、何の脈絡もなく、「でもさ」とか「だからさ」とか「つまりさ」から話を始める。

「そうじゃないと思ってるってこと?」

私はその唐突さにいちいち驚かないし、他の子たちのように、えー月魚ってば何言い出すの、と面白がったりしない。月魚には月魚の脈絡があるのがわかっているから。

「霧蜥蜴《きりとかげ》のこと、覚えてる？」

「――あ。〈月〉部六年の時だっけ、確か」

「うん」

霧蜥蜴はある日、姿を消した。授業にも来なかったし、寮にもいなかった。

「あれって、やっぱり〈脱獄〉だったの？」

私たちの学園からは、時折少女たちが卒業を待たずに〈脱獄〉していった。

「霧蜥蜴とは多少会話する関係だったから」

友達、という言葉を、月魚は使わない。

「本人が何度か言ってたんだよね。外に出たいって。こんな狭苦しいところ、もう飽き飽きしてる、早く出て行きたいって」

〈脱獄〉した少女たちは、二度と戻って来なかった。

「だから実際〈脱獄〉だったんだと思う。あの時はさ、そんなに焦ってどうするんだろう、待ってればいずれは卒業する日が来るのにって思ってたんだけど」

「今は違う？」

「今は――さすがに飽きたなってこの頃思う。ずっと同じところにいるの。永遠にここから出られないんじゃないかって気がして」

そう言いながら、月魚は灰色の壁を見上げる。いつも猫背の月魚が背をまっすぐに伸ばすと、私よりまだ高く、手が届かない存在に思える。いつも以上に。

「そういう時、霧蜥蜴のこと思い出すんだよな」

〈脱獄〉なんか、しないでよ。

とは、言えない。

月魚には、そんなことは言えない。

「したいの？　〈脱獄〉」

「いやー、どうかな。つまり最近思うのはさ、〈脱獄〉って言葉を使うのも、〈脱獄〉は絶対に禁忌で、一度出て行った子は二度と戻れないって言ってるのも生徒であって、教師からそういうふうに言われたことって考えてみたらないんだよなってことなんだけど」

「そうだっけ？」

「そうなんだよ。怪談みたいなもので、生徒が面白半分に言ってるだけのことなんだよ。学園のこととか、外の世界のこととか、我々は重要なことを何も教わってないんじゃないかな。全部、生徒が勝手に想像力と好奇心で埋めて広げてて、先生たちはそれを放っといてる」

「重要なことって何？」

「思ってるのは、卒業前に壁の外に出ることが禁止されてるっていうより、一度外に足を踏み出した者は二度と中に入れない、あるいは入らない理由があるんじゃないかなってことなんだけど。学園には、外部の人は絶対に入って来ない。卒業生も二度と戻って来ない。教師は学園で育って学園から出たことがない人しかいない。そこまでする必要ってあるのかな」

「……何か怪しい、と思ってるわけだ」

「そう。この壁の外の世界は、もう滅《ほろ》んでたりして」

壁を見上げて目を細める月魚の横顔に、崩壊した世界の断片のように、白い花びらが降りかかり、彼女がどんな表情をしているのか、私には見えないのだった。


「ほんとはさ」

と雨椿は言う。やや肌寒い昼下がり、透き通る紅茶に、白い角砂糖を落としながら。

雨の後の中庭に、金木犀《きんもくせい》の花が敷き詰められていたような。

いや、それは別の記憶だろうか。

「卒業なんかしたくないなあ」

「そうなの？」

ひとつ、ふたつ。

私も同じだけ砂糖をカップに運ぶ。

「雲雀草もそう思わない？　永遠に学園に留まっていられたらいいのに、って。外の世界になんか行きたくない。ここでずっと、君と一緒にいられたらいい」

角砂糖は気泡を吐きながら、黄金色の液体の中で形を失っていく。

「卒業したって私たちは一緒だよ」

私たちも黄金色の中庭に閉じ籠《こ》められて。

「でもさ、なんか怖い気がする。変わっていくのは。死ぬのと同じ気がする。ずーっとここで、女学生でいられたらいいのにな。雲雀草もそう思うでしょ?」

「思うよ」

と私は言う。

「私も同じ気持ち」

甘くなりすぎた紅茶を口に運びながら、私は言う。


私たちは、もう、変わってしまっていたのに。


「死のうか」

と雨椿が言う。光の差す昼下がりの中庭で、ピンク色のマカロンを口に運ぼうとする手をふと止めて。

「死のうよ。卒業する前に、二人で、この学園でさ。伝説になるよ」

そう言って、マカロンを口に入れる。

「どうしたの」

「それで、二人で学園に出没する幽霊になろ」

雨椿はうっすらと笑う。

「卒業してカフェで働くんじゃなかったの」

「卒業したら、同じところに配属されても、きっと今みたいにずっと一緒にはいられないよ。

君はきっと他にもっと仲の良い人ができる。君は変わっていっちゃう。そんなの嫌。耐えられない」

言い募る雨椿の目尻に涙が滲《にじ》んでいた。

「君より仲の良い人なんて、できないよ」

「嘘」

「私は嘘なんか吐《つ》かないよ。今までも吐いたことないでしょ?」

「……そうだけど。約束できる?」

「約束だよ」

私は微笑《ほほえ》んで、小指を差し出す。

私たちの小指が、鋳鉄のテーブルの上で縺《もつ》れ合って、離れた。


言えない。

言えなかった。


「でもいい加減早く卒業したいよな」

月魚が言う。

「外の世界は滅んでるのに?」

私は笑う。

「滅んでてもいいよ。終末後の世界を早く見たいぜ。なんか、死んでる感じするもん、ここにいると」

「逆じゃないの？」

「世界が滅んでて、私たちだけそのことに気付いてないなら、私たちだけ死んでるのと同じっていうか――まだ生まれてないような感じがしない？」

「……そう、だね」私は手を庇《ひさし》にして壁を仰ぐ。「早く出て行きたいよ、私も」

言えない。

言えなかった。

雨椿の隣にいる時は、早く大人になって学園を出て行きたいと思うだなんて。

月魚の隣にいる時は、永遠にここに留《とど》まっていたいと思うだなんて。

違う関係を、築くこともできたのだろうか。

もしも、彼女があんな悲惨な死に方をすることがわかっていたなら。

2

「もっとおしゃれしないの？」

卒業したての頃、私は度々聞かれたものだった。同僚の職員たちからも、研究員たちからも。

「雲雀草さんは、もっと女の子らしい服装が似合うと思いますよ」

そう、アドバイスのように言われることもあれば、

「何でそんな地味な服装してるんですか？」

と詰《なじ》るように言われることもあった。

「もう制服はないんだから、自由に服を選んでいいんですよ」

とフジノは言った。

フジノは知らないのだ。制服がないことが、自由を意味するわけではないことを。

私もその頃はまだ知らなかったけれど。

かおりさんには、

「身嗜《みだしな》みも仕事のうちよ」

とたしなめられた。

「他に服、持ってないんです。私の学園では、卒業する時に下級生のために持ち物をほとんど寄付して行くっていう習慣があって、服を全部置いて来てしまったので」

そういう習慣があるのは、本当だった。

雨椿にもらった服を置いて行った理由は、それではなかったけれど。

変わった学園ね、とかおりさんは言った。

「でも新しく買えばいいだけじゃない」

「服の買い方がわからなくて」

そう言うと、かおりさんは眉を顰《ひそ》めて、

「呆れた、あなたの学園は何を教えていたのかしら。じゃあ今度の日曜日。空いてる？　一緒に買い物に行きましょう」

と断定的に言った。


かおりさんは街を自分の掌のようによく知っていた。皓《しろ》いビルディングが眩しく光を跳ね返し合う下で、迷路のように入り組んだ都会の街並みを、ピンヒールの音を立てて颯爽《さっそう》と歩いて行った。

「すごいですね」

私は素直に感嘆した。「私はまだ全然、街に慣れてなくて」

「卒業して長いだけよ」

かおりさんは素気《そっけ》なく答えた。「誰だってじきに慣れるわ」

私はもう、おばあちゃんなの――と、美しく化粧をした二十五歳のかおりさんはつぶやいた。

目眩《めまい》がしそうに広いデパートを、かおりさんは脇目も振らずにつかつかと歩いていき、かと思うとふいに足を止めて、ぎっしりと並んだハンガーラックから手早くブラウスやスカートやワンピースを引っ張り出し始める。

「これなんか、どうかしらね」

そう言って私の身体に宛てがっては、「あなたにはちょっと丈が短すぎるわね」などとつぶやいて元に戻す。

「あなたは、どういうのが――」

そう言いかけたかおりさんが、ふと気付いて私の視線を辿《たど》った。

私は、かおりさんが引っ張り出した服の隣にかかっていた、赤いギンガムチェックのワンピースから視線を外すことができずにいた。

「そういうのはあなたにはちょっと子供っぽすぎるんじゃない」

かおりさんはあっさり切り捨てて、次の服を取り出しにかかる。

「……やっぱりそう思います?」

その時私は――急に呪縛から解き放たれたように感じた。

かおりさんは結局、青や白、深緑をメインとした、適度に大人びて品の良いブラウスと膝丈のスカートを何着か、手際よく見繕《みつくろ》ってくれた。

「男の人はみんな、こういう清楚《せいそ》なのが好きなのよ」

と言って。

かおりさんが選んでくれたワンピースを着て、彼女が教えてくれた化粧をしていくと、職員の女性たちも研究員の男性たちも目敏《めざと》く気付いて、

「あれ、今日は綺麗ですね」

と声をかけてきた。

「いいですね、その服。似合ってますよ」

とフジノが褒めてくれたことは少し嬉しかった。


卒業してからしばらくの間、雨椿からは頻繁に手紙が来た。

三通目からは、もう開封しなかった。


「付き合ってくれませんか」

そう言われた時は、何かの用事に呼び出されているのだと思った。

ショッキングピンクのスプレー薔薇《ばら》の花束を手に持った研究員が、事務室に来るなり藪《やぶ》から棒に言い出したのだ。

学園を卒業して、アカデミーに配属されてから三ヶ月と経たない頃だった。

「はい、何にですか」

と答えると、

「何に、じゃなくて……僕と付き合ってくれませんか」

とぶっきらぼうに言うので呆気《あっけ》に取られた。

タカセという名前は覚えていた。所轄《しょかつ》の研究室の研究員と教官の名前は、配属されてすぐに全員分覚えた。それだけだ。私が書類を取り立てて回っていたときも、レポートの感想を伝えた時も、きわめて迷惑そうな顔をしていた男である。お茶を淹《い》れても礼ひとつ言わない。私に対して好意を抱いていたような気配は微塵《みじん》もなかった。

「え、私とですか。何でですか」

と咄嗟《とっさ》に聞き返してから、理由を聞いたところで意味がないと気付き、

「あの、えっと、お断りします」

と答えると、タカセは啞然とした顔をし、それまで研究員が職員を口説《くど》くのは日常茶飯事だとでも言いたげに書類の整理を続けていたかおりさんまでもが怪訝《けげん》そうに面《おもて》を上げた。

「僕のどこが駄目なんですか」

彼は断られるとは思っていなかった様子で、憮然《ぶぜん》として食い下がった。手に持ったピンクの薔薇が所在なさげに垂れて、なるほどそういうつもりの花束か、と私は遅ればせながら納得した。てっきり研究室に飾るための花だと思っていたのだ。

「理由、なきゃいけませんか」

私は問い返した。

「僕は同期で一番成績がいいんですけど」

彼が神経質そうに言うので、

「私も女学園では成績よかったですよ」

と言い返した。

長い押し問答の末にようやくタカセが帰ったあと、かおりさんは形の良い眉を顰めて、

「そういう時はせめて、ありがとう、でもごめんなさいって言うのよ」

と私を咎めたが、なぜ感謝しなくてはならないのか、なぜ謝罪しなくてはならないのか私にはわからなかった。

「そもそもなんで断るのよ。若いし好青年じゃない。その上優秀なんでしょ」

好青年と言われれば、他の学生より細身で色が白かったような気もする。白くて四角いこのアカデミーに似合いの。それがどうしたと言うのだろう。

「だって、興味ないですよ」

そう答えると、かおりさんは何か言いたげな顔をした。


その日のうちに噂は広まっていたらしかった。

「タカセを振ったそうじゃないですか」

研究生たちがラウンジで群れているところにお茶を出すと、そう絡まれた。そういえばタカセの同期である。

「どうして振ったんですか？　あいつは今学期、同期の中で一番いい成績を取ったんですよ」

その言い方が妙にねちっこく、まるで当人が振られたかのようなのが不可解だった。

「ナカモトさんたちに関係ありますか？　タカセさんの成績も、私が誰と付き合って誰と付き

合わないかも」

私は喧嘩腰《けんか》で言い返す。

「ありますよ。僕ら同期の間で、正々堂々と勝負したんですから」

「勝負って何です?」

「あなたに交際を申し込む権利をめぐっての勝負に決まってるでしょう」

「私の知らないところでそんな勝負をしていたんですか? いつ決めたんですか?」

「学期が始まる前に、今学期一番いい成績を取った奴が告白しようって決めたんですよ」

「……それって、私が配属される前ですけど」

私の声音に、研究生たちは顔を見合わせた。失言をしたというようでもあり、同時に何が悪いのかわからないようでもある顔だった。


はじめのうち、私は工学アカデミーの仕事を完璧にこなそうと努めた。自分はよい成績を取ってここに配属されたのだから、自分の能力を十全に活かすべきだと思っていた。書類の不備を突き、期限に遅れた提出物を督促《とくそく》して回った。

研究員や教官には、嫌な顔をされた。

受け取った書類と手元のデータを照らし合わせて厳密にチェックしていると、老教官が苦笑して言った。

「そんなに一生懸命やらなくていいんだよ。形ばかりの仕事なんだから。君たちの本当の仕事はそこに座ってにこにこしていることなんだから」

先輩のかおりさんとあかりさんは、声を合わせて「ふふ」と笑った。

「失礼なこと言いますよね」教官が去った後、私は憤慨《ふんがい》して言った。「事務の仕事だって大事なのに、形ばかりだなんて。自分たちの仕事ばっかりが重要だと思ってるのかな」

そう言うと二人は苦笑して、

「でもねえ、本当のことだから」とかおりさんが言い、

「青いわねえ」とあかりさんが言った。

かおりさんとあかりさんには驚くほど毒気がなくて、品が良かった。花に譬《たと》えるなら、かおりさんは甘やかな梔子《くちなし》で、あかりさんは可憐《かれん》な鈴蘭《すずらん》。どちらも白い花。

その二人だけではなかった。アカデミー内の他の研究室や部署に配属された女性たちも、何だか皆同じような雰囲気を持っていた。整っていて、愛想がよくて、穏やか。学園時代の同級生たちのことを思い出して、私はちょっと不思議に思った。あのでこぼこした女の子たちはどこへ行ったのだろう。

やがて私も仕事を厳密にやろうとするのをやめた。

手の空いた時間に、アカデミー内のデジタルアーカイブに入っている研究員のレポートを読

むのが新たな楽しみになった。専門知識がないのですべては理解できなかったが、それでも面白かった。感想や疑問や、見つけた誤字などを著者に直接伝えると、彼らは皆一様に困惑した顔をした。

一人だけ、私の感想にまともに取り合ってくれる若い研究員がいた。私が疑問を口にした数日後、事務室を訪ねてきて、

「あの箇所、僕が間違ってました」

と頭を下げたのである。

それから彼はレポートを出す前には私に読ませて意見を求めるようになった。それがフジノだった。

フジノと話すのは楽しかった。彼は私たちの仕事を馬鹿にしなかったし、自分が勉強していることをよく話してくれた。

本の話ができるのが一番嬉しかった。

「こんなに頭のいい女性がいるとは思いませんでした」

そう言われた時も嬉しかった。

「女の人とまともに話すのは初めてなんですけど、こんなに本を読んでいる女の人がいるなんて、思っていませんでした」

「アカデミーの図書館、私も使えるのかな」

そう言うと、少し驚いた顔をして、

「考えてみたことがありませんでした」

と言ったけれど、数日後には、

「この間の話、図書館を管理している部署に問い合わせてみたんですよ。女性職員の利用を禁止する規定はないそうです。前例もないけれど」

と教えてくれて、おかげで私は煩雑な手続きと盥回《たらいまわ》しに次ぐ盥回しの末に、図書館の利用カードを手に入れることができた。


「でも男の人には苗字《みょうじ》があるんですね」

アカデミー内のコーヒースタンドで休憩しながら、私はふとそう言った。

「雲雀草さんは、よく『でも』とか『だから』で話を始めますね」

「すみません、癖なんです」

「頭のいい人って、そういう話し方をすることが多いらしいですよ。頭の中でずっと考えてるからなんだそうです。うちの教官にもそういう人がいます」

フジノは眼鏡の奥で目を細めた。手に持った紙製のカップから湯気が立ち上り、眼鏡を曇らせる。

「女性は女学園で名前を付けられますからね。苗字があるのは結婚した人だけですもんね。女の人の名前には、それぞれの女学園の特徴が出ているから、名前を聞くと、この人はあの人と同じところの出身なのかなって考えたりするんですよ」

「男の人には、〈家〉があるんですよね。名前も〈家〉で付けられるんですか?」

「雲雀草さんは時々、不思議なことを聞きますね」

フジノは鷹揚に微笑む。

「頭がいい人には、当たり前のことが違って見えるのかもしれませんね」


休みの日は、フジノに誘われて街に遊びに行った。

「どこか、行ってみたいところはありますか?」

そう聞かれて、

「カフェに行って、お茶会をしてみたいです」

と答えると、

「いいですね、女の子らしくて。僕も行ってみたかった」

とフジノは賛成した。

視界の果てに灰色のコンクリートの壁が立ちはだかることのない、広く白い都会をフジノが泳いでいくのについていきながら、

「すごいですね」

と私はまた嘆息した。

「私は一人で街中を歩けるようになる気はとてもしません」

じきに慣れますよ、とかおりさんと同じように言うのかと思っていたら、

「一人でなんて歩く必要はないですよ。いつでも僕がお供しますから」

と言うのだった。


白と金を基調とした内装のカフェで、私とフジノはテーブルを挟んで向き合った。

「男だけではちょっと来づらい場所ですからね。僕も来るのは初めてなんですよ」

見回すと、男女の二人連れが多かった。若い女性と若い男性、若い女性と少し年上の男性、若い女性と年配の男性。

目を落とせば、白い皿にピンクやミントグリーンのマカロンが乗っている。

「本物のマカロン、食べてみたかったんです」

「偽物は食べたことがあるんですか」

フジノは慣れない様子で冗談を言う。

ピンク色のマカロンは、口に入れるとふわりと溶けた。

「……あります」

「どうですか、違いますか?」

「ええ」

けれど学園で口にしたマカロンの味は、もう思い出せなかった。

かおりさんがいなくなってから、老教官に何度か食事に誘われた。

そんなに一生懸命やらなくていいんだよ、と言ったあの老教官だった。

誘われるままに食事を共にし、映画を一緒に観たりしていると、手を握られたりするようになり、それが何を意味しているのかよくわからずにいるうちに、私が彼の愛人であるという噂も立ったらしかった。

らしかった、というのは、フジノが噂の真偽を私に確かめに来たからだ。

私は驚いて、そんなことはないと強く否定し、その後は老教官にどれだけ誘われても食事に行かなかった。


付き合ってほしい、とフジノに言われたのは冬のことだった。明るく澄んだ冬の光が、研究棟の硝子張りの壁面を通して降り注いでいた。

「ありがとうございます」私はかおりさんに教えられた通りに答えた。「でも、ごめんなさい」

「……理由を、聞いてもいいですか？」

それに関しては、模範的な答えをかおりさんは教えてくれなかった。それにかおりさんはもういなかった。

「特別な理由がなきゃいけませんか？」

そう答えても、フジノはタカセのように面食らった顔はせず、ただ眩しげに目を細めて、

「そう……ですよね。待ちます。あなたの心の準備ができるまで」

と引き下がったので私は安堵した。

待つ。その言葉の意味はわからなかったけれど。

待つ、と言うと必ず来るものを待っているという感じがして、でも必ず来るものなんて死くらいではないの、と思ったのだった。


春になると、アカデミーには新しい職員が入ってきた。皆同じように清潔で、身嗜みが整っていて、ふんわりとして可愛らしく、笑顔が美しい若い女性たちが。

新入りが入ってきても、全体の人数はいつもほぼ同じだった。


卒業してから一年半が経つ頃、雨椿からの手紙は途絶えた。

＊　＊　＊

こんなことが書きたいのではなかった。

いや、わからない。私は何を書きたいのだろう。

こうして書いてみると、すべてがあまりにもありふれて、他愛もない。

書かなくてはいけないのは、もっと大事な――もっと大事なことなんてあっただろうか？

女学園の図書館で読んだ小説に、検閲のことが出て来たのを思い出す。

私の生きている現代の社会に、検閲というものがあるのかわからない。私は何も知らない。あったとして、それに引っかかるようなものなど、たとえ望んだって書けないだろう。私の知っていることは、誰でも知っていることでしかないのだから。

ごくありふれた惨事。日常的な殺戮《さつりく》。

記憶にも検閲はあって、そちらの方が今の私には重大だ。

私は何を。

忘れたかったのだろう？

記憶の、さらに深いところへと降りていかなければ。

3

月魚の存在を初めて認識したのは、〈花〉部に入ってからだった。

生まれてからずっと同じ学園にいても、受ける授業の選択や寮の部屋割りによっては全く接点のない同級生も多かった。その上に私は人に興味がなかったから、それ以前に月魚と教室で机を並べたことがあったとしても顔すら覚えなかったと思う。

人に対する関心の薄さについては月魚もいい勝負だったから、私たちがいつ知り合ったのか、どちらもまともに覚えていないのだった。

ただ、〈花〉部一年の技術の時間のことはよく覚えている。

あの歪《いびつ》な椅子のことは。

椅子を作る、という課題だった。

昔から毎年出されていた課題で、学園のあちこちで、かつての生徒たちが作った椅子が実際に使われていた。

まだ身体が小さくて力も弱かった私は、雨椿に手伝ってもらってなんとか材木を切り、釘を打った。

最後に、全員が作った椅子が教室に並べられた。

そのうちのひとつに、私は強く惹《ひ》き付けられた。

歪だった。

下手なのではない。

私の作った椅子は下手で不細工なだけだったけれど、私の目を引いたその椅子は椅子としての機能をきちんと備えた上で、しかし座られることを拒絶するような攻撃性を漂わせていた。

物理的には安定しているのに、一見しての印象は奇妙に不安定で、安心して腰を据える気にはとてもならない。何より物体としての量感が大きかった。室内にさりげなく佇む家具というより、それ自身の存在を強く見せつける彫刻に近かった。

それは教室に並ぶ大小の椅子の中で、ひとつだけ異質で、私はその時、そこに貼られたラベルから、月魚の名前を知った。

その後、月魚とはいくつかの授業で一緒になった。実用的なものを作るよりは、芸術方面に向いていると見えたが、何を作っても、何を書いても、その歪さ、その異端性は紛《まぎ》れもなかった。

月魚の作品と人物が結び付いた時はやや意外だった。月魚は一見アウトサイダーらしくはなく、いつも多くの級友たちに囲まれていたから。

しかし、自分から働きかけなくても人が寄ってくる人気者ぶりは、自分からは人に近付こうともしない冷淡さや、群がってくる者たちを何とも思わない傲慢《ごうまん》さと表裏一体であり、誰といても月魚はどこか退屈そうで、毒っ気があった。

月魚の周囲にいる誰も、そのことに気付いていない風だった。

彼女が描く奇怪な絵の暗闇を覗き込む人もいなければ、彼女の作文の構文の穴に踏み迷う人もいなかった。

私がそばにいることに月魚が嫌な顔をしなかったのは、うるさく付き纏うことも、月魚の言葉にいちいち笑い転げることもしなかったからだと思う。

私たちは言葉少なに、退屈で気怠《けだる》いままそばにいた。

「でも君はいても邪魔じゃないし、いなくても困らないからいい」

と月魚は言い、私はそれを最大の讃辞《さんじ》として受け取った。

「でも君はいつも一人だけどこかつまんなそうな顔してるのがいい」

とも。

それは月魚も同じことだと思った。


私たちは二人とも成績がよかった。

月魚の方は科目や教師との相性によってむらがあって、私が彼女の本領だと思っている芸術系の科目ではむしろ評価が低かった。彼女の芸術的才能を正しく評価していたのは花鴉先生くらいだった。だから総合成績は私の方が高かったのだけれど、それは教師の目が節穴であるせいだと思っていたから、私は彼女を一種のライバルとみなしていた。

同時に、彼女は私の作品の一番の理解者でもあった。

私の詩や絵を、ほとんどの人は「上手い」とか「綺麗」と言って褒めたけれど、月魚だけは「面白い」と言ってくれたのだ。

私は上手いものや綺麗なものを作りたいのではなかった。私が捉えたかったのはもっと奇妙だったり、不気味だったり、寂しかったりする曰く言い難い何かで——「面白いね、これ」と月魚に言われた時、彼女だけがその何かを見つけてくれたと感じたのだった。

「君のだけ、なんか、変で」

と月魚は言った。「一人だけ全然違う方を向いてるから面白いよ」

私はそれが嬉しかった。


月魚といつから言葉を交わすようになったのかは覚えていない。

月魚も覚えていないだろう。


雨椿と私は、一番の親友同士だった。

月魚と私は、友人ではなかった。

何でもなかった。

わからない。

月魚が誰かを友人と呼ぶのを聞いたことがないから。

多分私も彼女の友人ではなかった。

月魚の友人になりたいなどと、烏滸《おこ》がましいことは考えなかった。

校舎から校舎へ移動する煉瓦《れんが》敷きの道を歩いているうちに、自然と歩調が合って、そのまま言葉を交わしながら、教室へ入っていく、そんな時間があるだけでよかった。

月魚とは、雨椿の話はしなかった。

月魚とは誰の話もしなかったと思う。

読んだ本の話、昨日見た夢の話、鉱物や植物や機械の話。

私たちがしていたのはそんな話だった。

「卒業したら、アカデミーで働くのもいいなと思うんだよね」

お茶会の席で、そうつぶやいたことがある。空き瓶に活けてあったのは、葉が紅《あか》く色づいた桜の枝だった。

雨椿は一瞬不機嫌そうな顔になって、

「へーえ、さすが、優等生は言うことが違うな」

とひくく笑った。

「あたしたちと同じところに行くのは嫌なんだ」

「そんなことは言ってない――」

「なに？　花鴉先生に才能を活かしなさいとでも言われて、その気になっちゃった？」

「ちょっと面白そうかなって思っただけ。雨椿が行かないなら私も行かないよ」

それ以降私は、アカデミーで働きたいと口にすることはなかった。

深紅から茶色へと変わろうとする落ち葉を、くしゃりと踏んだ。

かつて同級の誰からも頭ひとつ抜きん出ていた雨椿は、いつからそうなってしまったのだろう。

記憶の、順番は曖昧だ。舞台が全部同じだから。

時間と空間の感覚はそのように結び付いている。同じ場所で過ごした時間は、すべて連続している。

私たちはずっとあそこにいた。生まれてからずっと同じ場所で暮らしていた私たちには、何かが過去になるという感覚はまだわからなかった。戻れない場所が、戻れない時があるという感覚がわからなかった。

あの頃の私たちに、思い出と言うべきものはまだひとつもなかった。すべて現在だった。

だから私たちは、私は、学園にいた時、過去のことをわざわざ思い出したりしなかった。卒業してからは、思い出したくないと思っていた。

あの頃のことをこんなふうに思い出そうとするのは、はじめてだ。


午後三時、私はいつものように赤いギンガムチェックのワンピースを着て、中庭に向かった。珍しく、雨椿はまだ来ていなかった。私は鋳鉄の椅子に座って待った。

夏のはじめだっただろうか。つい昨日まで春だったのに、今日になってふいに暑さに目眩する、そんな。

でもわからない、同じようなことは何度もあったのだから。

三十分が経った。汗が滲んできていた。そう、だからやはり夏だった。

まだ来ない。私は暇を潰せるものを何も持ってきていなかった。雨椿は自分の前で私が本に熱中するのを嫌がったから。

時間を間違えたかと思ったけれど、腕時計を何度見ても三時半だった。今週は何か予定があるとか、時間を変えるとか言っていたのを私が忘れていたのだろうか。心当たりはない。寮に戻って雨椿を探そうかと思ったが、行き違いになる怖《おそ》れもあった。

日向《ひなた》が移動して、鋳鉄の椅子をその中に捕えたので、暑さでくらくらとした。

一時間待って、雨椿が心配になってきた。体調を崩しているのかもしれない。いったん寮に戻ることにして、その間に雨椿がここへ来た場合に備え、書き置きを残すことにした。ペンケースから付箋《ふせん》を出して、書き置きの文面を考えた。「君がなかなか来ないので……」それは相手を責めているように読める。雨椿が機嫌を損ねるかもしれない。「君を探しに寮へ戻ります」これも駄目だ。考えた末に、「雨椿へ　いったん寮へ戻っていますがすぐ戻ります」とだけ書いて、テーブルに貼った。

寮に戻ってみても、部屋に雨椿はいなかった。まだ調理室にいるのだろうかと思ってそこまで足を伸ばしてみたが、やはり見つからない。

再び中庭に戻ったが、雨椿はおらず、付箋のメモに誰かが手を触れた形跡もなかった。

そこからまた、一時間待った。雨が降り出して、私は付箋をテーブルから剝がし、丸めてポケットに突っ込むと、中庭を後にした。傘はない。夕立の中、寮まで走った。赤いギンガムチェックのワンピースがずぶ濡れになった。

寮に戻った時、談話室の方から華やかな笑い声が上がった。さっきは雨椿が体調を崩している可能性を考えて、寮の寝室しか見ていなかった。私の足は談話室へと向かった。

談話室では雨椿と三、四人の同級生がお茶とお菓子を囲んで談笑していた。

雨椿は私を見なかった。

私はそのまま自室に戻り、赤いギンガムチェックのワンピースを脱いで部屋着に着替え、本を読み始めた。


翌朝、食堂に下りていくと、雨椿は数人の女の子たちとかたまって座り、すでに食べ始めていた。私の方を見もしなかった。

寮から学舎へ移動する時も、いつものように私を待ったりしなかった。その女の子たちと一緒に行ってしまって、教室でも彼女たちと一緒に座っていた。


雨椿は私が他の子と仲良くするのを嫌がったから、こういう時私はひとりぼっちだった。

一人でいるというのは、晒《さら》し者になるのに似ていた。私は、雨椿が手を差し伸べてくれる前の、ひとりぼっちだった自分のことを思い出した。

なぜ無視されているのかはわからなかったけれど、私が悪いに違いなかった。先週——雨椿の言い間違いを指摘した時、彼女は明らかに不機嫌そうな顔をして黙り込んだ。私の指摘は知識をひけらかす行為だったのだろうか？　あるいは本を読んでいる時に話しかけられて、生返事だったのがよくなかったのだろうか？　あるいは彼女にもらったのではない、購買部で買ったハンカチを使っているところを見られたから？

わからない。理由は無数にあるようにも思えた。

次の日曜日は、中庭に行かなかった。私は一日、図書館で本を読んで過ごした。

夕方になって、寮の部屋を雨椿が訪ねてきた。

「どうして今日、来てくれなかったの」

雨椿は肩を震わせて泣いた。

「だって、君が」

「ずっと待ってたのに。お菓子を焼いて、ずっと待ってたのに。どうして来てくれなかったの？」

「でも君が、先週」

私は困惑する。雨椿に無視されたというのは私の思い込みだったのだろうか。私の方が思い込みで彼女を避けていて、それゆえに彼女は他の子たちと仲良くしていた――だけだったのだろうか。先週の日曜日のことは、単なる行き違いだったのだろうか。

「このお茶会をあたしがいつもどんなに楽しみにしているか、君にはわからない。あたしはいつも君に喜んでほしくて――」

「……ごめん」

「君のためにシードケーキを焼いたのに。君に食べてほしくて」

「今からでも食べるから。座ってよ」

お菓子の入ったバスケットに手を伸ばすと、雨椿は突然バスケットをひっくり返した。シードケーキが床に散らばった。

「嫌々食べてほしくなんかない」

雨椿の声が甲高く掠《かす》れた。

ごめん、と私は繰り返す。ごめんね、来週は絶対に行くから。


発端は、しかし、これではない。

そんなことはその前にも繰り返されていたはずだ。

何度も、何度も。


「今日はお茶会、する?」

雨椿の部屋を訪ねてそう恐る恐る聞いたのは、多分その事件が前にあったからで、だとすればその後ということになるだろう。

一目見て、機嫌が悪いとわかった。雨椿が口を引き結んで、私の方を見もせずに立ち上がったから、今日は私の顔を見たくないのだと思って、出ていこうとした。

しかし彼女は片手にバスケットを持って、もう片方の手で私の手を摑んで、どこかへ引っ張って行こうとする。

「いやいいよ、今日ないなら無理に、やらなくて」

けれど一言も口を利かない彼女が私を連れてきたのはいつもの中庭だ。

摑まれた手首が痛かった。

鋳鉄のガーデンテーブルに、雨椿は乱暴にバスケットを叩きつけ、魔法瓶やマグカップをひとつひとつ音を立てて置いていく。そしてどさりと椅子に座る。

「私、いいから。帰るね」

「座って」

雨椿は低い声で言って、向かいの椅子を眼で指した。仕方なく私は椅子に座る。

「食べて」

そう言って、檸檬《れもん》のムースと苺《いちご》のタルトの乗った皿を突きつけてくる。

それ以外は、何も言わない。相変わらず、私の方を見もしない。どこか虚空を睨みつけている。

私と雨椿は、向かい合って座り、一言も交わさずにお茶を飲む。フォークで檸檬のムースを崩すと、場違いに爽《さわ》やかな香りが立ち上った。甘ったるいムースとタルトを、私は黙々と食べ続けた。


あの日も、雨椿に無視されていたので、一人で教室の最前列に席を取った。

授業を聞くのは、嫌いではなかった。普段は雨椿に合わせて、教師の悪口を言ったり、授業が退屈だと愚痴《ぐち》を言ったりしていたけれど、勉強は楽しかったし、集中している間は、雨椿のことを忘れていられた。

光を跳ね返す黒板と白いノートとの間を行き来しているうちに目が痛くなって、ふと窓の外へ視線を逸《そ》らした。桜の花季《はなどき》だった。わずかな風にも揺れ動く花の塊《かたまり》を眺めているうち、下の方で違う動きをするものに気付いた。

一人で草地を突っ切って行く、小さな後ろ姿は、月魚のものだった。

月魚はその時間に授業を入れていなかったのだろう。

ふいに、大きく風が動いた。手前から向こうへ、花びらが大きな渦をなして吸い寄せられていく。その真ん中にいる月魚の短い髪もスカートの裾も向こうへと靡《なび》いて、淡紅色の時間のトンネルの中にいるようだった。

あのトンネルは、どこへ通じているのだろう。

遠ざかっていく月魚は、どこへ行ってしまうのだろう。

――置いていかないで。

私も、一緒にその時間のトンネルを潜《くぐ》りたい。

その次の時間、私はまっすぐ月魚の隣に席を取った。

いつも眠そうな月魚は、私が隣に座っても殊更にこちらを向いたりはせず、けれどそのことが私に、ここにいてもいいのだと思わせてくれた。

その日、寮に戻った私の耳に、押し殺した泣き声が聞こえた。雨椿の部屋からだった。開いた扉から中を伺うと、部屋の片隅で雨椿が膝を抱え、肩を震わせて泣いていた。

「どうしたの」

思わず駆け寄る。

「見捨て、ないで」

雨椿はしゃくり上げる。「あたしを、嫌いにならないで」

「嫌いになんか――」

「あたしと一緒にいるのが嫌になったんでしょ？　だから月魚なんかと仲良さそうなところを見せつけたんでしょ？」

「そんなつもりじゃないよ。ただ、雨椿が他の子と一緒にいる方がよさそうだったから――私はいない方がいいのかと思って――」

「嘘。そんなはずない。あたしには君しかいないのに。君に見捨てられたらあたしはどうしたらいいのかわからない。あたしには君が一番大事なの。君が好き。誰よりも君のことが好き」

ごめん、ごめんね。震える雨椿の肩を抱いてそう繰り返すうちに、私の喉の奥からも嗚咽《おえつ》が漏れ出してしまう。

「私にとっても、君は一番の友達だよ。見捨てたりしないから。ずっと友達だから」

泣いているとき、頭の芯が痺《しび》れて、感覚が遠くなっていく。

私たちはただ抱き合って泣き続ける。

私はずっとわからなかった。

雨椿が私と一緒にいたいのか、私の顔も見たくないのか。

どうしたら彼女を怒らせずに、泣かせずに済むのか。

彼女が私と友達でいたいならそうするし、口も利きたくないなら離れたいと思う。それなのに彼女は、憎しみの籠《こも》った目で私を引き留め、笑いながら私を突き放す。私はどうしてあげたらいいかわからない。

どうしてあげたら？　それで、私の意思は？　私の願いは、どこに？　彼女のそばにいるにしても、離れるにしても、そこに私の意思はない。彼女の意思を汲もうとする、尽きることのない徒労があるだけ。

私はどうしたいのだろう。私は雨椿と友達でいたくてそうしていたのだっけ。私は彼女と過ごして楽しかったのだっけ。

彼女といて幸福だったことが、あっただろうか。

私は、だんだん、自分の気持ちがわからなくなった。

雨椿を愛していた気持ちがわからなくなった。

私はただ、雨椿がはじめて声をかけてくれた人だったというだけの理由で、彼女についていき、彼女が与えてくれるものを受け取るだけで、自分から彼女を愛したことはなかったのでは？

一番の友達だなどと言って、私はただ、そう言ってくれる彼女の言葉を鸚鵡《おうむ》返しにしていただけなのでは？

私はもう、自分の中に彼女への愛を見つけられなかったし、これまでもそんなものはなかったのではないかという気がしてきた。

私は疲れていた。

もう雨椿との関係で自分を擦り減らしたくなかった。

彼女の気持ちを考えるのをやめた。どうしたら彼女が喜んでくれるのか考えるのをやめた。

なぜ彼女が怒っているのか考えるのをやめた。

考えても無駄なのだから。

ただ、嵐をやり過ごすことにした。

私は、次第に、卒業を心待ちにするようになった。

雨椿と離れられる日を。

そして私は、希望する配属先にアカデミーを選んだ。

アカデミーは人気の配属先で、倍率が高く、雨椿の成績では行けないだろうから。

……そう書いて、驚く。私はそんな理由でこの場所を選んだの？

私はただ、勉強が楽しくて、卒業後も自分の能力を活かせる場所に行きたかっただけ。そのはずではなかったの？

わからない。それも理由の一つではあったはずだ。

そう思いたい。

「でもさ」

灰色の壁の下、うたた寝から覚めた月魚がふいに言う。

「配属先が成績で決まる、とは限らないよね、本当は」

「その心は？」

「みんな、成績順に希望の配属先に行けるって思ってるだろ。でも、教師からそんなこと、一言も聞いたことなくない？　上級生から聞いただけだよね」

「そうだっけ、誰から聞いたかは、正直あんまり――」

「あんまり覚えてないでしょ？　全部そうなんだよ」

「これも、〈脱獄〉の話と一緒ってこと？」

「そう、全部怪談みたいなもので」

「でもそれなら、どういう基準で配属先を決めるの？　それに配属先に成績が関係ないなら、成績なんてつける意味がないよね」

「……籤《くじ》、とか」

「籤かあ」

「実際に、上級生がどの配属先に決まったのか、ほとんど知らないだろ。誰が希望通りのところに行けて、誰が行けなかったのか」

「そりゃね。配属先の発表が卒業の当日だもの」

慌ただしい卒業の日に、下級生にいちいち行き先を告げて別れを惜しむ暇などない。

「そもそも何で卒業の当日なんだろうって思わない？　もっと前に配属先は決まっててもおかしくない。早く知らせた方が心の準備もできる。なのに下級生に噂が広まる暇もないようなぎりぎりの日まで発表しないっていうのはさ」

「……本当は成績で決まってるんじゃないってことを隠すため？」

「と、考えることもできるんじゃないかなあ。明らかに成績が良かった人が希望のところに落ちてたら、噂にもなるでしょ」

「そうまでして、籤で決めてることを隠す必要、ある？」

「あるとは思えないけどさ。でも成績で決まるとは教師の口からは聞いてないからね。配属先の発表の時、番狂わせがあるかもよ」

「失望に備えさせてくれてるのかな、それは」

番狂わせは、実際に起きた。

講堂に集められた私たちは、我先にと配属先の一覧が貼り出された壁に駆け寄った。そこから先は、悲鳴や歓声、泣き声の坩堝《るつぼ》。

確実に行けるつもりだった配属先に落ちて呆然としている人もいれば、駄目で元々で出した配属先に通って信じられずにいる人もいたし、同じ配属先に行けるつもりで離れ離れになり、泣き出した二人組もいた。

私は希望通りの工学アカデミーに通った。予想外の結果になった人もいるにせよ、やはり成績で決まったのだ、と私は確信した。

雨椿は、希望通りの店ではないものの、チェーンの飲食店に決まっていた。

隣で雨椿の顔色が変わっていくのが、見なくてもわかった。

私は卒業の日のどさくさに紛れて、雨椿と顔を合わせずに別れる方法を探していたけれど、配属先の発表を一緒に見に行こうと言われてそうするしかなかった。

「……アカデミーに出したの」

雨椿のひくい声に、私は答えなかった。

「裏切ったの。君はあたしにずっと嘘を吐いていたの」

「……」

「ずっと一緒にいようねって、言ったのに。嘘だったの。騙《だま》してたの。……ううん、いいよ、いい、答えたくないなら答えなくていい」

いいよ、という言葉とは裏腹に、雨椿の声に嗚咽が混じっていく。この講堂の狂騒の中では、それも目立たない。

「わかってた。ほんとはわかってた。卒業したら、もう君とは一緒にいられないんだって、ずっとわかってた……」

私は、もう、雨椿を宥めることに疲れていた。

「もうやめようよ」

と私は言う。「友達のふりをするのはさ」

学園にいる間、私は気付くまいとしていた。

雨椿がずっと、私を憎んでいたことに。

「もう何年も、君は私に色んな嫌がらせをしていたよね」

「……あたしは君が羨ましかったの」

「もう嘘を吐かなくていいよ。君は、とっくに私のことが好きじゃなくなってたんでしょ？ それとも最初からだったのかな。君は私が可哀想で優しくしてくれただけだもんね。ずっと私の面倒を見るのにうんざりしてたんだよね。だから私といると苛々《いらいら》して、私に当たってたんだよ。そうでしょ？」

「そんなんじゃない。あたしは君のことが好きだった。ずっと好き。好きで、羨《うらや》ましくて、素直になれない時もあったけど――」

「私もとうに君のことが好きじゃなくなってた。この狭い学園で一緒にいる時間が長すぎたんだよ。時が経って、私も君も変わったんだ。それなのに最初の関係にずっと固執してた」

「君が一人ぼっちだった時から、あたしは君のことが好きだったよ。一人でも毅然としてるところ、かっこよくて……、仲良くなりたかった」

「もうやめよう。私たち、これでようやくお互いの呪縛から自由になれるんだよ。もう二度と顔を合わせなくていい」

幸せになってほしい、と私は言って、泣いている雨椿に背を向けた。追い縋《すが》られないよう、足を早めて。


私が話したい相手は他にいた。雨椿との別れ話に費やしている時間はなかった。

泣いたり笑ったりし終わった卒業生たちは、最低限の荷物を持って、講堂の出口に向かっていく。その後は、年に一度だけ門が開いて、私たちは外に出ていく。

外に出たら、もう戻れない。

その前に、早く。呼び止めなくては。


「月魚」

講堂を出たところで、私はその猫背の後姿《うしろすがた》に追い付いた。

月魚が振り返る。

「おう」

と言って彼女は手を挙げる。「アカデミーへの配属、おめでとう」

滅んだ世界の欠片のような白い花びらが、色の薄い月魚の髪に、肩に、散りかかる。

私は何と言ったらいいのかわからない。

「月魚……教師になるんだ?」

「うん」

「希望出したの?」

「うん」

「……意外だな。あんなに外に出たがってたのに」

「そうなんだけどね。花鴉先生に誘われてさ。私の才能が一番活かせる場所だって言われたから、それもいいかって気になって」

「教師やってる月魚なんて、想像できないけどなあ」

私はできる限り軽やかに笑う。

もっと早く何かを言っていたら、変わっていただろうか。

雨椿の機嫌を取ることに費やしてしまったこの年月で、違う生き方もできただろうか。月魚と。

「じゃあ、もう」と冗談めかして。「卒業したら会うことはないけど、元気で」

そう言って月魚に背を向け、ひらひらと手を振る。

「おう」と月魚が背後で答える。

私の視界に、花びらはきりもなく降り注いで、目の前が見えない。

＊　＊　＊

そう、私の記憶がずっと検閲をかけていたのは、雨椿との顚末《てんまつ》のこと。

後悔はしていない。雨椿と離れたことだけは、間違ってはいなかった。雨椿にとってもそうだったはずだ。

私たちは、もっと早く離れるべきだった。あんなに傷付け合う前に。


雨椿はいつの間に変わってしまったのだろう？

何でも人より秀《ひい》でていて、誰にでも分け隔てなく優しくて、誰からも慕われていた、あの溌《はっ》溂《らつ》としてまばゆい女の子は、いつの間にあんなに気分屋で、意地悪で、僻《ひが》みっぽい――

僻み？　彼女が何を僻むというのだろう？　彼女は誰よりも優れて――

いや、誰よりも優れてなんかいなかった。あの頃は、とうに。

だって、私の方がずっと成績が上だった。

雨椿は――何でもできる特別な女の子だった彼女は、とうにその座から転落していた。

多分ちょっと早熟だっただけの彼女は、すぐに壁に突き当たり、彼女に憧れて、彼女の背中を追い掛けていたはずの私が――成長が遅かっただけの私が、彼女を易々《やすやす》と追い抜いていった。

そのことに気付きもせずに。

私は、相変わらず彼女のことを、何でもできる特別な女の子だと思っていた。多分、私だけが。

あの特別な女の子は、私の視線の中だけにいた。

彼女が私といる時ずっと苛立っていたのは、そのことに対してだったのかもしれない。

そう、彼女はずっと何かに苛立っていた。

私といるとあのまばゆい女の子の姿を突きつけられて、今の自分がそうではないことを思い知らされて苛立っていたのか。それとも私といる時だけは、私の目に映るまばゆい女の子こそ自分だと信じていられたから、友達でいたのか。

その、両方であってもおかしくはない。

そして多分彼女は、ずっと私を妬《ねた》んでいた。そのことを自分に認められなかった。私と友達でいるのをやめたら、妬んでいるのを認めることになってしまうと思っていた。だからずっと私と友達でいることに固執していたけれど、本当はとうに私のことなど好きではなくなっていた。だから私といると苛立って、八つ当たりをし、そのたびに自己嫌悪に駆られて私を繋ぎ止めようとした。

多分、そういうことなのだろう。

私たちはあの狭い学園で一緒にいる時間が長すぎた。時が経って、私も彼女も変わったのに、二人とも最初の関係に固執し続けた。彼女が与え、私が受け取るという関係に。

そういうことなのだろう。

わからない。彼女の真意は、永遠に。

私はとうに彼女を理解しようとするのをやめてしまったし、彼女はもうどこにもいないのだから。

4

卒業してから一年半ほどの間、雨椿からは頻繁に手紙が来た。

差出人名を判読する前に、彼女独特の右下がりの文字を封筒に認めて、私は息が止まりそうになった。封筒を持つ手が震え、動悸《どうき》が激しくなって、彼女はこれほどまでに私の恐怖と嫌悪の対象となっていたのだと、あらためて知らしめられる。手紙が来るたびに。

一通目は開封して読んだ。ひどく身勝手で自己憐憫《れんびん》と自己弁護に満ちた文章で、誤解を解きたい、会って話したいと訴えていた。私が告げた訣別《けつべつ》を、子供っぽい諍《いさか》いに矮小化《わいしょうか》し、私の繊細で傷付きやすい性格にその理由を帰しながら、ものわかりよくその繊細さに理解を示し、全部あたしが悪いのと卑下《ひげ》してみせ、それでいて自分が何をしたかにはまるで触れずに、結局はすべてを私の誤解に還元していた。そして、私といてどんなに幸せだったか、私が彼女にとってどんなに大切な存在かを語りつつ、「こんな喧嘩でお互い意地を張ったまま別れてしまうなんて」どれほど大きな損失かと嘆いた。

私への執着がはずかしいくらいありありと表れた、惨めで醜悪《しゅうあく》な手紙であったにもかかわらず、私は咄嗟にペンを取って返信を認《したた》めようとしていた。呼吸を整えて自分を取り戻そうとしている間も、謝罪に対して赦《ゆる》しを与え、要求に応じようとする返信の文言が頭の中から次々に湧いてきた。私はまだ、そんなにも彼女の影響下にあって、そんなにも彼女の望む通りに動こうとしている、という事実が恐ろしかった。

手紙という古風な通信手段を使ってくれたのがせめてもの救いだった。対面で、あるいは通話で、あるいはタイムラグが許されない雰囲気のあるチャットアプリでこんなふうに復縁を求められたら、私はパニックで考える暇もないまま相手の言葉にうんと答えてしまっただろう。全部あたしが悪いんだよねとじっとりと言われて、そんなことないよ、私が悪いのと反射的に否定してしまっただろう。

手紙ありがとう、久し振りだね、あの時は傷付けてしまってごめんね、ううん、悪かったのは私だよ、私も君に会いたい、君がいなくてさみしいよ——そんな言葉を頭に溢れさせながら、私は床にうずくまって、必死に呼吸をしようとしていた。

二通目も、逡巡したのち心を決めて開封した。そこには彼女の、私との思い出が綴られていた。あの時君は、ずっと友達だよって言ってくれたよね。あの頃あたしには、君以外に味方がいなかった。あの日君の言葉にどんなに救われたか……。

もう彼女の言いなりにはならないと決意して開いたのに、私にこうあってほしいという彼女の暴力的な欲望が流れ込んでくると、そこから逃れるのは激流を遡って泳ごうとするようだった。ずっと友達だよと約束した覚えは確かにあって、嘘を吐いた後ろめたさとともに、その約束を守らなくてはならないという強迫観念が襲ってきた。

三通目からはもう中を見なかった。封筒に彼女の字を見出すたびに息が浅くなったが、封を切らずに仕舞《しま》い込んだ。

それまで一度も休んだことがなかったかおりさんが体調不良で休みがちになったのは、一年目の九月頃のことだった。

たまに出勤してきても、顔は蒼褪《あおざ》めて窶《やつ》れ、目の下にはくまが目立った。研究員の前ではいつものように微笑んでいても、人目がない折などは微笑という重い仮面を取り落とし、その下から放心したような、それでいて思い詰めたような、焦燥にも似た表情を覗かせた。

それは今までにないことだった。かおりさんは二十五歳で、事務員の中で一番年上だった。だからどの事務員に対しても先輩として振る舞っていて、私に仕事を教えてくれたのもこのひとだった。かおりさんはつねにそつがなく、そのそつのなさの中には微笑を絶やさないことも含まれていた。こんな無防備な表情を見せるのは初めてだった。

少ない出勤のたび、かおりさんは急速に年老いていった。香り高い梔子の花が茶色く汚れて萎《しお》れてゆくようだった。顔色は分厚いファンデーションに塗り籠められていく一方で、白いブラウスにはそれまでの彼女だったら決して見逃さなかったであろう染みや皺が浮かび上がった。

「あの、大丈夫ですか？」

二人で事務室に並んでいた時、私はそう声をかけたのだが、数秒置いて
「え、何？」

とかおりさんは気怠げに振り返り、その眼の中に何か得体の知れない虚無を見出して私は怯《おび》えた。

やがてかおりさんが入院したことが告げられ、数週間して、彼女は亡くなった。

「亡くなった？　なぜですか？」

けれどあかりさんや他の女性たちはさして驚きもせず、私の問いにむしろきょとんとして、

「病気で」

と当然のことのように答えた。

「何の病気だったんですか？」

「何のって……ねえ」

彼女たちは顔を見合わせた。

あの時かおりさんの眼に見出した虚無とは、死だったのだ、と私は気付いた。


雨椿からの手紙は、一年半が経つ頃ぱったりと来なくなった。私は胸を撫《な》で下ろした。二度と関わらないという決意が、手紙が来るたびに呆気なく揺るがされるのも、彼女への恐怖で心

臓が跳ね上がるのももう嫌だった。

彼女はようやく私への執着を手放して、幸せになったのだと思った。

ほんとうに、幸せになってほしかった、彼女には。


手紙が来なくなって半年ほど経った春、フジノに誘われて彼の昔の友人たちとの飲み会に参加した。その中に、食料生産に関わる研究をしている人がいて、ある飲食店チェーンと提携していると話していた。そこ、女学園時代の知り合いが配属されていたはずです、と世間話のつもりで口にした後で、その知り合いというのが誰のことだったか思い出したけれどもう遅かった。

「へえ、何ていう人？」

と問われ、

「……雨椿」

と仕方なく答えると、相手は首を傾げ、思い出そうとする様子を見せて、

「雨椿。その子は亡くなったんじゃないかな」

と言った。

「亡くなった？」

最初に思い浮かんだのは、自殺、というものだった。

私に当てつけるために自殺？　彼女の手紙に応答しなかった後ろめたさがそう思わせたのだ

ろうか。それにしても、あまりに若い死で、それくらいしか理由が思いつかなかった。

「どうして?」

「病気だと思うけど」

「いつ?」

「詳しいことはわからないけど、その飲食店の人に聞いてみようか? 連絡先を教えてくれる?」

フジノに似た優しさで、イシハラというその人は言った。


その夜は眠れなかった。

雨椿はなぜ死んだのだろう。病気なんて、彼女はあんなに元気だったのに。ほんとうに病気だろうか? やはり自死か、何か外聞の悪い事件でも起こって、病気ということで処理されたのでは、とも思った。

私は――彼女に手紙を書くべきだったのだろうか。会いに行くべきだったのだろうか。彼女がこんなに早く死んでしまう前に、和解しておくべきだったのだろうか。

彼女とは、二度と会いたくないと思っていた。でも死んでほしいとは思っていない。私の知らないところで、私なしに、元気で生きていてほしかった。できれば幸福で。そうすれば何の痛痒《つうよう》もなく彼女と縁が切れたのに。

彼女からの手紙が怖かったのは、彼女が幸せではないと感じられたからだった。彼女は今、自分のいる場所で、幸福で満ち足りて、私以上のよい友人を見つけて、私のことなど思い出しもせずに生活していたりはしないとわかってしまったから。彼女は私に執着し続けた。自分の人生を生きるすべを見つけられずにいた。

私は彼女に手を差し伸べるべきだった？　どんなに心を磨《す》り減らしても、憎み合って、縛り合って、双方にとってよい結果にはならないとわかっていても？　ずっと友達だよという嘘を囁《ささや》き続けるべきだった？

あるいは、ほんとうにすべて私の誤解、私の被害妄想で、彼女こそ私の真の友人だったのではないかと、そんなふうにさえ思えてきた。

翌日、寝不足のまま研究所に出勤したわたしに、あかりさんはどうかしたのかと問うた。

「女学園時代の——同級生が亡くなったんです」

友人、とは言えなかった。

あかりさんと、その時居合わせた、別の研究室の職員は形通りの同情の言葉を口にした。

「あんまりに突然で——女学園時代は病気ひとつしなかったのに。この歳で亡くなるなんて、若すぎる……」

するとあかりさんはちょっと奇妙な、曖昧な表情をして、

「たしかにちょっと早いかもね。でもそういうことは起こるものよ」

と奥歯に物が挟まったような言い方をした。

「ちょっとって……だってまだ二十歳だったのに」

「あなた、同級生が亡くなるのは初めて?」

「初めてですよ」

わたしはやや憤然として答えた。

「そのうち慣れるわよ」

それはあまりにも無神経な言葉に聞こえた。

「どこの女学園だっけ、あなた」

と別の研究室の職員が唐突に思える問いを発した。

私は学園の名前を答えた。

それが何の関係があるのだろうと思った。

彼女たちはちらりと視線を交わしあったが、その意味は私にはわからなかった。


イシハラからはその後メッセージが来たが、得られた情報は少なかった。

雨椿は半年ほど前に無断欠勤をした。もともと無断欠勤や遅刻が多かったのではじめは誰も気に留めていなかったが、何日も続くので心配した同僚が職員寮を訪ねていくと、すでに亡くなっていた――という旨《むね》が丁寧な言葉遣いで綴《つづ》られていた。

それは彼女からの手紙が途絶えた時期と一致していた。

同級生が亡くなったというのに、半年の間誰からも知らされなかったということにも私は愕然としていた。せめて、彼女の葬式には同級生たちが集い、皆でその死を悼みながら、その場は束の間女学園時代に戻ったような奇妙な華やぎをも帯びる――小説で読んだことのある、そんな場面になるべきだった。しかし考えてみれば、私たちには身寄りというものはないし、彼女の配属先なりがその死を誰かに伝えようと考えたとしても、相手は私ではない。手紙も書かなかった私では。それに、私は女学園時代の知り合いとは全く連絡を取り合っていなかった。他の卒業生たちは違うのだろうか？

私が死んでも、女学園時代の同級生が知ることは――とりわけ、月魚が知ることはないのだろう。月魚はそのまま、私のことを忘れてしまうだろう。もう忘れてしまっただろうか？

イシハラからはそれ以上詳しい話は聞けず、しつこく遊びに誘ってくるようになったので、連絡先をブロックした。

＊　＊　＊

死んだ雨椿のことを悪く言うのはよくないのだろうか？
でも、雨椿が死んでいい存在なんかじゃなかったのは、彼女が善《よ》い人間だからではない。
どんなに善い人でも、嫌な奴でも、好きな人でも、嫌いな相手でも、死んでいい理由なんてない。

こんな目に遭《あ》っていい理由なんてない。


私の、大嫌いな親友。

君はどうして死ななくてはならなかった？

私はどうして君の死を悲しまなくてはならない？

＊　＊　＊

アカデミーに配属されて三年目の五月、あかりさんが無断欠勤した。彼女は連絡もなく休んだりするような人ではなかった。

二日目になるとあかりさんのことが心配になってきて、職員を統括する上司に相談したけれど、彼は忙しそうにしていて取り合ってくれなかった。三日目になっても来ないのでもう一度上司に話しに行くと、彼はようやく顔を上げて、

「彼女、何歳だっけ？」

と聞いた。

何の関係があるのだろうと思いながら、

「二十三だと思いますが」

と答えると、

「もうそんな歳かあ。様子を見に行ってみましょう」

と言う。

私たちは仕事が終わった後で職員寮に向かった。彼女の部屋に行ってドアベルを鳴らしても反応がないので、管理人から合鍵《あいかぎ》を借りた。

扉を開けた途端、鉄の臭いと腐臭《ふしゅう》の混じった不快な臭いが鼻をつき、それから——私は絶句した。私が住んでいるのと全く同じ、アイボリーの壁紙の貼られた狭いワンルーム中に、どす黒い血が飛び散っていた。床の上、血溜まりの真ん中に、ぼろぼろの布切れのようなものが落ちていた。それが人間の軀《からだ》だということを理解するのに時間がかかった。

駆け寄ろうとして、上司に
「汚れるから」

と制止された。

玄関先に立ったまま、私は上司が電話をかけるのをぼんやりと見ていた。

「……ああうん、大量に吐血してて——死後数日経ってるかと。……ええ、すいませんけどよろしく」

吐血？　私は最初、人が滅多《めった》刺《ざ》しに刺されているのかと思ったのだ。この距離からでは、血まみれのその軀に外傷がないことを確かめるすべもないのに、どうして上司には吐血とわかったのだろう。

「もう帰っていいよ」

と上司は言った。「あとは回収を待つだけだから」

では、上司がさっき呼んでいたのは救急車ではなかったのか。

「私も一緒に待ってます」

と私は答えた。

上司は玄関を出て廊下にしゃがみ込むと、携帯端末をいじり始めた。私は靴を履いたまま、狭い玄関になすすべもなく立っていた。

部屋は荒れていた。椅子やテーブルは倒れ、食器が割れ、収納ボックスの中身がぶちまけられている。強盗にでも入られたかのようだったけれど、あかりさんが一人で吐血して亡くなったのなら、よほど苦しんでのたうち回ったに違いなかった。壁にも床にも黒い手形が印《しる》されていた。

壁にかかった衣服はどれも見覚えがあった。あかりさんによく似合うレモンイエローやミントグリーンの小花柄のワンピースにも、等しく黒い血が飛び散っていた。

部屋の一番奥の窓辺に並んだ鉢植えの植物がみな枯れている。

玄関扉は開け放してあったけれど、部屋に立ち込める腐臭は逃げてはいかなかった。吐き気がこみ上げては、行き場をなくして体中に散っていった。

暑さで立ち眩みがして、もう夏が始まっているのを知った。

「回収」が来るまでに一時間ほどかかった。亡くなっているのは明らかだから急がないのだろうか。

銀色の防護服めいた制服に包まれた「回収」の隊員たちが、その軀にもう息がないこと、その躯があかりさんのものであることを手際よく確認していく。

死後二日程度経っている様子だという。無断欠勤の一日目に血を吐いて倒れ、亡くなっていたことになる。

「もっと早く見に来ていたら……」

私がつぶやくと、上司は平然と、

「いや、どちらにしても助からないんだから。これが彼女の寿命だったということだね」

と答えた。

やがて隊員たちはあかりさんの躯を持ち去って行き、

「これは掃除が大変そうだなあ」

と立ち去り際に上司がつぶやいた。


帰宅して、私は洗面所に駆け込んで嘔吐した。

吐いても吐いても吐き切れないものがあるような感じがした。

内臓をすべて吐き出して、ぺらぺらの布切れになってしまうべきであるような。

あかりさんがいなくなったというのに、事務室を訪れる人たちは、職員も研究員も、誰もそのことに触れなかった。

「あかりさんが亡くなったんです」

わざわざそう告げてみると、

「それはお気の毒にね」

と心のこもらない返事が返ってきた。

研究室には、さつきさんとやよいさんという新しい職員が配属されて来た。

かおりさんとあかりさんとよく似た、でもかおりさんでもあかりさんでもない女の子たちが。

＊　＊　＊

薄汚れた階段を登っていく。いつから登っているのかわからない。階段にはうっすら埃が積もっている。

やがて目当ての階に辿り着く。長い廊下に、寸分も違わないダークブラウンの金属扉が並んでいる。彼女がどこに住んでいるのかわからない。どこであっても変わらないような気がする。

私はその扉を片端から開けようとするが、どれも開かない。

最後にたったひとつの扉が残る。

ひやりと冷たいドアノブを引くと、今度こそ——扉が重たく軋《きし》りながら開く。開いた途端、鼻をつく強烈な臭い。

どす黒い血の飛び散った部屋。口からも鼻からも、体中の穴から血を吹き出した屍体。内臓がどろどろに溶けて、脱ぎ捨てられた衣服のようになって、五月の暑気にすでに腐り始めて。

その躯がのたうち回った痕《あと》が、黒い血で部屋中に印されている。立ち上がろうとした痕。血溜まりの中に取り落とされて割れた携帯端末。玄関に向かおうと這いずった痕。

もう誰のものかわからなくなったその躯に、しかし私は見出してしまう――雨椿の顔を。

そこで目が覚める。たいていは夜明け前に。

違うパターンの夢もある。

どの部屋にもどの部屋にも同じような屍体がある。

同じダークブラウンの金属扉、同じアイボリーの壁紙、同じ間取りのワンルーム。どの扉の内側にも、ひとつずつ屍体が転がっている。

私は雨椿を探しているのだが、どれが雨椿なのかわからない。

夜中に一人、目を覚まして嘔吐する。自分の吐くものが胃液と未消化の食べ物ではなく、今度こそ真っ黒い血なのではないかと恐れながら。

＊　＊　＊

別の研究室に書類を持っていく用事があった。

そこのわかばさんという事務員とは顔馴染《なじ》みだった。向こうの方でもこちらの研究室を訪ねてくる用事がしばしばあったからだけれど、その時はしばらく彼女の顔を見ていなかった。朗《ほが》らかで潑溂として、ショートヘアのよく似合う人だった。

来客用に置いてあるお菓子を一つ取ってポケットに忍ばせたのは、彼女の好きなお菓子であることを覚えていたからだ。彼女は会うとよくお菓子をくれた。内緒、と言いながら。

その事務室を訪ねていくと、しかし、わかばさんはおらず、挨拶を交わしたことがある程度の事務員が二人いた。

「わかばさんは？」

と問うと、事務員は淡々と、

「亡くなりました」

と答えた。

「亡くなった？　いつ？」

「二ヶ月ほど前ですね」

「……どうして？」

「病気です」

そう、当然のように言う。

私が言葉を失っていると、小綺麗で可愛らしい事務員は慰めるように、

「わかばさんももう二十五でしたからね」

と付け足した。

来客用に置かれているお菓子は、わかばさんの好みのものではなくなっていた。

アカデミーの中で私のお気に入りの場所は、非常階段の踊り場だった。

研究棟の外に取り付けられた非常階段は普段は使われていなかった。階段に出る扉は内側からは開くけれど、階段側からは開かない。だから、非常階段で息抜きをする時は、扉が風で閉まらないように気を付けておかなくてはならない。うっかりして扉が閉まってしまったら、長い非常階段を七階から一階まで降りるはめになる。

そして、私は時々うっかりした。

息抜きと言ったって、非常階段には何もないし、非常階段から見えるものも何もない。目の前に、同じように背の高い研究棟の、薄汚れた裏側が迫っているだけだ。

それがよかったのかもしれない。何も見えないけれど、私の姿も周囲からは隠された。人目に晒されることに疲れた時、私はこっそり非常階段に出て、膝丈のスカートが汚れるのも構わず雨曝《ざら》しの階段に座り込み、仕事をさぼった。白く明るいアカデミーの中で、人目につかないその薄汚れた裏側だけが、奇妙に懐かしく思える時もあった。

そこにいる時だけは、雨の匂いを感じられるのも好きだった。

だから、先客を発見した時は愉快ではなかった。

半開きの扉を押し開けたら、手摺《てす》りに凭《もた》れ掛かっていた小柄な人影がくるりと振り返って、大きな目を開いて、あ、と言いかけるので、咄嗟に音を立てて扉を閉めた。

誰にも会いたくないからここに来たのに、ここにも人がいるなんて最悪だ。

数日後、今度こそ誰もいない非常階段を満喫していると、後ろで蝶番《ちょうつがい》が軋る音がした。はっとして振り向くと、先日のあの先客だった。小柄で色白で、目が大きく、栗鼠《りす》のような可愛らしい印象の女性だった。

こちらが身を躱《かわ》す暇もなく、彼女はするりと隣に入り込んで、履いていた靴を片方脱ぐとドアストッパー代わりに扉の隙間に差し込んだ。

屋内に戻ろうかと逡巡《しゅんじゅん》していると、彼女は私の様子にはお構いなしに、

「この間さあ」

と話しかけてくる。

「あたしがいるのに扉、閉めたでしょ。あの後一番下まで降りるの大変だったんだから」

「……あ」

自分がしたことに気が付いて、もごもごと謝ろうとすると、彼女は口を大きく開けてにっと笑ったので、私は少し意表を突かれた。可愛らしくて大人しそうな印象が、その笑い方で急に崩れたからだ。口がぱっかんと開いて、少し蛙《かえる》のよう。

私は、栗鼠より蛙の方が好きだった。

それで、出て行くタイミングを逃した。

「あなたも一人でここに来る時は気を付けた方がいいよ」

「……私も一番下まで階段で降りる羽目《はめ》になったことあります」

私と彼女はそのまま階段に座り込んで、薄汚れた壁を眺めた。日が翳ってきて、肌寒くなるまで。建物と建物の狭い隙間に、一瞬、葡萄酒《ぶどうしゅ》色の西陽が差し込んで、薄汚い壁を薄汚いままに照らしていった。


それからも私は時々非常階段で彼女に出会った。彼女はやはり事務員で、かえでさんと言った。苗字はコガ。つまりコガという男と結婚していて、相手はここの研究員であるらしかった。

「かえでちゃんでいいよ」

と彼女は言ったけれど、童顔ではあっても年上だったから、私はさん付けで通していた。

こうして私たちは親しくなった、とは言い難い気がする。彼女はざっくばらんで人懐っこい性格で、誰の懐にも簡単に入り込んでしまいそうだったから、相手が私でなくても同じように親しげにするだろうと思えた。だから私は彼女を友達と呼んだことはない。

ただ、皆同じように見えるアカデミーの事務員たちが一人ひとり違う人間であるという当然のことに、私はその頃ようやく気付いたのかもしれない。似たような顔をしていても、笑い方は一人ひとり違うのだと。

私たちは時々、非常階段の扉を半開きにしておくことを忘れた。私たちは、やっちゃったな、と言い合って、階段の上で散々時間を潰した後で、重い腰を上げて階段を降り始めた。一気に駆け下りることもあれば、じゃんけんやしりとりをしながら降りることもあった。かえでさんはいつも、降り始める前はわざとらしく口を尖らせているのに、降りていく時は大きく口を開けてからからと笑っていた。

私は考えなかった、明るくて朗らかで屈託《くったく》のないかえでさんが、こんなうらさびしい非常階段などに何の用があるのだろう、とは。

あれはあかりさんが亡くなって間もない頃の出来事だったと思う。

ある夕刻、非常階段への扉を開けた私は、少し早い西陽《にしび》がもう差し込んで来ているのかと思った。

振り向いたかえでさんの顔の下半分が、赤く染まっていたから。

「あ」

とかえでさんは少し困ったように笑った。

「鼻血が止まらなくなっちゃって」

よく見ると、ブラウスにも点々と血が散っていた。

一瞬立ち尽くした後、私は慌てて駆け寄り、ハンカチやポケットティッシュを引っ張り出して彼女の手に押し付けた。

「あーありがとう、大丈夫、ハンカチ汚れちゃうから」

そう言ってかえでさんはティッシュだけ受け取った。鼻を押さえたティッシュはあっという間に血を吸って重たく垂れ、次々に新しいものに取り替えていくとビニールの袋はすぐに抜け殻《がら》になった。かえでさんの手は血で汚れ、階段には血の雫《しずく》が落ちていた。

　鉄の臭いが立ち上った。


　その後のかえでさんは、非常階段で会うたびに鼻血を流していた。鼻血を押さえるのに一生懸命で、薄汚れた壁を照らす西陽を眺める余裕もないことが多かった。

　誤って扉を閉めてしまった時も、私はもうかえでさんと階段を降りようとはしなかった。

「私が下まで降りて、屋内に入って中から扉を開けるので、かえでさんはここで待っていてください」

　そう言うと、彼女は蹲《うずくま》ったまま黙って頷《うなず》いた。その肩に脱いだカーディガンを被せて降りようとすると、しかし彼女は私の服の裾を摑んで小声で何か言った。

「……え？　何ですか？」

「血が止まるまで、ここにいてくれない？」

　かえでさんは言い直した。「どうせこのままじゃ、中に戻れないからさ」

「……いいですよ」

　私はかえでさんの隣に腰を下ろし、彼女に視線を向けるのも何だか不躾《ぶしつけ》な気がして、彼女の分まで薄汚れた壁を見る。

　階段からの冷気が軀に染み透《とお》る頃、かえでさんの鼻血は止まった。

「……雲雀ちゃんがいてくれてよかったなあ」

あの、にっ、という笑い方ではない、弱々しい微笑を浮かべて、かえでさんはつぶやく。

「コガさんはさ、いい人だけど、こういうことわからないんだよね。だからあんまりこういうとこ見せられない。やっぱり男の人はさ、しょうがないよね」

そう、ですよね、と私は曖昧《あいまい》に相槌《あいづち》を打つ。

かえでさんの顔色は日に日に悪くなっていった。子供のようにふっくらとしていた頬も次第に痩《こ》けていった。

「……死ぬのはやだなあ」

かえでさんの口から零れたその言葉に、私はぎょっとする。

「何言ってるんですか、死ぬわけないでしょ」

思わず声が裏返る。

「やだな、雲雀ちゃん泣いてるの。ごめん、ごめんよ、死なないって」

どうしてかえでさんの方が慌てているのだろう。

「泣いてないです。かえでさんが大袈裟《おおげさ》なこと言うからあ」

だけど私にだってさすがにわかっている。明るくて朗らかなかえでさんは、動物が死に場所を探すように——体調が悪い時にだけ、その姿を誰にも見せないよう、非常階段に逃げ場を求めていたのだと。闖入者《ちんにゅうしゃ》は私の方だったのだと。

かえでさんの体調は、階段を降りるように悪化していて、もうよくなることはないのだと。外の世界に出て来てから、若くない女性——二十五を超えた女性を一度も目にしていないことにも、もう気付いている。

けれど私は、あなたは——私たちは何に殺されていくのですか、と今更尋《たず》ねることができない。私たちを取り囲んでいる状況を私も知っているものと思っている彼女に、訳知り顔で頷くことしかできない。彼女の夫にはできない、共感し合える同性、の役を演じることしか。

ある日、見るともなくニュースサイトを見ていた私の眼に、小さな記事が飛び込んできた。ある感染症対策の研究助成金が打ち切られたという、数行の記事だった。

感染症対策関連の記事はそれまでにも何度か眼にしていたような気がするが、どれも大きな扱いではなく、ほとんど印象に残っていなかった。それらのどこにも、詳しい記述はなく、というに周知の出来事を扱う手付きであったように思われた。

ニュースサイトを遡ってみても、数年分のアーカイブの中には、感染症の大規模な流行を報道したものはない。

「頼みがあるんだけどさ」

ある日かえでさんが言う。西陽が差し込むのがすっかり早くなった。

「何ですか?」

「これ、コガさんの連絡先」

そう言いながら携帯端末の画面を見せる。

「あたしが雲雀ちゃんの前で倒れたら、コガさんに連絡してくれる？　その後のことはコガさんがやってくれるから」

「……いや、かえでさんが倒れたら、コガさんじゃなくて救急車呼びますよ」

私がそう言うと、かえでさんは少しびっくりした顔をして、それから久しぶりに、からからと笑った。

「じゃあそれでいいよ。でもコガさんの連絡先も入れといて」

そう言って、私の端末に勝手にコガさんの連絡先を送信する。

西陽が消えて、あたりは夕闇に包まれる。


かえでさんは私の前では倒れなかった。

非常階段に向かう廊下で倒れていた。

彼女を発見した時のことは、あまりよく覚えていない。救急車が来たのだから、私が呼んだはずだ。

「かえでちゃん」

と、ずっと呼んでいたような気がする。

「かえでちゃん、死んじゃ駄目。起きて」

と。

かえでさんは、コガさんに私の連絡先を伝えておいてくれはしなかったのだろう。救急車に運ばれていったかえでさんがその後どうなったのか、私に知らせてくれる人はいなかった。救急車を呼んだ後、感情を抑えてコガさんにごく事務的に連絡を入れたものの、向こうは私をただの同僚と思って名前を聞きもしなかったから、当然、私にかえでさんの容態を知らせる義務があるとは思わなかったのだろう。

事実、ただの同僚でしかないのだ。かえでさんに何かあった時、病院や職場の人が連絡をくれる相手は、私ではない。彼女が、何かあったらこの人に連絡して、と指名してくれる相手も。

もう一度コガさんにかけてみればよかったのかもしれないけれど、彼女の夫という人に直接連絡を取るのは気が進まなかった。自分には彼女の安否を知る資格もないと、思い知らされるのが怖かったのかもしれない。

彼女がどの研究室に勤務していたのかすら知らなかったから、同僚を訪ねていって聞くこともできなかった。

彼女が亡くなったという知らせを聞いたのは、二週間が経ってからだった。

かえでさんの死の知らせを持って来てくれたのはフジノだった。かえでさんが生きている間はフジノに彼女の話をしたことはなかったけれど、たまたま女性職員が倒れているところを発見して救急車を呼んだ、苗字はコガと言うらしい、彼女がどうなったか知らないか、と聞くと、コガという研究員に心当たりがあったらしく、彼女の安否を聞きに行ってくれた。

それから間もなくして、フジノと外食をした時——小洒落《こじゃれ》たレストランの個室に案内された時から、何が話題になるのか、うっすらとわかっていた。

「結婚してほしい」

そう、フジノは言った。

私が死んだ時にはちゃんと連絡が行くように？　と私は思った。

「あなたと一緒にいられる時間を、少しでも長くしたいんだ。僕たちにはもうあまり時間がないんだから」

「時間。時間ね。ひとつ聞きたいんだけど」

「何？」

「女の子ってみんな二十五歳までに死ぬの？」

フジノは絶句して、ワインを少し零した。

「それって、皮肉で言ってるの？」

「本気で聞いてるの。アカデミーの事務員も、女学園の同級生も、みんな死んでいく。みんな、病気で。女学園を出てから、二十五歳以上の女の人には一人も会ったことがない。男の人はそんなふうに若くして突然死んだりしない。あなたは知ってるんでしょ。みんな知ってるんだよね。私だけが知る機会を逃したみたいだ。どういうことなのか説明してくれる？」

「……そういうことは、女学園で教わるんじゃないの？」

「私の女学園は、何も教えてくれなかったの。そしてこっちの世界では、当然すぎて誰もわざわざ言葉にしようとしない」


何十年か前に、とフジノは口元をナプキンで拭って話し始めた。非常に感染力の強い病気が世界中で猛威《もうい》を振るった。そしてその病気はいまだ治療法が見つかっていない。

その病気は、男性には何の症状ももたらさない。しかし女性には致死の病で、七年の間にほとんどの女性が死に絶えた。外部との交流を絶っていた、女子修道院や女子寮でのみ女性は生き延びた。そこで女児だけを隔離《かくり》して育てる施設、通称「女学園」が各地に作られた。生まれた子供が女性なら、男性と接触しないまま女学園に送られる。女学園を出たことのない女性たちが「教師」として少女たちを十八歳まで育てる。少女たちは十八歳になると、卒業して社会に出ていく。


「なぜ？」

「え？」

「なぜ卒業するの？」

「学校には卒業がつきものじゃない？」

「だって女学園の外では今でも病気が流行っているんでしょ？」

「うん。ほとんどの男性は、症状こそ出ないが病原体のキャリアだ。女学園を出て男性に接触した時、女性たちは病気に感染する」

「じゃあ、なぜ女性たちは一生を女学園で過ごさないの？」

「それじゃ女性は何のために存在するの？」フジノはこともなげに言った。「女性は社会に必要な存在だよ。男しかいない世界なんて考えられる？　一生男しかいない世界にいたら、何を目標にして頑張ればいい？　今の社会では、男の子たちは男の子だけの学校で一生懸命勉強して、いいアカデミーやいい会社に行けば、そこには女学園を出た女の子が配属されている。いいところであればあるほど、可愛い女の子が」

「……どれくらいで死ぬの」

「潜伏期間や発症してからの進行のスピードには個人差があるけれど、大体一年から五年、長くて七年って言われてる」

十八歳で卒業して、最長七年。二十五歳が私たちの寿命。

かおりさんは二十五歳、アカデミーの職員の中で最年長だった。彼女がいなくなることを見越して、私がこの研究室に配属されたのも頷ける。研究生たちも、あの年に新しい職員が来ると予想して、私が着任するより前に、新しい職員を口説く権利を賭《か》けて勝負をした。

あかりさんは二十三歳だった。「そろそろかな」と上司が言ったわけだ。

私は今、二十一。私に残された時間は、あとどれだけだろう。だからこの人は――

「だから、僕たちにはもうあまり時間が残されていない。残りのわずかな時間を、できる限り近くで過ごしたいんだ。それに、あなたが誰にも気付かれないまま、一人で死ぬなんてことには——」

あかりさんのように。突然大量の血を吐いて。死後数日経って発見されて。「掃除が大変だ」とぼやかれて。

あるいは雨椿のように。唯一の友達だった私にも見放されて、半年間、誰にも知らされないまま。

「だから、結婚しよう」

かおりさんはあかりさんと違って、病気の進行が遅かった。傍目《はため》にもわかるような道筋を辿って、少しずつ衰弱して、病院で亡くなった。入院できたのは、病気の進行が遅かったからだけではなくて、同居している夫か恋人がいたからだったのかもしれない。

そういえば、かおりさんが亡くなった後私を食事に誘ってきた老教官。あの人はかおりさんと付き合っていたのだと後になって聞いた。かおりさんを入院させたのはあの人だったのかもしれない。

そして、かおりさんの代わりになるために入ってきた私を、かおりさんの代わりにしようとした。

私がはじめて研究生に口説かれた時、「若いし好青年だし」とかおりさんは言ったのだっけ。

「もっと早くこの話をしておくべきだったね。そうしたら僕たちはもっと早く一緒に——」

「女性は男性の人生の彩《いろど》りのために死ぬっていうこと？　男性のために卒業して、必ず病気で死ぬはずの世界に出ていくってこと？」

　フジノは虚を突かれたような顔をした。

「何でそんな悪意のある言い方するかな。男には女が、女には男が必要だってだけじゃない？」

「いいところであればあるほど可愛い女の子が配属されてるってさっき言ったよね。それって、女性は容姿で選別されて配属されてるってこと？」

「うーん、職員の選考方法までは詳しく知らないけど。そういうことだと思うよ」

　成績じゃなかった。私は、自分が優秀な成績を収めたから希望の配属先に行けたのだと思っていた。女学園の成績、そんなものは何の意味もなかった。

　私は同僚や先輩たちが皆同じような、変に粒の揃った雰囲気を持っていることに、違和感を覚えていた。女学園には、もっと色んな子がいた。もっと不揃いだった。「選ばれて」いたのだ――容姿で。ととのって、綺麗で、つるりとした茹《ゆ》で卵のような女性だけが集められていた。

　そして私も。その一人だった。花束のように集められた中の、他と変わらないひとつだった。

　そこでにこにこ笑っているのが仕事だよ、と老教官は言ってたっけ。身嗜みも仕事のうちよ、とかおりさんは言った。そうして私は言われた通りに身綺麗《みぎれい》にして、同僚や先輩たちにますます似ていったのだ。

　私たちの本当の仕事は、書類の処理をしたり、事務的な連絡を回したりすることではなかった。それはあくまでも表向きの、ついでのような仕事で、本当の仕事は、綺麗にして、にこにこして、男性たちの目の保養になり、また彼等の恋人や配偶者として、彼等の心身を慰めることにあった。そういうことなのか。

　だから、口説いてきた男性たちは、私が断ると皆一様に、自分の権利を侵害されたような顔をして、それを見ていた女性たちもぽかんとしていたのだ。私たちは、優秀な男性たちがやってくる機関で、中でも優秀な男性に与えられる勲章《くんしょう》として、ここにいた。「僕は同期で一番成績優秀なんですよ」とタカセは言っていた。それが、女性を獲得するための資格であるかのように。

「あなたもそうなの？　あなたも――可愛い女の子に会うために一生懸命勉強して、アカデミーに入った？」

「それは、まあ」と彼は言葉を濁した。「男はみんなそうだよ。みんな、可愛い女の子に会うためならいくらでも努力するよ」

　それじゃあ、外れ籤を引いたんだね。そんな暗黙の決まりも知らず、三年間も交際を断り続ける女の子に当たってしまって。

　そんな私に辛抱強く付き合ったあなたは、比較的性格がいいのかもね。

　でもあなたは、私が死んだ後も、新しく配属された、同じような可愛い女の子と恋をするのでしょう？

「男性に努力させるための餌にするより、女性にそのまま女学園で勉強させて、男性と同じような仕事をさせればいいんじゃないの？」

「え、女性に？　専門的な仕事をさせるってこと？　でも女性はそういう仕事には向いていないでしょ。歴史上、優れた功績を残した人のほとんどは男性なんだから」

「百歩譲ってそれが正しいとして、そんな理由で女性は殺されるの？　優れた功績を挙げない人は殺されてもいいってこと？」

「今日は随分と突っかかってくるね。誰も殺してなんかないでしょ」

「だって、女学園から出なければ死なないで済む」

「そんなの、生きてるって言える？」

生きていた、私たちは。

生きていたよ。

あなたたちなんていなくても。私たちだけで。

「ともかく人類の利益のためには、現行の制度が一番効率的なんだよ」

人類の利益。そんなもののために、あの気まぐれで意地悪で、私の大嫌いな雨椿は死ななくてはならなかったの？

「男が大事な仕事をして、女性はそれを支えて、男に愛されて。それが一番生産的だし、みんな幸せになる道でしょ」

私はこんな世界で、「女性にしては頭がいい」などと言われて、喜んでいたのだった。

それなら私たちは、何のために女学園で教育を受けたのだろう。何のために、自分の才能を伸ばすよう言われていたのだろう。

呆れた、あなたの女学園では何を教えていたの。かおりさんの声が蘇る。

いや、声は蘇らない。かおりさんの声はもう記憶の中で掠れてしまった。


そう、私の学園では、卒業後に必要なことは何ひとつ教えてくれなかった。

学園の名前を答えた時の、他の職員たちの何とも言えない表情を思い出す。あそこは教育方針が変わっているらしい、という噂でもあったんだろうか。


雨椿は、病気のことも知らないままだったろう。自分に残された時間があとわずかしかないなどと思ってもみなかっただろう。私に代わる友人も見つからず、たぶん幸せでない生活を送って、私に手紙を書き続けて、ある日突然。死んだ。

たった一人で、部屋で突然大量の血を吐いて。のたうち回って。死後数日経ってから発見された。

彼女がこんなに早く死ぬとわかっていたら、私は手紙に返事を書いただろうか。そもそも絶縁などしなかっただろうか。卒業とともに縁を切ることを心に決めてやり過ごしたりなどせず、正面から雨椿とぶつかって、わかり合おうとしただろうか。

せめて彼女の死を看取《みと》れただろうか。

私は自分には無限の時間があると、いつか彼女との関係が修復される日が来ると、十年後か二十年後には笑って会える日が来ると心のどこかで思って、その時を待っていたのだろうか。

わからない。

私にはわからない。

私はずっと彼女と離れたかった。一人になりたかった。私たちは近くにいすぎ、互いの存在の中にあまりに深く侵蝕しあいすぎていた。互いに自分の心さえわからなくなるほどに。だから、彼女を振り払って、一つの個体になりたかった。

それなのに、彼女が死んでしまうと——彼女の言葉を話すものはもうなく、彼女の願いを願うものはもうない。私が、私だけが——彼女に一番近かった私が、彼女の分まで怒り、悲しみ、悔しがらないといけない。彼女を背負い続けないといけない。

彼女が何を考えているかなんて、生きていた頃からわからなかったのに。

私と彼女は全く別々の人間だったのに、そのことがようやくわかったはずだったのに、外から見れば私も彼女も違いはなかった。私たちみんなが。入れ替え可能の。死んでも構わない存在だった。

そのことが、私たちをまたひとつに結びあわせてしまうなんて。

雨椿。何の悔いもなく君を憎める世界であったらよかったよ。君は幸福で、満ち足りた人生を送って、私たちの人生は二度と交わらない。そうであったら。

君の人生から奪われたもののために、私が代わりに怒り、悲しまなければならない世界でなかったらよかったのに。

「……病気の治療法は、ないの」

「まあ、女性にしか症状が出ない病気だから、治療方法の研究にあんまり予算が降りないって噂もあるけどね」

フジノはこともなげに言った。


——花鴉先生に会いたいと、その時ふいに思ったんです。

会って聞きたい。

私たちが学園で受けた教育にはどんな意味があったのかと。

なぜ先生は繰り返し、自分の才能を伸ばしなさいと言ったのかと。

私たちはなぜ、何も知らされずに十八年間育てられたのかと。


先生はどうして、私の作文を褒めてくれたんですか?

先生、インターネットで検索してみてはじめて、学園の情報が何もないことに気が付きました。私たちの学園だけでなく、どの女学園も、所在地も連絡先も一切出て来ませんでした。

図書館でも調べてみたけれど、やはり何の情報もありませんでした。考えてみれば、私はあの学園がどの地方にあるのか、ここから近いのか遠いのかさえ知らなかったのです。学園を出たあの日、私たちは窓のない車で施設まで運ばれて、そこでしばらく他の学園出身の子たちと生活しました。その後で各配属先に移送されたのだけれど、長時間の移動の経験がその一度しかない私には、どれほどの距離を移動したのか見当もつきません。

学園の所在地が秘匿されているのは仕方がないのだと思います。一度外界に出て病原体のキャリアとなった者が学園を訪ねてきてしまったら、そして何とか入り込んでしまったら、学園全体が危うくなってしまうから。そのことはわかったけれど、自分が生まれ育った場所が幻になってしまったようで、心が揺らぎました。私たちが子供時代を過ごしたあの箱庭も、その中で思い描いていた外の世界も、すべては夢で、病気の蔓延した、この寒々とした世界だけが現実なのかもしれないと。

卒業してから、学園を振り返る余裕もなく、また振り返りたくもないと思っていたのに。

だから、先生、私は今こうして筆を執っています。

そうすれば、私はここにいると、ここにいるのは私だとわかるでしょう。こちらからコンタクトを取れなくても、この手記を目にして、先生がコンタクトを取って来てくれるかもしれない。

それしか手段がないから。

生徒はインターネットを使えなかったけれど、教師にまでその制限が及んではいないだろうと推測しています。生徒にインターネットを使わせないのは、外の情報を入れないためでしょう。でも、教師は外と連絡を取ったり、物資を仕入れたりするのに、ネットを使っていたはず。だから、先生がこの手記を目にする可能性も皆無ではないはずです。

検閲というものがあるのかわからないけれど、検閲されるようなことは何ひとつ書いていない――誰もが知っている、知っていて受け入れている、この世のありふれた惨事しか書いていないんですから。

私は今、先生のために作文をしています。才能を伸ばせば外の世界でも救われることがあるだろうって、先生、いつも言っていたでしょう?

だから教えて下さい。学園のあの日々には何の意味があったのかを。

でも、駄目だな、先生はいつも褒めてくれたけれど、私には作文の才能はないようです。何も、意味のあることが書けない。誰かの興味を惹くようなことがひとつも書けない。他の誰にとっても意味がないような、ありふれた、個人的な思い出話しか書けません。

誰にも届かない、誰の心も動かさない、こんな文章しか。

5

青く光るメッセージボックスを開いて、ＶＲチャットアプリへ誘導するＵＲＬが貼られただけのメッセージを目にした時は、スパムだと思った。

それでも私はVRチャット空間に足を踏み入れた。はじめはデフォルトの若い女性のアバターを選択したが、どうにもしっくり来ず、男性のアバターにしてみたが、それも気持ち悪くて、最終的に鳥のアバターをかぶって。

図書館を模した背景の中にいたのは、金色の魚のアバターだった。

「久しぶり」

と機械音声が流れ出る。「雲雀草」

「……月魚」

と私は言った。私の声も、機械音声に変換された。


私たちはしばらく沈黙していた。


「どうしてもっと早く、教えてくれなかったの」

真っ先に私の口から出たのはそのことだった。私の声は聞き慣れない音声に変換されて図書館を漂う。

「何を?」

「教師になること……配属先希望を出す前に、話して、ほしかった」

「聞かれたら話すつもりだったよ。聞かれなかったから」

「……私は、ずっと」

「うん」

「卒業後も、君と一緒にいられるつもりで。一緒にっていうか、学園の時と同じように、時々会うくらいは」

「それは、初耳、だけど」

「言ったら、叶わないような気がして。うるさく聞いたり、約束を取り付けようとしたら、その瞬間に君が遠くへ行ってしまう気がして。私は……束縛みたいなこと、したくなかった。雨椿、みたいに」

「……雨椿。いたね。傍から見て明らかに上手く行ってないのに、なんでずっと一緒にいるんだろうと思ってた」

「そんな、わかりやすかった？　私はわかってなかったよ。ほんとは私はずっと……君が好きだった」

「そっか」

「君にとっての雨椿に、私がなりたくはなかった。束縛したりしたくなかった。適度な距離を守っていたら、淡いつながりでも、ずっと保っていられると思ってた。自分には君の正しい取り扱い方法がわかってると思ってた」

「わかってただろ」

「わかってなかった。だからこうなった。学園の内と外に離れ離れになってしまった。あの時

——君の配属先を知った時、本当は後悔したんだよ。もっと早くに配属先希望を聞いてたらさ……もしかしたら、わがままを言うことができてたら。一緒の配属先がいいって、少なくとも一緒に外に出ようって。私が学園に残るのは、先生からの勧誘がなかったんだから無理だったろうけど。卒業したら会うこともできなくなるなんて、そんな覚悟はしてなかったよ」

「……ごめん。聞かれたら話すつもりではいたんだ。聞かれないってことは、興味がないんだと思ってさ。別に我々、何の約束も——」

「でも、わがままを言わなくてよかったと、今は思ってる。少なくとも君は安全な場所にいるんだから」


私たちは黙り込む。


「知ってたの？　学園の外の世界のこと——」

「知らなかった。知ってたらさすがに君に話したよ。学園を出たら死ぬって」

「そう」

「知ったのは、卒業してから。教師としての見習い期間が二年間あって、その時に。教師になるよう勧誘されてる間は、病気のこととかは一切教えてもらわなかったけど——まあ、花鴉先生もなんか必死で引き止めるんでさ。何か訳があるのかなとは思った。見習い期間の間に、やっぱり教師になるのをやめて社会に出るっていう選択肢もあるって言うし、残るだけ残ってもいいかなって」

「何で君を教師に勧誘したのかな」

「……死なせるには惜しい才能の持ち主を、教師として学園に残すことにしてる、って言ってたね」

言いにくそうなことを、月魚はさらっと答えた。

月魚の表情も声音もわからなかったけれど。

それでは私は、才能で月魚に負けたのだ。外の世界に送り出して七年で死なせるには惜しい人間だと、花鴉先生にも思ってもらえなかった。

月魚の才能が最後には正当に評価されたことだけが、苦い喜びだった。

「学園での教育の目的って、それ？　教師を選抜するために教育してたの？」

「ちょっと違うね」

「月魚、君は以前――配属先を決める基準は成績じゃないんじゃないかって言ってた。その推測は正しかった。私たちには予想もつかなかったその基準は、」

「容姿、だね」

機械の声は平板だ。

「アカデミーで、男の人に言われたんだよ。男の人は一生懸命勉強すれば、可愛い女の子のいるところに行けるって。つまり、いい大学やいい企業には、可愛い女の子が配属されてるって。私は成績がいいからじゃなく、単に目鼻立ちが整っているから希望の配属先に行けただけだったんだね？」

「そう、だね。そうだよ。女学園の中の成績なんて何の役にも立たない。女学園は、生徒の画像データを中央に提出することを求められてる。生徒たちは知らない間に、様々な角度からデータを撮られているんだよ。それがＡＩによって評価されて、ランク付けされる。そして、希望と合わせて自動的に配属先が決まる」

「それじゃ、成績って何だったの？　私たちは女学園で、自分の才能を伸ばすように言われて、教育を受けたよね。だから大人になって、社会に出たら、その才能を活かして生きていくものと信じて疑わなかった。でも私たちは成績ではなく容姿で振り分けられて、お飾りの仕事に就いて、男の人を喜ばせる役割だけを求められて、そして二十五歳までに死ぬ。私たちが賢いことも、才能があることも、誰にも望まれていない。じゃあどうして女学園は私たちに教育を与えてくれたの？　何のために？　どうして、おまえたちは女学園を出たら間もなく惨《むご》たらしい死に方をするんだって教えてくれなかったの？　他の女学園ではそうじゃなかったみたいよ。みんな、自分たちの運命を知っていた。知っていて、受け入れていて、知らない私に呆れていた。そこでは良妻教育がされていて――。何のためだったの、私たちの教育は？」

「それが、うちの教育方針なんだよ。中央の方針では、すべての女学園はこのことを教えることになってる。つまり、外の世界では病気の蔓延が常態化していて、女性がその中に出て行ったら最長七年で死に至ること。女性たちの役目は、男性たちを支えることにあること。そして女学園は、女性たちをそのために教育する場所であること。うちの学園は密かに中央の方針に逆らって、生徒たちにできるだけ自由な教育を与えてる。卒業して七年で死ぬとしても、在学中だけはせめて、自分が男の人のために生きて死ぬ存在だなんて思わずに、人間らしく生きてほしい、と」

じゃあ、ほんとうに私たちの受けた教育は、外の世界では何の役にも立たなかったんだ。

雨椿が私に抱いていた嫉妬と憧憬も、愛憎も、何の意味もなかったんだ。

「……違う道があるのかもしれないと、思ったんだよ。女学園が私たちをこんなふうに育てたのなら、それを活かして生き延びる道があるのかもしれないと。でも、私たちのいた箱庭は、ほんとうに幻想だったんだね」

「それでも、受けた教育と思い出は、外の世界でどんなにつらいことがあっても生徒を救うだろう、と花鴉先生は言っていたんだよ」

「花鴉先生は――」

「亡くなったよ」

「亡くなった？」

「病気じゃないよ。癌《がん》だった。もう、それなりのお年だったから」

「……そうか」

何もかも、変わらずにはいられないのか。

「卒業生たちには恨まれているかもしれないと、言っていた。だけど――現状を変える力は、現状が間違っているという認識を持つことからしか生まれないんだと、だから女学園は外の世界の縮図ではいけないんだと。女学園の中だけは、仮初《かりそ》めの楽園であるべきで、外に楽園を建設するのは卒業生の役目なんだと」

「現状を変える力？　そんなの、誰にもどこにもないのに？」

「……どっちの方がよかったんだろな」

月魚が言う。

「どっちの方がよかったかって？　外には病気が蔓延していて、あなた方はこのままここに留まれば生き永らえるところを卒業させられて数年で血を吐いて苦しんで死にます、人類の未来を担う男性たちの机に飾られる儚《はかな》い花としての任務を全うしなさいって、教えられて十八年生きていきたかったか、それとも知らずに外に出てから絶望できてよかったかって？」

他の学園出身者のように、この定めに何の疑問も抱かずに生きて死ぬことができたら、幸福だったろうか。幸福ではなくても、これほど苦しまずに済んだだろうか。

でも、他の学園で育ちたかったと、私は思えるだろうか？

私たちに時間がないことがわかっていたら、何ができただろう。もっとまっすぐに、月魚の隣へと歩いていけただろうか？

でも、この惨憺《さんたん》たる定めを受け入れるように教えられて育っていたら、私たちは私たちでいられただろうか？　月魚は月魚で、私は私で、――雨椿も雨椿で。

私たちは確かにあそこで、生きていたのだ。

男たちの世界に出て行かなければ生きている意味がないなんて、言わせない。女だけでは意味がないなんて。

「ずっと、学園にいられたらいいと思ってたんだよ。ほんとうは」

私は言う。

「早く卒業したいって、言ってたのに？」

「君がそう言うから。早く卒業したいって言う君の隣で、私はほんとうは、ここで時間が止まればいいと思っていた。君と一緒に、永遠に学園の中に留まっていたかった」

「……」

「私はもう、外の世界に出て汚れてしまって、もう二度と学園に戻れない。あそこは、君の今いるそこは――楽園だったんだ。汚れを持ち込むことが許されていない。私は、もう、汚れそのものだから」

「……ごめんよ。私だけ安全な場所にいて」

「いてよ。ずっとそこに。安全な場所にいてくれ。それであの意味のわからない絵を描き続けてよ」

私は笑う。

「私は――どうしようかな。このごみみたいな世界でさ、残された時間、何をしたらいいと思う？　フジノと結婚する？　フジノはアカデミーの優秀な研究員なんだよ。私は彼と結婚して、彼の研究を支えてさ。それが私にできる最善のことなのかな。私が人類の利益のために役立つ唯一の方法?」

涙声は、多分、機械音声には反映されない。

「でも私は、人類の利益なんかどうだっていいんだよね。外の世界はもう滅んでるんじゃないかって話したことがあったけど——滅んでたらどんなによかったか。私が、この世界を」

滅ぼせたらいいのに。

このくだらない世界を、めちゃくちゃにできたらいいのに。

泣き笑いしながら、遠いところにいる月魚の肩に一度だけ頭を凭せ掛けてみたいと思ったが、それは永遠に叶わない。

＊　＊　＊

私は今でもフジノの求婚を断り続けている。

フジノは私に求婚し続けている。

いつまで断り切れるか、私にはわからない。どうせいつかは折れて、私もフジノという苗字になるのだろう。

そうは思っていても、このささやかな意地が、それだけが、私にできる世界への反抗なのだった。

桜の季節が巡って来ていた。

アカデミーの中庭にも貧弱な桜が数本植えられていて、燃えかすのような花びらを降らせた。職員の仕事は相変わらず退屈だ。研究員のためにお茶を淹れたり、研究室に花を飾ったりして、あとはニュースサイトを回ったりして時間を潰す。どうでもいいニュースばかりだけれど——

ふいに、画面の右下にポップアップが出た。新着メッセージが来ている。それは、VRチャットアプリへのURLを送ってきたのと同じ差出人だった。

反射的に開くと、映像データが埋め込まれている。イヤホンをはめて、再生を選択した。

画面上に映ったのは、見覚えのある——花盛りの光景。ノイズのように舞い散る花びらの後ろに、煉瓦造りの建物が見え隠れした。

学園だった。私たちの。

カメラの前に、セーラー服の少女たちが並んでいる。大人も数人混ざっている。そのうちの一人は——

「＊＊＊女学園の今年の最高学年は、卒業しないことを選択しました」

マイクを持った教師がカメラに向かって演説している。「教師と生徒とで話し合った結果、この学園からは、もう卒業生を出さないことに決定しました。病気でみすみす死なせるために、生徒たちを外の世界に送り出すわけにはいかないからです。この病気の治療法が発見されない限り、私たちはこの学園に立て籠《こも》ります。この病気についての研究により多額の予算を割り当てることを、私たちは政府に要求します。また、他の女学園に、私たちに続くよう呼びかけます――」

　マイクを握っているのは、月魚だ。

　スクロールすると、メッセージの本文が現れた。

「雲雀草。この映像を外の世界で拡散させたい。力を貸してくれ。アカデミーの端末からならきっと様々な機関やデータベースにアクセスしてデータをばら撒けるし、多くの重要人物の目にも届くだろう。それと学園の卒業生とか、そっちの世界でのつてがある相手にできる限り協力を頼んでほしい。こっちには外の世界とのコネクションがないから、君が頼みだ。

　追伸。君の手記を教師と生徒に読ませて、話し合いをしたんだ。君の作文には意味があったよ。君が外の世界を知らずに育ち、外の世界の常識に衝撃を受けたことも、他の誰もが受け入れていたことに君が怒り、苦しんだことも、意味があった。意味があるものにしていくよ。

　追追伸。この運動がうまく行って、私の力が必要なくなったら、ここを出て、会いに行く。それまで待ってて。月魚」

　私は震える指先で返信を打つ。

　そして最後に一言、

「来ないでいい」

　それを消して、

「会いに来て」

　それを消して、それから。

解説

石井千湖（書評家）

『無垢なる花たちのためのユートピア』を読んだとき想起したのは、ピュリッツァー賞を受賞したルイーズ・グリュックの「野生のアイリス」という詩の、〈苦しみの果てに／扉があった〉という有名な冒頭部分だ。冬のあいだ地中にあった球根が芽生え花を咲かせる姿に、沈黙していた詩人がふたたび「声」を見つける過程を重ねている。川野芽生が本書によって開いたのは「今ここ」の外へつながる扉である。

川野芽生はトールキン『指輪物語』とウィリアム・モリスの晩年のロマンス群を専門にする研究者であり、歌人であり、小説家だ。

二〇二一年第一歌集『Lilith』（書肆侃侃房）で第六十五回現代歌人協会賞を受賞。二〇二二年に初めての小説集『無垢なる花たちのためのユートピア』を上梓した。その後も掌編集『月面文字翻刻一例』（書肆侃侃房）、長編小説『奇病庭園』（文藝春秋）、エッセイ集『かわいいピンクの竜になる』（左右社）、評論集『幻象録』（泥書房）、第二歌集『星の嵌め殺し』（河出書房新社）を刊行するなど、旺盛な執筆活動を行っている。

二〇二四年一月に単行本化された『Blue』（集英社）は、『人魚姫』のアダプテーション。戯曲の形式を取り入れたトランスジェンダーの物語であり、第一七〇回芥川賞の候補作にもなった。

『無垢なる花たちのためのユートピア』は小説家としての川野芽生の原点だ。収録作は六篇。いずれも「幻想的な」世界を描いている。

研究者でもあるからだろう。自らの考える「幻想」について、川野芽生は非常に明晰な文章を書いている。

わたしたちの〈現実〉とは、〈現実〉として認識されるもののことであり、わたしたちの認識は言葉でできている。だから、わたしたちの世界は、言葉でできているといえる。それならば言葉によって世界を作り変えることもできるはずである。〈現実〉の遺伝子を組み替える言葉、それが幻想だとわたしは考えている。（『短歌研究』二〇二一年八月号掲載「夢という刃――『幻想と人間』考」より）

『無垢なる花たちのためのユートピア』では、どのように〈現実〉を組み替えているのだろうか。

まず表題作。長く続く戦争によって荒れ果てた地上を離れ、天上にあるという伝説の楽園〈空庭〉を探索する箱船が舞台だ。船に乗っているのは、七人の導師と七十七人の少年。少年たちはいずれも花の名前を持ち、年をとることはなく、みずからの魂を純潔無垢の花苑《はなぞの》として思い描くことができる。ある日、白菫《しろすみれ》という少年が、船から墜落した。白菫を天使のように崇拝していた矢車菊《やぐるまぎく》は、彼の死の謎を追ううちに、楽園行きの船に隠された秘密を知ってしまう。

魂の美しさを花になぞらえられた少年たちは、滅びかけている人類に残された希望のはずだった。ノアの方舟《はこぶね》に乗った家族と動物たちのように。しかし、神であれ人間であれ、他者を選ぶ行為には、選ばれなかった者を切り捨て、選ばれた者を客体化するという暴力性が潜んでいる。その暴力性が、白菫の事件によってあらわになるのだ。

川野芽生が何かを美しく思うことにまつわる「業《ごう》」について語った言葉を思い出す。

> 『Lilith』に〈詩はあなたを花にたぐえて摘みにくる　野を這ふはくらき落陽の指〉という歌があって、それは詩を作るときに、美しいと見なした他者を搾取《さくしゅ》してしまう、ということを考えながら作った歌でした。（『ねむらない樹』vol.7「往復書簡　山尾《やまお》悠子《ゆうこ》×川野芽生」より）

少年たちが搾取されるくだりは痛ましい。しかしただ痛ましい、と他人事のようにとらえていいのか。無垢でいられなくなった大人が、絶望から逃避するために、他者の若さや純粋さを利用する現実を唯々《いい》諾々《だくだく》と受け入れていいのか。そんな問いを突きつけ、否と宣言する。うつくしい反逆の物語だ。

表題作と対《つい》になっている作品として読めるのが「卒業の終わり」。外の世界と隔てられた〈女学園〉で生まれ育った雲雀草《ひばりぐさ》が、卒業後、同級生の月魚《つきうお》と雨椿《あめつばき》のことを回想する。幼いころはいじめられっ子だったが、成長するにつれて能力を開花させていった雲雀草。何でもできて誰にでも優しく、ひとりぼっちの雲雀草に〈友達にならない？〉と話しかけてきた雨椿。雲雀草と同じく本が好きで、奇怪な絵を描き、約束や束縛を厭《いと》う月魚。少女たちの繊細な関係に引き込まれる。

女学園は十八歳で卒業することになっていて、生徒は一部を除いて社会に出ていく。優秀な成績をおさめ工学アカデミーに配属された雲雀草は、男性たちが自分を恋人候補としてしか見ていないことに戸惑う。卒業前に決別した雨椿は、二十歳のときに死んだ。職場でも次々と二十代の女性が死んでいく。若くして女性が突然死ぬことを、まわりはまったく変だと思っていない。やがて社会の残酷なシステムが明らかになる……。カズオ・イシグロの『わたしを離さないで』やマーガレット・アトウッドの『侍女の物語』を彷彿《ほうふつ》とさせるディストピア小説でありフェミニズム小説だ。

「卒業の終わり」で川野芽生は、女性にとって最も手強《てごわ》い現実を組み替えている。その現実とは、家父長制社会で異性愛規範を前提として生きることだ。雲雀草とアカデミーの同僚であるフジノのやりとりが印象深い。

女学園を出ると女性は数年で亡くなってしまうのに〈なぜ女性たちは一生を女学園で過ごさないの?〉と雲雀草は尋《たず》ねる。するとフジノは〈それじゃ女性は何のために存在するの?〉とこともなげに言うのだ。フジノは雲雀草の頭のよさを認めている。職場の男性の中では女性と対等に接しているほうだ。それでも可愛い女の子は優秀な男性に与えられるための勲章として存在すると思っている。男性にしか名字がない家父長制の極みのような社会で、異性と結婚し子供を産むことが当たり前という価値観を刷《す》り込まれているのだ。だから女性は女学園から出なければ死なずに済むという雲雀草の意見に〈そんなの、生きているって言える?〉と問う。

生きていた、私たちは。
生きていたよ。
あなたたちなんていなくても。私たちだけで。

という雲雀草の声なき叫びが、女性たちの〈惨憺《さんたん》たる定め〉に亀裂を入れる。

現実は「現の実」と読み替えることができる。この世に何か結実することを目的とするフジノのような生き方はできない、息苦しい、という人たちはいるはずだ。性自認が女性であるかどうかにかかわらず。女学園でも本の中でもいい、自分が自分自身でいられる場所で、誰にも手折《たお》られない「幻の花」のまま生きる選択もあり得る。そう思える話になっている。

川野芽生は「性」について深く思索している作家だ。「白昼夢通信」についてはこんなことを語っている。

私は性別のない存在でいたいのですが、性別を感じさせない文体で書こうとするとこの世界ではそれは無徴な「男」の文体になってしまうのかな、と思うと難しいですね。そういう意識もあってなのか、私のはじめて活字になった小説「白昼夢通信」は、女性同士の手紙のやりとりから成っていて、「女性らしい」と言われるであろうような文体であえて書きました。(『ねむらない樹』vol.7「往復書簡　山尾悠子×川野芽生」より)

〈性別を感じさせない文体で書こうとするとこの世界ではそれは無徴な「男」の文体になってしまうのかな〉という指摘に目を瞠《みは》った。この小説では、「女性らしい」と言われるであろう文体で物理的な肉体に縛られない世界を創造している。往復書簡の書き手であるのばらと瑠璃は、竜の血を引く人間や人間が鬼に見える人間がいることにも、夢の中で書いた手紙が届くことにも、人形から魂を抜く仕事があることにも驚かない。不思議な日常を静かに報告する。身体から解放されたふたりの魂の交歓に魅了されてしまう。

「人形街」の主人公は、住人たちがみな人形化した街で唯一人間のまま生き残った少女だ。少女が人形にならなかったのは、左腕の内側にある火傷のせいで、その美貌の完全性を損なったから。傷が治癒すれば人形化が進む。少女を預かった司祭は、少女を人間の側《がわ》にとどめようとする。美しい人間を人形にして、美しい人形を人間にしたいと望む。人間の欲望のいびつさがあらわになる一篇。不自由なイメージのある人形がむしろ人間よりも自由に見えるという意味で、現実の遺伝子が組み替えられている。

「いつか明ける夜を」と「最果ての実り」は、黙示録的な世界を描いた作品。

太陽の光が希望ではなく絶望の象徴になっている「いつか明ける夜を」は、『Genesis 時間飼ってみた』の「ちいさなあとがき」によれば、トールキン『指輪物語』と夏目《なつめ》漱石《そうせき》「夢十夜」の第五夜からできているという。作中では真の暗闇こそが安全な場所で、人々は月の光も恐れている。そこへ夜明けがやってくる。世界は明るく照らされるはずなのに、深淵《しんえん》を覗き込んだような読後感が忘れがたい。

「最果ての実り」は、〈大戦争〉のあと従来の人類が滅亡した世界の湖で、機械の身体を持つ男と植物の少女が出会う。少女の種族は生まれて三度目の春に〈花季《はなどき》〉を迎え、他の木と恋に落ちて実を結ぶと消えてしまう。実が生《な》るとき起こる現象は恐ろしく、少女は実ったりしない話し相手を求めていた。男はすべての機械人間を管理する〈ポリスの父〉に酷使され、そのことに疑問を抱いていなかったが、湖で古代の機械を発掘したことによって物を思うようになった。孤独なふたりの対話が描かれる。少女が男に星について教えるくだりに安らぐ。性的なまなざしをお互いに感じることなく、他者とコミュニケーションできたらどんなにいいだろうと思う。結末は悲しいが、廃墟にユートピアを見いだすことができる。

本書にいわゆるハッピーエンドの話はない。けれど、生と性の苦しみを経て透明度を極《きわ》めた水晶のような文章は、読む歓《よろこ》びに満ちている。その水晶で、川野芽生は、現実に圧しつぶされている人々のための楽園の扉を開く鍵を創《つく》ったのだ。

単行本版解説に加筆・修正しました。

初出一覧

無垢なる花たちのためのユートピア
〈ミステリーズ!〉vol. 102　二〇二〇年八月
白昼夢通信
東京創元社『Genesis　白昼夢通信』二〇一九年十二月
人形街
単行本書下ろし
最果ての実り
〈紙魚の手帖〉vol. 02　二〇二一年十二月
いつか明ける夜を
東京創元社『Genesis　時間飼ってみた』二〇二一年十月
卒業の終わり
単行本書下ろし

単行本
『無垢なる花たちのためのユートピア』
東京創元社　二〇二二年六月

著者紹介　1991年神奈川県生まれ。東京大学大学院単位取得満期退学。2018年「Lilith」三十首で第29回歌壇賞を受賞し、20年同作を表題とした歌集を上梓、第65回現代歌人協会賞を受賞した。著作に『奇病庭園』『Blue』、評論集『幻象録』、第二歌集『星の嵌め殺し』ほか。

検印
廃止

無垢なる花たちのための
ユートピア

2024年9月27日　初版

著　者　川《かわ》　野《の》　芽《めぐ》　生《み》

発行所　(株)　東京創元社
代表者　渋谷健太郎

162-0814/東京都新宿区新小川町1-5
電　話　03・3268・8231-営業部
　　　　03・3268・8204-編集部
URL　https://www.tsogen.co.jp
DTP　キ　ャ　ッ　プ　ス
暁　印　刷・本　間　製　本

ISBN978-4-488-80313-1　C0193

アメリカ恐怖小説史にその名を残す
「魔女」による傑作群

Shirley Jackson

シャーリイ・ジャクスン

丘の屋敷

心霊学者の調査のため、幽霊屋敷と呼ばれる〈丘の屋敷〉に招かれた協力者たち。次々と怪異が起きる中、協力者の一人、エレーナは次第に魅了されてゆく。恐怖小説の古典的名作。

ずっとお城で暮らしてる

あたしはメアリ・キャサリン・ブラックウッド。ほかの家族が殺されたこの館で、姉と一緒に暮らしている……超自然的要素を排し、少女の視線から人間心理に潜む邪悪を描いた傑作。

なんでもない一日

シャーリイ・ジャクスン短編集

ネズミを退治するだけだったのに……ぞっとする幕切れの「ネズミ」や犯罪実話風の発端から意外な結末に至る「行方不明の少女」など、悪意と恐怖が彩る23編にエッセイ５編を付す。

処刑人

息詰まる家を出て大学寮に入ったナタリーは、周囲の無理解に耐える中、ただ一人心を許せる「彼女」と出会う。思春期の少女の心を覆う不安と恐怖、そして憧憬を描く幻想長編小説。